KB036263

시스티나 피벨

변변찮은 마술강사와 금기교전

Akashic records
of bastard magic instructor

마술강사와

금기교전

16

히츠지 타로 지음
미시마 쿠로네 일러스트
최승원 옮김

교전은 만물의 예지를 관장하고, 창조하며, 장악한다.
그러하기에 그것은
인류를 파멸로 인도하게 되리라———.

『멜갈리우스의 천공성』 저자 : 롤랑 엘트리아

Akashic records
of
bastard
magic
instructor

Character

Main

시스티나 피벨

고지식한 우등생. 위대한 마술사
였던 조부의 꿈을 자기 힘으로 이뤄
내기 위해 흔들림 없는 정열을 바치
는 소녀.

글렌 레이더스

마술을 싫어하는 마술강사. 만사에
무책임하고 의욕 제로. 마술사로
서도 삼류라서 장점은 전혀 없는 셈.
그런 그의 진정한 모습은—?

루미아 틴젤

청초하고 마음씨 고운 소녀. 누구에
게도 밝힐 수 없는 비밀을 가지고 있
으며 친구인 시스티나와 함께 열심
히 마술 공부에 매진하고 있다.

리엘 레이포드

글렌의 전 동료. 연금술로
고속 연성한 대검을 다룬다.
근접 전투에서 비교할 자가
없는 이색적인 마도사.

알베르트 프레이저

글렌의 전 동료. 제국 궁정
마도 사단 특무 분실 소속.
신기에 가까운 마술 저격이
특기인 굉장한 실력의 마도사.

엘레노아 샤레트

알리시아의 직속 시녀장 겸
비서관. 하지만 그 정체는
하늘의 지혜연구회가 제국
정부로 보낸 밀정.

세리카 아르포네이

제국 마술 학원 교수. 글렌의
스승인 동시에 길러준 부모
이기도 한 수수께끼가 많은
여성.

Academy

웬디 나블레스

글렌이 담당하는 반의 여학생. 지방
유력 명문 귀족 출신. 자부심이 강하고
권위적인 성격의 세상 물정 모르는
아가씨.

린 티티스

글렌이 담당하는 반의 여학생. 약간
내성적이고 체격도 작아서 귀여운 동물
처럼 보이는 소녀. 자신감이 없어서 고
민이 많다.

기블 위즈덤

글렌이 담당하는 반의 남학생. 시스
티나 다음가는 우등생이지만 결코
주변과 어울리려 하지 않는 냉소주
의자.

카슈 윙거

글렌이 담당하는 반의 남학생. 덩치
가 크고 튼실한 체격. 성격이 밝고 글
렌에게 호의적이다.

세실 클레이튼

글렌이 담당하는 반의 남학생. 조용
한 독서가. 집중력이 높아서 마술 저
격에 재능이 있다.

할리 아스트레이

제국 마술 학원의 베테랑 강사. 마도
명문 아스트레이 가문 출신. 전통적인
마술사와는 거리가 먼 글렌에게 공
적이다.

마술

Magic

룬어라고 불리는 마술 언어로 구성한 마술식으로 수많은 초자연 현상을 일으키는
이 세계의 마술사에게 지극히 『당연한』 기술.
영창하는 주문의 구절과 마디 수,
템포, 술자의 정신상태에 따라 자유자재로 형태를 바꾸는 것이 특징.

교전

Bible

천공의 성을 주제로 삼은 지극히 아동 취향인 옛날이야기로 세계에 널리 퍼져있다.
그러나 그 소실된 원본(교전)에는
이 세계에 관한 중대한 진실이 적혀있다고 전해지며, 그 수수께끼를 좇는 자에게는
어쩌선지 불행이 닥친다고 한다.

알자노 제국
마술학원

Arzano Imperial Magic Academy

약 4백 년 전, 당시의 여왕 알리시아 3세의 주도로 거액의 국비를 투입해서
설립한 국영 마술사 육성 전문학교.
오늘날 대륙에서 알자노 제국이 마도대국으로 명성을
떨치는 기반을 만든 학교이자, 늘 시대의 최첨단 마술을 배우는
최고봉의 교육 기관으로서 주변 국가에 널리 알려져 있다.
현재 제국의 고명한 마술사 대부분이 이 학원의 졸업생이다.

Akashic records of bastard magic
instructor

CONTENTS

서장 광대, 그 정위치와 역위치

화려한 예술의 본고장, 자유도시 밀라노.

그곳에서 수십 년 만에 개최된 마술제전을 보기 위해 현재 전 세계의 관광객들이 그 땅에 모여 있었다.

그리고 마술제전이 열린 세리카 엘리에테 대경기장 앞의 대광장과 그곳으로 이어지는 대로변은 어마어마한 성황을 누리고 있었다.

하지만 그런 활기 넘치는 도시의 한켠.

한 소년이 돗자리를 깔고 자리를 잡은 장소만은 마치 외부와 단절된 것처럼 한산했다.

"난감하네. 아무도 봐주질 않잖아."

눈앞을 오가는 행인들을 마치 다른 세상에서 벌어지는 일처럼 지켜보는 소년에게선 딱히 비장감이나 아쉬움은 느껴지지 않았다.

오히려 이런 자신의 우스꽝스러운 처지조차 즐기는 것처럼 묵묵히 뭔가를 작업하고 있었다.

이국적인 무늬가 자수된 로브를 걸친 그 십대 소년은, 푹 눌러쓴 후드와 긴 은발이 얼굴을 가리고 있었지만 그 아래는 무척 아름다우리라 짐작케 하는 분위기를 풍기고 있었다.

그런 소년, 펠로드 베리프가 앉은 의자 옆에는 상자 같은 받침대가 있었다.

인형극 세트였다.

아무래도 소년은 노상 인형극을 생업으로 삼은 듯했다.

물론 애처로울 정도로 파리만 날리는 현재의 모습에선 과연 『생업』이란 표현이 가당키나 할까 싶었지만……

"이번엔 자신 있었는데 말이지~. 이 땅에 어울리는 이야기를 준비해왔는데."

쓴웃음을 짓고 투덜대던 소년은 갑자기 작업을 중지했다.

그런 소년이 손에 들고 있는 건 꼭두각시 인형이었다.

파란머리의 기사와 금발의 검은 마법사를 본뜬 수제 인형이었다.

그리고 소년의 옆에 있는 나무상자 안에는 그밖에도 다양한 역할의 인형들이 담겨 있었다.

아무래도 소년은 인형극에서 쓸 인형들의 조정 작업을 하는 중이었던 모양이다.

"흠……"

소년은 십자 모양 판에 연결된 실을 늘어트리고 인형들을 이리저리 움직여보았다.

솔직히 말하자면 그 움직임들은 매우 이상했다. 실로 움직이는 인형이라는 점을 감안해도 우스꽝스럽고 부자연스럽게 보이기만 했다.

인형들이 제 의도대로 움직이지 않자 소년은 작게 쓴웃음을 지었다.

"아하하, 대체 왜 이러는 걸까? 이 관절이…… 아니, 이 실 때문인가?"

소년이 겸연쩍은 얼굴로 다시 인형들을 움직이기 시작한 순간, 갑자기 머리 위로 검은 그림자가 드리워졌다.

"허허허, 외람되지만……."

어느새 한 노인이 소년의 눈앞에 멈춰 서 있었다.

간소한 사제복을 입은 단련된 몸의 노인이었으나 강한 역광 때문에 얼굴은 잘 보이지 않았다.

"여전히 당신의 공연은 인기가 없군요. ……구경하는 사람이 아무도 없지 않습니까."

"아하하…… 괜히 더 슬퍼지니까 그쯤 해줄래?"

아무래도 오랜 지인인지 그런 놀리는 듯한 말투에도 소년은 그저 쓴웃음만 지을 뿐이었다.

"차라리 실이 아니라 마술로 움직여보시면 어떻겠습니까. 대도사님."

그리고 노인은 온화한 목소리로 제안했다.

"당신께서 그 마도의 업(業)으로 직접 인형들을 지배하고 조종하신다면, 누구나 경탄해 마지않을 예술적이고 훌륭한 연기가 가능할 겁니다. 모든 것이 당신의 뜻대로 이루어지겠지요."

그 의미심장한 제안에 소년은 장난스러운 미소로 대답했다.

"실로 하니까 좋은 거야. 마도를 쓰면 시시하거든."

"허어?"

"그리고 내 뜻대로 잘 움직이진 않아도 실로 연결된 이상, 어차피 꼭두각시 인형…… 결국 각본대로 움직일 수밖에 없어. 그렇다면 이 불편함은 오히려 정해진 피날레를 장식할 좋은 양념이 되지 않을까?"

"……그렇군요. 희곡의 주인공에게는 시련과 역경이 따르는 법. 애당초 오락이란 본디 그러한 것이었지요."

"훗, 너도 이런 재미를 느낄 만한 요소를 일에 더해보는 건 어때? 즐거움이란 곧 영혼의 세탁이잖아? 우리의 비원처럼 결과를 오래 기다려야 하는 일일수록 오히려 그런 것이 중요하다고 생각해."

"흠흠. 일리가 있는 말씀이군요. ……사실 이번에는 그런 의미에서의 즐거움이 한 가지 있긴 합니다."

"오? 일밖에 모르는 네가?"

"예. 실은 개인적으로 주목하는 배우가 하나 있어서요."

노인은 눈을 가늘게 뜨고 먼 곳을 바라보며 말했다.

"8년 만에 만나는 그자가 과연 이 무대에서 어떤 역할을 연기할지…… 벌써부터 참으로 기대가 되는군요."

"허 참, 제아무리 너라도 운명의 인력(引力)을 느낄 수밖에 없다는 건가."

소년은 쿡쿡 웃으며 다른 십자 모양 판을 손에 들고 실을 당겨서 새로운 인형을 꺼냈다.

새하얀 날개가 등에 달리고 은색 열쇠를 품에 안은 천사의 모습을 한 인형.

대도사는 그것을 어설프게 움직이면서 입을 열었다.

"우리의 사랑스러운 천사는 거의 완성됐어. 완전히 각성하는 날도 얼마 남지 않았지. 관객들이 기립 박수를 보낼 감동의 피날레가 머지않았어. ……그리고 이번 일로 인해 역사는 크게 움직일 거야. 우리가 과거에 세운 계획대로."

"참 길었군요. 그 마녀 때문에 크게 뒤틀린 우리의 비원이 이제야 비로소……."

노인이 그렇게 말하며 검은 마술사 인형을 흘겨보자 소년은 경고했다.

"……그래도 아직 방심은 할 수 없어. 우연인지, 아니면 필연일지 모르겠지만…… 우리의 발자취를 쫓는 자가, 『진실』에 가까워진 자가 있으니 말야. 설마 이제 와서 이런 일이 일어나다니…… 역시 운명에는 인력이라는 것이 존재하나봐. ……참 마술사답지 않은 발언이지만 말이야."

혼잣말처럼 이어진 소년의 중얼거림에 노인이 반응했다.

"호오, 그건 혹시 그 『정의』를 말씀하시는 겁니까?"

"유감스럽게도…… 그는 아직까진 내 기대에 미치지 못했어."

소년은 어깨를 으쓱였다.

"그는 그저 광인(狂人)일 뿐이야. 현자가 아니라. 그래서 영원히 진리에는 도달할 수 없어. 내가 걱정하는 건 『광대』 쪽. 그리고……."

그리고 잠시 간격을 두더니 약간 굳은 표정으로 말했다.

"……그 혈통."

"흠. 확실히 그 혈통은 이 긴 역사 속에서 어찌된 영문인지 항상 진리와 가장 가까운 곳에 있었지요. ……이미 대를 끊은 줄 알았습니다만."

"분명 그런 별 아래에서 태어난 걸 거야."

"하오나 대도사님. 진리의 이정표가 될 수기는 당신께서 이미 직접 『검열』을 해두시지 않았습니까. 그러니 그 광대뿐만 아니라 그 혈통의 인간도 결코 진리에 도달할 수는……."

"글쎄, 과연 어떨까?"

어딘지 모르게 즐거운 얼굴로 숨을 내쉰 소년은 십자 모양 판을 끌어당겨서 새 인형을 꺼냈다.

다른 고풍스러운 인형과 달리 구깃구깃한 셔츠와 넥타이, 슬랙스 같은 현대적인 의상을 입은 기묘한 인형이었다.

그것을 이리저리 움직여보면서 검은 마술사 인형 옆에 나란히 세웠다.

"앞으로 그가 잠든 광대―『역위치』인 상태로 끝날지. 아니면 잠에서 깨어나 새로운 가능성을 개척하는 『정위치』의

광대— 즉, 현자가 될지. ……실에 묶인 넌 과연 어떤 무대
를 보여주려나?"

　그런 혼잣말을 읊조린 소년은 멀리서 조용한 열기에 휩싸
인 세리카 엘리에테 대경기장을 올려다보았다.

제1장 추억

—그것은 대체 무엇이 계기였을까.

난 검끝에 『빛』이 보였다.

물론 처음부터 그 『빛』이 보인 것은 아니었다.

내 기억이 정확하다면 그건 내가 당시의 나이에 어울리는 여자로서의 청춘을 전부 포기하고, 아침부터 밤까지 검술 훈련에 매진했던 시절이었으리라.

세심하게 자세를, 동작을, 검의 궤적을 일일이 확인하면서 검을 휘둘렀다.

검을 쥔 손을 움직이고, 탈력, 집중, 호흡을 가다듬고, 체중이동, 중심이동, 다리를 치우고, 기(氣)를 토해낸 후에는 다시 긴장.

온 몸의 뼈와 근육을 구석구석까지 의식하고, 마음을 가라앉히고, 기를 끌어올리며 검을 휘두른다.

결코 단순 작업이 되지 않도록 기검체(氣劍體)를 하나의 형(型)으로 일치시켜서 검을 휘두른다.

결코 여분의 힘이 남지 않도록, 그러나 한 치의 부족함도 없도록 완결된 검을 휘두른다.

자아가 표백되고 고독하리만치 집중해서 검을 휘두른다.

그렇게 오로지 검만을 휘두르는 인형이 되었다.

마치 자신이 이 손에 쥔 검과 동화해서 한 자루의 검으로 담금질되려는 것처럼……

그렇게 오로지 검만 휘둘렀던 어느 날.

"……?"

문득 그것이 보였다.

내가 휘두른 검끝에 가끔씩 황혼 같은 『빛』이 서리는 광경이……

처음에는 착시인 줄 알았다.

고된 수련 때문에 지친 마음이 보이는 환각인 줄로만 알았다.

하지만 아니었다.

그날부터 검끝에 퍼지는 빛의 강도와 빈도가 서서히 강해지고 늘어났다.

처음에는 환각처럼 흐릿하게 보였던 빛은 어느새 망막을 태울 정도로 강해졌다.

처음에는 백 번 중 한 번밖에 보이지 않았던 빛이 서서히 빈도가 늘어났다.

검이 발하는 그 아름다운 빛에 매료된 나는 계속 그 광경이 보고 싶어서 우직하게 검에 매달렸다. 계속 휘둘렀다.

이윽고 난 그 빛에서 하나의 『이치』를 찾아냈다.

이 빛의 반짝임은 『베는』 것이라기보다 『여는』 빛이라는 것을⋯⋯.

그리고 이 빛은 검을 휘두르는 내 안의 기검체가 아주 조금이라도 흔들리면 나오지 않았다. 회심(會心)이자 지고(至高), 완전하면서도 완벽한 일격을 이루어냈을 때만 발현되었다.

그러하기에 내 검사로서의 수업과 단련이 진척될수록 그 빛은 강하고 신성하게 담금질되었다.

이윽고 나는 언제든지 자유롭게 빛을 꺼낼 수 있게 되었다.

빛을 완전히 내 것으로 만들어냈다.

하지만 참으로 이상하게도 이 빛은 **오직 나에게만 보였다.**

그 존경하는 스승조차 보지 못했다.

모두가 내 정신이 이상해진 걸지도 모른다고 걱정했지만 나는 그 무엇도 두렵지 않았다.

분명 이 빛은 나만의 빛. 고독하게 빛나는 황혼의 빛.

난 이 빛과 함께 끝없이 강해질 거라는 기묘한 확신이 있었다.

실제로 검끝에 빛을 꺼낼 수 있게 된 후부터 난 누구보다 강해졌다. 그 거짓말처럼 강했던 스승조차, 마치 태어나서 처음으로 검을 쥔 갓난아기처럼 느껴질 정도로⋯⋯.

모두가 나를 검의 천재. 검의 끝에 도달한 자라며 찬사를 보냈다.

하지만 내가 느끼기에 이 빛은 아직 끝에 도달한 것이 아니었다. 아직 아무도 도달하지 못한 경지가 있으리라.

그 앞에 있는 광경이 보고 싶어서, 알고 싶어서…….

나는 검을 다시 휘둘렀다. 계속 휘둘렀다.

빛을 좇아서 하염없이…….

그렇게 끝없는 단련을 거듭하던 나는 언제부터인가 《검의 공주》라 불리게 되었다.

———.

달린다. 달린다. 달린다.

나는 피로 물든 전장을 달리고 있었다.

그야말로 시산혈해(屍山血海), 지옥이나 다름없는 전장.

주위에 널려 있는 것은 조금 전까지만 해도 인간이었던 자들이자 전우였던 자들의 흔적이었다.

대체 어떤 힘이 작용한 건지 누군가는 작은 정육면체 모양으로 압축되어 있었고, 누군가는 잿더미로, 또 누군가는 녹색의 액체로 변모해 있었다.

하지만 감상에 젖어 있을 틈은 없었다. 인지를 초월한 공포에 떨고 있을 틈도 없었다.

나는 검.

내 몸은 그저 한 자루의 검일 뿐.

검을 휘두르는 것밖에 재주가 없는 몸이라면 지금은 그저 그 역할을 완수할 뿐.

"하! 이제야 온 거냐?! 『공주』!"

내가 도착한 순간, 넝마가 된 검은 로브를 입고 전신이 피투성이인 금발 여성이 흉신악살 같은 표정으로 이쪽을 돌아보았다.

"미안, 세리카. 시간이 좀 걸렸어. ……전황은?"

"하! 보다시피야! 바보 이셸과 파계사제 로이드는 전투불능. 라자르 도련님과 거만한 사라스 자식은 빈사 상태. 그리고 나도 뭐, 만신창이…… 이렇게 서 있는 게 고작이지. 아~ 솔직히 아주 잠깐이지만 저세상이 보였을 정도라고. ……카악! 퉤!"

폐에 고인 피를 토해낸 세리카는 짜증스럽게 입가를 훔쳤다.

"그리고 저기 오는군. ……오늘의 최종 공격대가."

세리카가 지평선 너머를 흘깃 돌아보았다.

그곳에서 마치 진흙 같은 부정형의 괴물들이 파도처럼 몰려오고 있었다.

"또 『뿌리』 놈들이 저렇게 늘어났구만. ……진짜 밑도 끝도 없이 쑥쑥 낳아대기는. 사신(邪神)의 권속님은 정말 절조가 없으시군. 참 나, 이 전쟁은 아직도 끝이 안 보여. ……어서 그 유적을 어떻게든 해야……."

"……아무튼 상황은 파악했어. 뒷일은 나에게 맡겨."

난 그렇게 말하고 지평선 너머의 이형(異形)들을 향해 걸음을 옮기기 시작했다.

"고마워, 세리카."

그리고 등에 닿는 시선의 주인에게 감사를 표했다.

"뭐가?"

"넌 저만한 군세를 홀로 감당하면서 모두를 지켜준 거잖아? 진심으로 고마워. 난 오늘이야말로 누가 죽지는 않을까 불안했었거든."

"흥! 무슨 소린지 모르겠군. 난 내 역할을 완수했을 뿐이야. 그랬더니 우연히 근처에 굴러다니는 죽다 만 잔챙이들의 목숨을 건지는 결과가 된 것뿐이지."

"그래도 고마워. ……네가 내 동료라 정말 다행이야."

"……."

솔직하지 못한 친구는 입을 다물어 버렸다.

"엘리…… 지원은?"

그러다 약간 토라진 얼굴로 그런 말을 내뱉었다.

"내 힘이…… 필요해?"

"안 필요해. 너도 알잖아?"

난 고개를 돌리지 않고 대답한 후 허리에 찬 검을 뽑았다.

하지만 약간의 외로움을 느끼며 말을 남겼다.

"……난…… **혼자일 때가 더 강하니까.**"

그리고 가볍게 땅을 박찬 순간—.

내 몸은 이형 무리의 중심부, 마치 지옥의 밑바닥 같은 지평선 너머의 최전선 상공에 도달해 있었다.

　그리고 아래에서 우글거리는 이형들을 향해 여느 때처럼 검을 휘둘렀다.

　"—【고독한 황혼】^{트와일라이트 솔리튜드}—."

　파앗!

　내 눈에만 보이는, 나만의 황혼색 검광이 이형의 무리를—.

　—.

　……흔들흔들. 흔들흔들.

　몸에 느껴지는 기분 좋은 흔들림.

　"……리엘. 그만 일어나. 리엘."

　귓가를 간질이는 부드러운 목소리.

　"리엘, 도착했어. 리엘."

　"……응?"

　덕분에 얕은 잠에서 깬 리엘은 살며시 눈을 떴다.

　위아래가 좁은 시야 한가운데에 있는 것은 약간 곱슬곱슬한 연갈색 머리카락과 안경을 쓴 소녀의 얼굴이었다. 그 단정한 용모의 소녀는 부드럽게 미소 짓고 있었다.

그리고 리엘과 똑같은 특무분실의 마도사 예복 차림에 도(刀)라고 불리는 동방의 검을 허리춤에 차고 있었다.

그런 작은 체구의 소녀가 자신의 얼굴을 정면에서 바라보고 있었다.

"……엘자?"

아직 잠이 덜 깬 리엘의 물음에 얼마 전까지만 해도 성 릴리 마술여학원의 학생이었던 소녀, 엘자는 방긋 웃었다.

리엘은 평소보다 더 졸려 보이는 눈을 문지른 후 하얗게 안개가 낀 것 같은 머리를 움직여서 주위를 두리번거렸다.

지금 자신이 있는 곳은 이송용 흐레스벨그에 매달린 부유 차량 안이었다.

그런데도 이미 목적지에 도착한 건지 부유감과 진동은 전혀 느껴지지 않았다.

아무래도 자신은 좁은 차량 안에 있는 마주보는 형식의 좌석에 몸을 웅크린 채 자고 있었던 모양이다.

"자, 리엘. 저길 봐. 하늘 위의 여행은 이미 끝났어."

엘자가 어서 보라는 듯 창밖을 가리켰지만 당사자는 아직도 잠이 덜 깼는지 멍하니 손을 내려다보면서 쥐었다 피는 동작만 반복했다.

"왜 그래? 리엘."

"황금색…… 빛……."

엘자의 물음에 리엘은 작은 목소리로 불쑥 대답했다.

"어? 빛?"

리엘은 고개를 끄덕였다.

"응. 검끝에…… 노을 같은 황금색 빛이 보였어. 난 잘 모르겠지만…… 굉장히 아름답고…… 무척 쓸쓸해 보이는 빛이었어."

"얘도 참, 꿈이라도 꾼 거야?"

그 영문을 알 수 없는 발언에 엘자는 쓴웃음을 지었다.

"똑바로 좀 해야지. 넌 오늘부터 내 상관이니까."

엘자는 리엘의 팔에 자신의 팔을 나란히 세웠다.

그녀의 소매에는 종기사장의, 그리고 리엘의 소매에는 정기사의 휘장이 달려 있었다.

"……잘 모르겠어. 전부터 생각한 건데 이 뱃지는 뭐야?"

"아, 아하하…… 아무래도 벌써 고생길이 보이는 것 같네."

관심 없는 얼굴로 중얼거리는 리엘의 반응에 엘자는 쓴웃음밖에 나오지 않았다.

둘이 도착한 이곳은 자유도시 밀라노에서 서쪽으로 약간 떨어진 곳에 있는 평야지대였다.

알자노 제국군이 이번 마술제전에 맞춰 열린 수뇌회담에서 유사시를 대비해 부대를 배치한 야영지다.

수많은 천막이 빼곡하게 늘어선 야영지 안에는 현재 간이 은폐 결계가 설치됐을 뿐만 아니라 작전 수행이 가능한 최소 병력인 일개 사단— 약 5천의 병력이 집결해 있었다.

그런 군의 야영지 안을 리엘은 졸린 얼굴로, 엘자는 약간 긴장한 얼굴로 걷고 있었다.

이윽고 한 천막 앞에 도착한 두 사람은 입구 근처에서 경계를 선 병사에게 확인을 받은 후 안으로 들어갔다.

천막 안에는 간이 작전 회의실이 조성되어 있었고 안쪽에서는 한 마도사가 책상 앞에 앉아 서류 작업을 하고 있었다.

엘자는 그 마도사를 향해 어색한 걸음걸이로 다가갔고 리엘은 여전히 졸린 얼굴로 그 뒤를 졸래졸래 따랐다.

"보고 드립니다!"

그리고 엘자는 차렷 자세를 취하며 절도 있게 경례했다.

"제국군 제국 궁정 마도사단 특무분실 소속 집행관 넘버 10 《운명의 수레바퀴》 엘자 빌리프 종기사장! 명령에 따라 방금 현지에 착임했습니다! 입대한 지 얼마 안 된 신참입니다만, 앞으로는 돌아가신 아버지의 뒤를 이어 분골쇄신하겠습니다! 아무쪼록 잘 부탁드립니다!"

"……으음…… 난 리엘. 여기 왔어."

신병답게 빠릿빠릿한 엘자와 달리 리엘은 엄청나게 건성으로 인사했다.

"후훗, 그렇게 너무 긴장하지 않으셔도 돼요."

그러자 마도사는 일을 중단하고 자리에서 일어났다.

나이는 대략 20대 초반. 타오르는 불꽃 같은 긴 머리카락이 특징적인 묘령의 여성이었다.

외모는 몹시 아름답고 단정했지만 미인에게 으레 있을 법한 거부감이나 고압적인 분위기는 전혀 없었다. 다정한 보랏빛 눈동자와 부드러운 미소에서는 친밀감이 듬뿍 묻어나왔다.

하지만 동작 하나하나에는 조금도 빈틈이 없어서 상대를 자연스럽게 긴장하게 하는 신비한 매력을 자아내고 있었다.

이번 특별 파병사단의 사령관이자 제국 궁정 마도사단 특무분실 실장 집행관 넘버 1《마술사》리디아 이그나이트 천기장의 첫인상은 그런 느낌이었다.

"그런 의미로 보면 저도 똑같은 신참인걸요. 저야말로 잘 부탁드려요."

"아, 아뇨! 천만에요!"

엘자는 고개를 붕붕 저으며 황송해했다.

"소문은 자주 들었습니다! 알자노 제국 마도무문의 동량 이그나이트가(家)! 그 2천 년에 걸친 역사 속에서 나타난 천재 중의 천재! 과거에 어떤 사건으로 인해 마술 능력을 상실했었지만, 최근 들어서 기적적인 회복과 부활을 이뤄낸 리디아 실장님의 소문은요!"

"어머…… 전 실제로는 그런 대단한 사람이 아닌데……."

"그럴 리가요!"

수줍은 얼굴로 겸손해하는 리디아에게 엘자는 약간 흥분한 기색으로 말했다.

"군의 모두가 입을 모아 말하던걸요! 전투력, 마술능력,

지휘능력, 작전 입안 능력, 정치력, 그 전부가 무서울 정도로 완벽…… 마치 **일군의 장이 되기 위해 태어난 것 같은 분**이라구요!"

"……."

"처음엔 이그나이트경의 이 이례적인 발탁에 낙하산이니 직권남용이니 뭐니 하면서 난색을 표했던 군 상부가 리디아 천기장님의 능력을 실제로 보고 나선 완전히 입을 다물 수밖에 없었다고 들었습니다! 동경하던 군인이 된 것만 해도 꿈만 같은데 그런 굉장한 분 밑에서 일하게 되다니…… 진심으로 영광입니다!"

"어머나…… 소문이 벌써 그렇게 꼬리를 문 모양이네요. 기대해주시는 분들을 위해서도, 긍지 높은 이그나이트의 이름에 먹칠을 하지 않기 위해서도 열심히 해야겠어요."

리디아는 이번에는 리엘을 돌아보고 미소 지었다.

"당신도 잘 부탁해요. 집행관 넘버 7 《전차》 리엘. 저도 당신의 상관으로서 앞으로 열심히 정진할 테니, 아무쪼록 당신도 저에게 그 힘을 빌려주세요."

그 순간, 리엘의 무표정이 그녀를 잘 아는 사람이 아니면 눈치채지 못할 정도로 아주 조금 흐려졌다.

"……아니야. 내 상관? 은…… 리디아가 아니라…… 이브인걸."

"……어?! 리, 리엘……!"

옆에서 엘자가 당황하는 한편, 리엘은 뭔가 말하고 싶은 눈으로 리디아의 얼굴을 지그시 바라보았다.

하지만 리디아는 전혀 기분이 상한 기색도 없이 차분한 어조로 대답했다.

"**이브**? 아아, 또 그 사람이군요. ……대체 누구죠? 그 분은."

"……."

리디아가 쿡 하고 웃은 순간, 리엘의 눈초리가 살짝 날카로워졌다.

"다들 입을 모아서 제 동생이라고 하던데…… 참 이상한 노릇이네요. 이그나이트가에 이브라는 이름의 여식은 없는데 말이죠. ……아, 하지만 아리에스라는 이름의 동생이라면 가문에 있었던 적이 있었죠."

"……?!"

전 실장 이브와 현 실장 리디아의 복잡한 자매 관계를 다른 이의 입을 통해 들은 적 있었던 엘자도 그 발언에는 부자연스러운 위화감을 느낄 수밖에 없었다.

이것이 당주에게 직접 의절당한 이브에 대한 비꼼이라면, 유서 깊은 귀족 특유의 가치관과 음험함을 드러낸 것뿐이라면 이야기는 훨씬 단순했으리라.

하지만 본인에게서는 그런 의도가 눈곱만큼도 느껴지지 않았다.

진심으로 이브가 누구인지 모르는 것 같은 눈치였다.

"……"

리엘은 그런 리디아의 얼굴을 응시했다.

어딘지 모를 적의가 깃든 눈으로 가만히…….

"……당신이 절 신뢰할 수 없는 건 이해해요, 리엘."

하지만 리디아는 이번에도 불쾌한 기색 하나 없이 진지하게 대답했다.

"당신과 전 서로에 대해서 아무것도 모르는 거나 마찬가지니까요. 그래도 전 반드시 당신의 신뢰를 얻을 수 있도록 노력해볼 거예요. 당장은 그거면 될까요?"

"아, 예! 저희도 리디아 실장님의 신뢰를 얻을 수 있도록 정진하겠습니다!"

리엘은 그래도 납득하지 못한 눈치였으나 엘자가 황급히 끼어들어서 대답했다.

"예, 서로 노력해 봐요. ……아무튼 먼 길을 오느라 피곤하시겠지만, 일단 브리핑을 시작해보죠."

리디아는 그 대답에 만족스럽게 웃은 후 두 사람에게 한 가지 임무를 내렸다.

"이건 현재 대대적으로 움직일 수 없는 저희를 대신해서 당신들에게 맡기고 싶은 임무인 동시에, 얼마 전에 군의 훈련 과정을 수료한 엘자 양의 현장 연수를 겸한 것이기도 해요. 구체적으로는……"

....

"나 참…… 왜 리디아 실장님께 그런 소리를 한 거니?"

잠시 후, 엘자와 리엘은 밀라노 시내를 걷고 있었다.

마술대전이라는 일대 이벤트로 들뜬 분위기의 이 지역은 오늘도 대성황을 누리고 있었다.

"확실히 너랑은 면식이 거의 없을지도 모르지만, 저렇게 친절해 보이는 분이신데……."

"……음, 난 잘 모르겠어. 다만……."

리엘은 표정을 아주 약간 찡그렸다.

"……저 사람에게서…… 엄청 싫은 느낌이 들었어."

"싫은…… 느낌?"

"응. 저 사람, 무지 기분 나빠. 뭔가 이상해. 저 사람 본인이 그렇다기보다…… 뭐랄까. 저 사람이…… 여기 있는 이유? 으음…… 그러니까……."

"그, 그랬구나. ……내가 보기엔 지나친 생각인 것 같은데……."

리엘의 느낌을 이해하지 못한 엘자는 모호하게 말꼬리를 흐릴 수밖에 없었다.

그렇게 둘 사이에 미묘한 분위기가 조성되자 엘자는 억지로 화제를 바꾸었다.

"그건 그렇고 리엘…… 기억해?"

"······?"

"내가 전에 말했었잖아? 난 강해질 거라고. 언젠가 네 옆에 나란히 서서 싸울 수 있게 될 거라고."

엘자는 경쾌한 스텝을 밟고 앞으로 나와 리엘을 돌아보았다. 그리고 마도사 예복을 자랑하듯 가슴을 폈다.

"나도······ 여기까지 왔어. 리엘."

엘자는 눈을 깜빡거리는 리엘에게 진심으로 기쁘게 웃어 보였다.

"난 아버지처럼 누군가를 지키기 위해 검을 휘두르는 군인이 될 수 없을 거라고 줄곧 체념하고 있었어. ······하지만 네 덕분에 여기까지 올 수 있었어."

"······엘자."

"그리고 예전에 아버지가 짊어졌던 넘버······《운명의 수레바퀴》를 이어받았을 뿐만 아니라 너와 함께 싸울 수 있게 되다니······ 정말 꿈만 같아. 이건 전부, 전부 네 덕분이야. ······정말 고마워, 리엘."

"아냐."

하지만 리엘은 작은 목소리로 부정했다.

"엘자가 군인이 될 수 있었던 건, 엘자가 노력한 덕분이야. 난 관계없어."

"아니, 관계는······ 있어."

엘자는 가만히 서 있는 리엘에게 한걸음 다가가 손을 잡았다.

그리고 고개를 갸웃거리는 그녀의 얼굴을 서로의 숨결이 느껴질 정도로 가까운 거리에서 뚫어지게 바라보았다.

졸려 보이는 리엘의 눈동자에 자신의 얼굴이 비쳐 보였다.

"……엘자?"

"리엘…… 난…… 너를……."

엘자가 뭔가를 고백하려 한 순간—.

"아~ 그, 뭐냐. 너희들, 사람이 지나다니는 길 한복판에서 생산성이라곤 쥐뿔도 없는 러브 코미디를 찍는 건 좀 참아줬으면 좋겠다만……."

어느새 두 사람 옆에 서 있던 청년이 난감한 얼굴로 머리를 긁적거리며 대화에 끼어들자 엘자의 몸이 본능적으로 반응했다.

"아…… 꺄아아아아아아아아아아악?!"

얼굴이 완전히 새빨갛게 익은 엘자가 몸을 회전하며 반사적으로 검을 빼들자 섬광이 번뜩였다.

"우와아아아아아아아아아아아아아아아앗?!"

그러자 목을 노리고 날아드는 새하얀 칼날을 청년은 왼손의 손가락으로 재빨리 잡아챘다.

덕분에 엘자의 도를 아슬아슬하게 멈출 수 있었다.

"자, 잠깐! 잠깐! 갑자기 이게 뭔 짓이냐고, 이 짜샤아아아아아!"

청년, 글렌은 눈물을 글썽거리며 마구 고함을 질러댔다.

"뭐야! 이게 뭐냐고! 뜬금없이 칼부림이라니, 날 죽일 셈이야?!"

"아, 아아아앗?! 글렌 선생님?! 죄, 죄송해요! 갑자기 기척이 나타나서 적인 줄 알고!"

"네가 무슨 파블로프의 개야?! 아니, 그보다 내가 가까이 온 걸 눈치채지 못한 건 너희가 이상한 세계에 빠져 있던 탓이잖아!"

글렌은 쿵쾅거리는 심장을 진정시키며 냉큼 위험물과 거리를 벌렸다.

"참 나, 알자노 제국 대표 선수단의 호위가 추가로 온다길래 지정된 장소에서 기다리다가 하마터면 그 호위한테 죽을 뻔했구만. ……진짜 전대미문의 사태가 될 뻔했다고."

"죄, 죄송해요! 죄송해요! 정말 죄송해요!"

변명의 여지가 없는 엘자는 연신 고개를 숙이며 사과할 수밖에 없었다.

사실 엘자의 기량이라면 굳이 막지 않아도 살가죽을 살짝 벤 정도로 끝났겠지만 심장에 악영향을 주는 결과인 건 마찬가지였을 테니 말이다.

"아무튼 앞으로 잘 부탁하마. 특무분실 집행관 넘버 10 《운명의 수레바퀴》 엘자, 집행관 넘버 7 《전차》 리엘. ……설마 집행관을 둘이나 호위로 보내주시다니, 폐하께는 그저 감사할 따름이야."

"예! 아무쪼록 저희에게 맡겨주세요!"

"응."

글렌이 한숨을 내쉬며 인사하자 엘자와 리엘도 제각각 대답했다.

"……뭐, 그건 그렇고."

마음을 진정시킨 글렌은 마도사 예복을 입은 엘자를 힐끔 쳐다본 뒤 입을 열었다.

"네 검술은 성 릴리교 유학 사건 시점에서 이미 리엘과 호각이었어. 그러니 최근 인원이 부족한 특무분실에서 널 집행관으로 발탁하는 건 충분히 있을 수 있는 일이라 보고 있었지. 그래도…… 정말로 괜찮겠어? 엘자. 이쪽 세계는 결코 녹록치 않아."

엘자에게 충고했다.

"네가 앞으로 보게 될 건 마술의 어둠이야. 인간의 더러운 업(業) 그 자체지. 그런데도 넌 정말 괜찮겠어? 만약 네가 그런 부분에 대한 인식이 부족했다면 솔직히……."

"괜찮아요."

하지만 엘자는 의연하게 망설임 없이 단언했다.

"분명 선생님 말씀대로겠죠. 앞으로 제가 직면하게 될 것들은 제 상상을 뛰어넘는 지옥일 거예요. 지금까지의 훈련 과정과 실전을 통해서도 그 편린을 볼 수 있었죠. 그리고 그

건 고작 입구에 불과하다는 것도…… 예, 알아요. 하지
만…… 그러하기에 더욱더 전 검을 들어야만 해요. 제가 검
을 든 의미가 있는 거예요."

"……!"

"제 아버지…… 전 집행관 넘버 10 《운명의 수레바퀴》 사
쿄우 스이게츠 빌리프는 저에게 이런 가르침을 내려주셨어
요. 지키기 위해 검을 휘두르라고, 살리기 위해 검을 휘두르
라고요. 그 검이야말로 제 모든 것. 그 스이게츠의 이름과
함께 내려오는 가르침이 저에게 검을 들게 하고 제 영혼의
등을 떠밀고 있어요. 평화로운 삶에는 아무런 의미가 없다
고. 검으로 개척하는 치열한 길속에 제 삶의 증거가 있다고.
그것이야말로…… 제 운명이라고."

"……."

"걱정하지 마세요, 선생님. 전 이 선택을 후회하지 않아
요. 그것이 긴 여정이 될지…… 아니면 무척 짧은 여정이 될
지는 아직 모르겠지만, 저는 마지막까지 이 검과 함께 이 길
을 걸어갈 각오가 됐으니까요."

이것은 아마 무사도라 불리는, 죽는 방식에서 도(道)와 삶
의 의미를 찾고 자아를 연마하는 동방 특유의 사상을 전수
받은 엘자이기에 가능한 경지이리라.

'그렇군. ……특무분실도 제대로 된 인재를 건진 모양이야.'

글렌은 마치 어떤 깨달음을 얻은 듯한 엘자의 눈을 보고

그렇게 확신했다.

그녀의 이상은 글렌처럼 『정의의 마법사가 되고 싶다』 같은 애매모호한 것이 아니었다. 원하는 결과를 얻지 못하면 아무런 의미도 없는 종류의 것이 아니었다.

엘자가 추구하는 것은 결과가 아니라 그 과정에 존재하는 것이었으므로.

"……그런가. 하긴, 너라면 괜찮을 것 같군."

손에 닿지 않는 눈부신 무언가를 바라보는 눈으로 엘자를 응시하던 글렌은 이윽고 가볍게 웃음을 흘리며 등을 돌렸다.

"어딘가의 꿈만 큰 망할 자식에게도 너 같은 강함이 조금이라도 있었다면……."

"선생님?"

"자, 가자. 너희는 호위잖아? 다들 기다리고……."

그 순간, 갑자기 등에 충격과 무게감이 엄습했다.

"……응? 너, 넌 또 왜 이래? 리엘……."

"……."

리엘이었다. 글렌의 등에 업히려는 것처럼 매달린 그 모습을 본 순간, 엘자의 뺨이 실룩거렸다.

"글렌. 무슨 일이야? 지금 기운이 좀 없어 보였어."

리엘은 글렌의 등에 단단히 매달린 채로 속삭였다.

"괜찮아. 안심해. 내가 지켜줄게. 난 글렌의 검이니까."

"야, 야 인마…… 알았어. 알았으니까 좀 떨어져."

왠지 모르게 엘자 쪽에서 느껴지는 차갑고 날카로운 위압감에 글렌은 식은땀을 흘리면서 리엘을 뿌리치려 했다.

하지만 리엘은 완전히 찰싹 달라붙어서 떨어지려 하지 않았다.

"야! 그만 좀 내려오라니까!"

"싫어."

"우째서?!"

"오랜만에 만났으니까."

"뭐어?!"

"그리고…… 글렌, 요즘 다른 애들만 신경 쓰느라 나랑 전혀 놀아주지 않았는걸."

"아니, 그, 그건 내가 총감독이니 어쩔 수 없잖냐."

"잘은 모르겠지만 이러고 싶은 기분이니까 한동안 이러고 있을래."

"자, 잠깐! 이 바보야! 장난 좀 그만해!"

글렌은 등으로 손을 뻗어서 어떻게든 리엘을 떼어놓으려 했으나 결국 무리였다.

"……."

그 사이에도 엘자는 그저 가만히 그런 둘의 모습을 바라보고만 있었다.

도저히 속을 알 수 없는 얼굴로…….

"참 나, 어쩔 수 없구만."

결국 포기한 글렌은 굳은 표정으로 엘자를 조심스레 돌아보더니 횡설수설 변명하기 시작했다.

"진짜 아직도 어리광이 덜 빠진 동생 같은 녀석이다만……자, 잘 좀 부탁하마! 엘자! 응? 그러고 보니 리엘 쪽이 상관이었던가? 이거 참 난처한걸. 아하, 아하하하……."

그러자 엘자가 마치 봄바람처럼 밝게 웃으며 다가와 속삭였다.

"작작 좀 까부시죠."

"히익?!"

그 순간, 북풍한설 같은 냉기가 등골을 스쳐 지나갔다.

성 릴리교의 유일한 상식인에게 설마 이런 독설을 들을 줄 꿈에도 몰랐던 글렌은 한순간 눈앞이 깜깜해졌다.

"후훗, 선생님. 리엘. 슬슬 가죠. 이제 마음 푹 놓으세요. 저희가 온 이상 선수단 여러분은 목숨을 바쳐서라도 지킬 테니까요. ……예, 선수단 여러분은요."

"저기…… 그 안에 저도 포함됩니까?"

엘자는 대답하지 않고 방긋 웃더니 성큼성큼 걸어갔다.

"……? 엘자, 조금 화냈어? ……어째서?"

"너 때문이거든?"

글렌은 성대하게 한숨을 내쉴 수밖에 없었다.

'왠지 마술제전이 시작된 후부터 골치 아픈 일이랑 마음고

생이 끊이질 않는구만……. 슬슬 본격적으로 누가 나 좀 도
와줬으면…….'

어서 이번 일을 마치고 평범한 일상생활로 돌아가고 싶었다.

'뭐, 아무튼 조금만 더 버티면 되겠지. 이제 끝이 머지않았
으니까. ……조금만 더 버티면 예전 생활로 돌아갈 수 있을
거야.'

멍하니 그런 생각을 한 글렌은 리엘을 업은 채 걸음을 옮
기기 시작했다.

글렌은 리엘과 엘자를 데리고 세리카 엘리에테 대경기장
으로 돌아왔다.

"와, 오랜만이야! 리엘! 마지막으로 만났던 게 제국 대표
선발전 때였지?"

"일 때문에 군에 복귀했었던 거지? 잘 지냈어?"

"응."

그리고 시스티나와 루미아를 비롯한 일행과 합류했다.

리엘과 엘자라는 굉장한 실력의 호위가 대표 선수단에 합
류한 덕분에 글렌과 이브의 부담도 그만큼 훨씬 줄어드리라.

아무튼 어젯밤만 해도 제국 대표 선수단의 탈락을 노린
성 엘리사레스 교회 성당 기사단 제13성벌 실행부대의 괴물
들과 비밀리에 일전을 치르지 않았던가.

루나와 체이스는 이제 손을 떼겠다고 했지만 솔직히 전혀

라스트 크루세이더스

신용할 수 없었다. 그러니 호위 전력이 늘어난 건 기뻐할 수밖에 없었다.

그리고 오늘은 하늘에 구름 한 점 없는 쾌청한 날씨였다.

마술제전을 진행하기에는 그야말로 최고의 날.

어제 사막의 나라 하라사를 상대로 이겨서 2회전으로 진출한 알자노 제국의 오늘 시합은 오후부터라 선수단 멤버들은 오전 중에 열릴 레자리아 왕국과 갈츠 공업국의 대전을 적의 정보를 파악할 겸 관전하기로 했다.

그래서 현재 선수단 관계자 전용석 일부를 차지한 글렌 일행은 중앙 경기장에서 대치한 레자리아 대표 선수단과 갈츠 대표 선수단의 모습을 내려다보고 있었다.

"만약 우리가 다음 시합에서 이긴다면…… 결승에서 마주치는 건 저 두 팀 중 하나겠지. 과연 어느 쪽이 올라오려나?"

글렌의 주위에는 시스티나, 콜레트, 프랑신, 지니, 기블, 자일, 리제, 레빈, 마리아, 하인켈을 비롯한 제국 대표 선수들은 물론이고 이브, 루미아, 엘렌 같은 보조역과 방금 호위로서 합류한 리엘, 엘자. 그리고 엉겁결에 끼어든 카슈, 웬디, 테레사, 세실, 린 같은 응원단 멤버들도 저마다 자리를 하나씩 차지한 채 마른침을 삼키며 시합 개시 신호를 기다리고 있었다.

"……어느 쪽이 올라올 거라고 보세요, 리제 선배?"

"흐음…… 어제 1회전만 봐선 판단을 내리기 어렵네요."

"하긴, 그렇겠죠. 두 팀 다 엄청 강해보이던걸요. ……으으."

시스티나의 질문에 리제와 마리아가 복잡한 얼굴로 대답했다.

"하! 누가 이기든 상관없어! 요컨대 우리가 박살내버리면 그만이니까!"

"오호호호~! 그럼요! 결코 저희의 적수는 못 된답니다!"

"하아…… 머릿속이 텅텅 빈 아가씨들은 늘 행복해보이셔서 참 부럽네요."

변함없이 속 편한 소리만 내뱉는 콜레트와 프랑신에게 지니가 평소처럼 독설을 퍼부었다.

"……훗, 넌 어느 쪽이 이기길 바라지?"

"흐음…… 개인적으로는 갈츠 쪽이었으면 좋겠군."

레빈의 질문에 기블이 중지로 안경을 고쳐 쓰면서 대답했다.

"……놈들의 마술은 우리가 비집고 들어갈 틈이 있을 것 같거든."

"흥. 뭐, 자잘한 건 너희들에게 맡기지. 난 앞에서 막고 있기만 하면 되니까."

기블의 감상에 자일이 건성으로 대답했다.

그런 식으로 학생들이 예상을 주고받는 한편—

"……네 생각엔 어디가 올라올 것 같아? 이브."

글렌은 옆에서 팔짱을 끼고 다리를 꼰 채로 의자에 앉은 이브에게 작은 목소리로 물었다.

"뭐, 내 예상으로는 레자……."

이브가 새침하게 머리카락을 쓸어 올리며 입을 연 그때였다.

"이번 시합에서 이기는 건 갈츠다! 틀림없어!"

뒤에서 묘하게 확신에 찬 굵은 목소리가 들렸다.

글렌과 이브가 고개를 돌리자, 그곳에는 위압감이 넘치는 거한이 위풍당당하게 팔짱을 낀 채 앉아 있었다.

제국 대표 선수 중에서 가장 체격이 좋은 자일과 비교해도 키와 덩치가 훨씬 더 클 뿐만 아니라 통나무처럼 굵은 팔다리는 마치 강철처럼 단단해 보였다. 옷 사이로 드러난 피부와 얼굴도 상처투성이라 그야말로 역전의 전사를 방불케 하는 박력을 자아냈다.

하지만 그 터질 듯한 근육질의 몸을 체면치레 정도로만 가린 하얀 로브가 이 거한이 마술사라는 것을 그나마 증명해주고 있었다.

"저기…… 누구시죠?"

"하하하! 그 녀석은 녹음의 나라 탈리신의 떡갈나무 학사 대표 선수단 소속 드루이드인 길리엄 윌러스야. 어제 시합에서 못 봤어?"

뺨을 실룩거리는 글렌의 질문에 대답한 것은 마침 근처에 있었던 하라사 대표 선수단의 메인 위저드 아디르였다.

그의 옆에는 파트너인 소녀 엘시드도 있었다.

어제 시스티나와의 사투에서 입은 부상은 이제 완전히 나

있는지 오늘은 한 명의 관객으로서 시합을 관전할 생각인 듯했다.

"아니, 난 볼일이 좀 생겨서 자리를 비운 탓에……."

글렌은 알리시아 7세와의 극비 면회를 떠올렸다.

"아무튼 길리엄 씨. 떡갈나무 학사라고 했던가? 혹시 거기 감독이슈?"

"응? 우리랑 같은 학생이야. 그것도 대회 최연소인 열네 살짜리 선수지."

이미 탈락해서 미련이 없기 때문인지, 아니면 원래 그런 성격인 건지 아디르가 쿡쿡 웃으면서 천연덕스럽게 말을 걸었지만 지금 중요한 건 그쪽이 아니었다.

"여, 열넷……?! 열네 살이라고?! 이, 이게……?"

"……세상 참 넓네."

어마어마한 존재감과 관록 때문인지 주위의 자리가 텅텅 빈 드루이드 소년(?) 길리엄의 정체에는 글렌뿐만 아니라 이브까지 놀라서 식은땀을 흘렸다.

하지만 길리엄은 그런 반응에도 전혀 개의치 않고 관록이 넘치는 목소리로 말했다.

"알자노 제국의 전사들이여. 안타깝게도 그대들의 쾌진격은 여기까지요. 이제 갈츠 마도공전의 전사들이 그대들의 앞을 가로막을 테니 말이오."

"저기, 너. 진짜 몇 살이야? 열네 살이라는 건 농담이지? 응?"

글렌이 계속 태클을 걸었으나 길리엄은 무시했다.

"저들은 우리 탈리신의 정예를 정면에서 무너트린 강자 중의 강자…… 우리를 이긴 이상 저들에게 남은 건 우승뿐일 터."

"아니, 진 게 분해서 너희를 이긴 상대가 우승해줬으면 하는 것뿐 아닌가?"

길리엄은 아드르의 태클도 무시했다.

"갈츠의 무서움은 그 세계 최고 수준의 마도공학 정수를 퍼부은 마도인형과 기계병기의 제작 기술에 있소이다! 강철로 만들어진 그것들은 무시무시한 화력과 견고함을 자랑하며 적을 유린할 터……! 저걸 보시오!"

길리엄은 중앙 경기장을 검지로 척 가리켰다.

그곳에는 거대한 요새가 있었고 주위에는 평원과 숲 등이 펼쳐져 있었다.

이번 시합의 규칙은 공격측과 방어측이 나눠진 공방전이었다. 적 팀의 메인 위저드를 쓰러트리는 것 외에도 방어측이 거점으로 삼은 요새를 끝까지 지켜내면 방어측의 승리. 공격측이 요새를 제압하면 공격측의 승리다.

그리고 현재 방어측이 된 갈츠의 대표선수단이 대포나 함정 같은 수많은 마도 병기를 소환해서 배치하는 중이었다.

"흐에…… 저게 전부 학생들이 직접 만든 건가?"

"맞아. 다시 봐도 굉장한 마도 기술력이네."

"훗, 그렇지 않소?"

글렌과 이브가 감탄하자 어째선지 길리엄이 자랑스러워했다.

"훗, 저 기계들 앞에서 대자연의 힘을 다루는 우리의 녹마술은 그야말로 속수무책이었소이다."

"뭐, 탈리신은 원래 자연과 함께 살아가는 평화주의 국가니까. 녹마술도 원래는 전투용 마술이 아니고……."

아디르가 길리엄의 어깨를 두드렸다.

"뭐, 네가 한두 명쯤 더 있었으면 결과는 달랐을지도 모르지만."

그 순간, 글렌 일행이 지켜보는 가운데 갈츠의 메인 위저드인 듯한 소녀가 뭔가 주문을 영창하기 시작했다.

그러자 소녀의 눈앞에 기계로 만들어진 거대한 푸른 갑주가 소환되었다. 명백히 인간이 착용할 수 있는 방어구로 보이지는 않았다.

"뭐, 뭐야 저건?"

그 거대한 갑주의 전면부가 증기를 내뿜으며 열렸다.

그 안으로 소녀가 탑승하자 전면부가 닫히는 동시에 다시 증기가 뿜어졌고 마력 방전 현상을 일으킨 갑주가 마치 인간처럼 자연스럽게 움직이기 시작했다.

"……마력 구동식 외장 갑옷?!"

글렌은 그제야 알겠다는 얼굴로 손바닥을 내리쳤다.

"응, 맞아."

이브가 고개를 끄덕였다.

"마도사의 차세대 장비로 알자노 제국에서도 과거에 어느 정도 자금을 투자해서 연구했었던 물건이야. 하지만 갑옷에 도입한 기계 부품의 규격화와 공급망 확보의 실패와 동작성능의 불안정성과 높은 정비 전문성. 그리고 무엇보다도 마도기술에 과학기술을 크게 접목시켜야 하는 점에 구세대의 군 관계자와 마술사들이 난색을 표해서 사장된 기술이지. 현재는 일부의 호사가들이 취미삼아 연구하는 정도라고 들었어."

"그렇군. 공업 국가이기에 가능한 마술이라는 건가. ······역시 세계는 넓군."

만약 마술학원의 마도공학 교수인 오웰 슈더가 이 자리에 있었다면 기뻐 날뛰었을 거라고 글렌이 막연하게 생각한 순간─

"나왔다아아아아아아아아아아아아아아아아아아아!"

뒤에서 어마어마한 성량이 폭발했다. 길리엄이었다.

"갈츠의 메인 위저드 프레데리카 양의 마력 구동식 외장 갑옷 『블루 렉스』 다아아아아아! 으으음, 멋지군! 참으로 멋져!"

양손을 쳐들고 온몸으로 기쁨을 표현했다.

조금 전까지만 해도 마치 역전의 전사 같은 관록을 보였던 모습과 완전히 딴판인 반응에 글렌과 이브는 입을 떡 벌리고 말았다.

"하 물 며! 저렇게 작고 귀여운 소녀가 저런 우락부락하고 투박한 갑옷을 입고 싸우다니! 흐하하하하하! 죽여주는 군! 저 반전매력에 내 영혼 깊숙한 곳에 잠든 뭔가가 끓어오르고 있어! 이 몸은 프레데리카 양에게 진 것에 한 점의 후회도 없도다! 파이티이이이이잉! 프레데리카 야아아아아앙!"

"아, 응. 뭐…… 나이를 생각하면 당연한 반응이겠지? 응."

"당연한 반응? 아니, 내가 보기엔 그런 귀여운 게 아닌 것 같은데……."

글렌과 이브는 생각하는 것을 그만두었다.

그러는 사이에 이윽고 시합 준비가 끝나고 관객들이 마른침을 삼키며 지켜보는 가운데, 공업국가 갈츠과 레자리아 왕국의 시합이 엄숙한 분위기 속에서 시작되었다.

그리고 그 결과는—.

"압승이군."

"……응. 일방적이었어."

글렌의 진지한 목소리에 이브도 굳은 표정으로 대답했다.

그 목소리는 시합이 끝났는데도 조용히 가라앉은 경기장에 서늘하게 울려 퍼졌다.

"그래. ……레자리아 왕국의 압승이야. 승부조차 되지 않았군."

글렌은 다시 중앙 경기장으로 시선을 내렸다.

그러자 무참하게 파괴된 갈츠의 방어요새와 마도병기들의 잔해, 그리고 대파된 마력 구동식 외장 갑옷들이 눈에 들어왔다.

갈츠는 중상자가 다수. 개중에는 마술사 생명이 끝난 이도 몇 명 있어 보였다. 사망자가 나오지 않은 것이 기적일 정도였다.

자세히 보니 갈츠의 메인 위저드 프레데리카가 파괴된 자신의 갑옷 옆에서 힘없이 무릎을 꿇은 채 원통한 얼굴로 울고 있었다.

그리고 레자리아 왕국의 메인 위저드 마르코프가 그런 그녀를 마치 쓰레기라도 보는 눈으로 내려다보고 있었다.

"레자리아 왕국의 파르넬리아 통일 신학교 학생들이 사용하는 신성법술…… 거 참, 화력이 무지막지하구만. 특히 메인 위저드인 마르코프 드라구노프…… 저 녀석이 문제야. 저 녀석의 법력 앞에서 강철 갑옷 따윈 종잇장이나 마찬가지군."

글렌은 신음을 흘렸다.

레자리아 왕국과 갈츠의 시합은 시종일관 일방적이었다.

마술로 강화된 마력 구동식 외장 갑옷의 방어력은 진짜다. 평범한 마술로는 흠집 하나 낼 수 없으리라. 저것을 뚫으려면 어지간한 방법으로는 무리였다.

하지만 레자리아 왕국의 대표 선수단은, 그중에서도 특히 메인 위저드 마르코프 드라구노프는 초월적인 화력으로 정면에서 파훼했다.

성 엘리사레스 교회 성당기사단과 이단심문회는 때로는 인외의 괴물인 악마나 불사자를 상대로 싸울 때도 있다. 그런 존재들에게 대항할 수단은 절대적인 화력뿐, 순수한 강함뿐이라는 것을 증명하는 듯한 시합 내용이었다.

"으허어어어어어엉~! 프레데리카 야아아아아앙!"

뒤에서 울부짖는 길리엄은 일단 무시하기로 했다.

"이틀 전에 있었던 세리아 동맹과의 시합은 완전히 장난이었나 보네. ……다소의 잔재주로는 막을 수 없겠어. 후우…… 작전을 다시 세워야겠네."

이브가 골치 아프다는 듯 인상을 찌푸렸다.

"……"

알자노 제국의 선수들은 하나 같이 경악한 얼굴이었다.

리제와 레빈 같은 팀의 주력도 방금 시합에서 마르코프가 드러낸 진짜 실력을 보고 식은땀을 흘리며 동요를 감추지 못했다.

'아~ 왠지 안 좋은 분위기구만. 오후부터 일룬국과의 시합이 있는데…….'

그 시합에서 이기지 못하면 레자리아 왕국과의 시합은 성사조차 될 수 없었다.

글렌이 뭔가 말이라도 해주려고 입을 연 그때였다.

"당신이 알자노 제국팀의 감독임까?"

뒤에서 경박한 목소리가 들렸다.

고개를 돌리자 붉은 로브를 걸친 소년의 모습이 눈에 들어왔다. 언뜻 봐도 세상을 깔보고 있는 듯한 경박한 분위기의 갈색머리 도련님이었다.

하지만 그건 겉모습뿐이었고 눈에서는 총명함과 사려 깊은 면모가 느껴졌다. 아무래도 겉보기와는 다른 인물인 듯했다.

"……넌?"

"아~ 처음 뵙겠습다. 전 세리아 동맹 대마술 길드의 메인 위저드…… 알프레드 세리터리. 잘 부탁드립다, 선생님."

"세리터리? 아, 그 세리터리 가문인가. 그 이름은 제국에서도 유명……."

"제 가문 같은 건 신경 쓰지 마십쇼. 어차피 지금의 전 대회 첫날에 레자리아를 상대로 처참하게 진 꼴사나운 패배자일 뿐이니까요! 아~ 집에 돌아갔을 때를 생각하니 벌써부터 마음이 무겁습다."

알프레드 소년은 자조하듯 웃었다.

경박 그 자체인 말투였으나 왠지 모르게 호감이 가는 인물이었다.

"그래서 뭐? 나한테 무슨 볼일이라도?"

"아니, 선생님도 보셨잖습까. 레자리아의, 파르넬리아 통일 신학교 놈들의 실력을요. ……만약 저놈들과 맞닥트리게 되다면 기권하는 것도 하나의 방법이라고 말씀드리고 싶었던 것뿐임다."

기권.

그 단어를 들은 순간 어젯밤의 일을 떠올리고 몸이 반사적으로 반응했지만 아무래도 알프레드는 순수한 마음에서 한 조언인 듯했다.

"댁네 시스티나 양은…… 제가 보기엔 수십 년에 한 명쯤 나올 인재더구만요. 솔직히 전 평생 꽁무니도 못 따라잡을 것 같슴다."

"……."

"그리고 파르넬리아 통일 신학교 놈들…… 특히 저 마르코프는 알자노 제국팀을 이교도 취급하면서 완전히 적대시하고 있죠. 그러니 틀림없이 시스티나 양을 뭉개버리려고 들 겁니다. 제국의 대표를 왕국의 대표가 쓰러트리는 것보다 더한 공적은 없을 테니까요."

"……그렇군. 그래서 얌전히 기권하는 것도 방법이라고?"

"예, 그렇슴다. 저런 정신 나간 놈들과 진지하게 어울려줄 필요는 없다고요? 진심으로요. 시스티나 양에겐 장래가 있으니까요."

그러자 이브도 대화에 끼어들었다.

"알프레드라고 했던가? 그러고 보니 당신은…… 이른 단계에서 적과의 실력차이를 파악하고 동료들의 부상을 피하는 동시에 최대한 원만하게 지려고 수를 썼었지? 몰래 동료들에게 수호의 룬을 걸어주면서."

그렇다. 세리아 동맹은 전원 격파라는 불명예스러운 패배를 맞이했지만, 팀원 대부분은 경상에 그쳤다. 갈츠처럼 재기불능 수준의 부상을 당한 자는 없었다.

"똑같은 패배라도 갈츠에 비해 세리아 동맹에 극단적인 중상자가 없는 건 틀림없이 당신의 숨은 공로 덕분이야. 그 점은 칭찬할게."

"예? 어어? 어라? 들켰던 건가요?!"

알프레드가 과장스럽게 뒤통수를 치며 깔깔 웃었다.

"그쪽의 초절미녀 누님, 안목이 대단하시네요? 들키지 않도록 나름 조심스럽게 움직인 건데 말이죠! 뭐, 아무튼 그런 겁다! 오늘의 갈츠 녀석들처럼 진심으로 싸웠다간 최악의 경우 재기불능이 될 수도 있으니 조심하라고…… 뭐, 괜히 오지랖 좀 부려본 거죠."

알프레드는 그런 말을 남기고 떠나갔다.

'……자, 그럼 잔뜩 쫄아버린 녀석들에게 무슨 말을 해줘야 좋을까.'

그리고 글렌이 대충 그런 생각을 하면서 시스티나를 돌아보자—

"……!"

그녀는 작게 몸을 떨고 있었다.

한순간, 역시 겁을 먹었나 싶었는데 아니었다.

시스티나는 굳게 주먹을 쥔 채 정열적인 눈으로 마르코프를 내려다보고 있었다.

마치 대단한 인물을 눈앞에 둔 것처럼 흥분을 감추지 못하는 모습.

그 반응에 글렌은 눈을 깜빡일 수밖에 없었다.

"……선수들에게 뭐라고 말이라도 해줘야 하는 거 아니야? 감독 씨."

"아니, 잠깐 지켜보자."

옆에서 이브가 빈정거렸으나 글렌은 들었던 엉덩이를 다시 내려놓았다.

그러자 이윽고 시스티나가 자리에서 일어나 제국 대표 선수들을 돌아보았다.

"아무래도 결승전 상대는 정해진 것 같네."

자연스럽고 차분한 모습에 모두의 시선이 모였다.

"레자리아 왕국 대표 선수단…… 내가 보기엔 우리 힘이 전혀 통하지 않는 상대는 아니야. 확실히 마르코프 드라구노프는 돌출된 전력이지만…… 그는 내가 반드시 막아낼게."

시스티나는 주먹을 굳게 쥐었다.

그 얼굴에 허세나 불안감은 없었다. 그저 세계의 높은 벽에 도전하고 싶다, 자신의 힘을 시험해보고 싶다는 치기어린 정열이 조용히 타오르고 있을 뿐이었다.

"마르코프만 막으면 종합적인 전력은 틀림없이 우리가 위야! 걱정하지 마! 진정한 마술사가 어떤 건지 레자리아 놈들에게 똑똑히 보여주는 거야!"

그리고 그 자신만만한 선언을 들은 선수들은 서서히 동요를 가라앉혔다.

"그러려면…… 먼저 오후 시합부터 이겨야겠지! 반드시 이기자, 얘들아!"

"아, 으응! 물론이지!"

"예, 저희가 힘을 합치면 화력밖에 볼 게 없는 저런 치들은 무서울 것도 없죠!"

그런 시스티나의 눈부신 모습과 믿음직스러운 말에 사기도 다시 타오르기 시작했다.

어느새 다들 다음 시합을 대비해 의욕을 불태우고 있었다. 더는 걱정할 필요가 없을 것 같았다.

"어때?"

글렌은 의기양양한 얼굴로 이브를 흘겨보았다.

"……많이 성장했네."

이브도 보기 드물게 감탄한 얼굴로 대답했다.

"그래, 정말 대단한 녀석이야. 얼마 전까지만 해도 좀 위험해지면 금방 머리를 끌어안고 빽빽 울어대기만 했었는데……."

글렌은 뭔가 눈부신 것을 보는 듯한, 동경하는 듯한 얼굴로 시스티나를 흘겨보았다.

"저 녀석이 장래에 어떤 마술사가 될지, 어떤 광경을 보여줄지…… 정말 기대가 돼."

"응, 그러게. 그녀는 틀림없는 『진짜』야. 하지만……."

하지만 이브는 약간 다른 반응을 보였다.

"……하지만, 뭐?"

"응…… 좀 **성장이 지나치게 빠른 게 아닐까** 싶어서."

"……?"

그 발언에 글렌은 의아한 얼굴을 했다.

"타고난 재능도 있겠지만…… 가문, 스승, 전장…… 쟨 지나칠 정도로 성장할 환경이 풍족했어. 그 덕분에 재능을 비약적으로 개화하고 말았지. 보통은 몇 년에 걸쳐서 차근차근 해야 할 걸 단숨에……."

"그게 뭐가 문젠데?"

"글쎄? 문제가 없으면 그걸로 됐어. ……문제가 없으면 말이지만."

그리고 이브는 입을 다물었다.

더 캐물어봤자 대답해줄 것 같은 분위기가 아니었다.

"……대체 무슨 말이 하고 싶었던 거지?"

뭔가 석연치 않은 불안이 남았으나 글렌은 다시 선수들의 중심에서 화사하게 웃는 시스티나를 눈으로 좇았다.

오전 시합이 끝나고 휴식 시간.

알자노 제국 대표 선수들은 오후 시합 전까지 세리카 엘리에테 대경기장 안에 있는 특별 식당에서 식사를 겸해 시간을 보내기로 했다.

이곳은 마술제전 출장 관계자만 특별히 이용할 수 있는 시설이다 보니 운영 위원회가 외부 감사 기관의 감시하에 엄중한 안전 보장과 철저한 품질 관리를 유지하고 있어서 선수들이 안심하고 식사할 수 있는 장소였다.

마술적인 방어 결계도 있어서 독극물과 부정행위는 절대로 불가능했고, 뷔페 형식이라 관계자는 원하는 만큼 음식을 먹을 수도 있었다.

"우오오오오오오?! 여기가 바로 천국이구나아아아아아아!"

"전세계의 사람들이 보는 앞에서 꼴사나운 짓 좀 하지 마세요!"

그러다 보니 당연히 글렌은 산더미처럼 음식이 쌓인 접시들을 든 채 감동의 눈물을 흘릴 수밖에 없었고 시스티나도 평소처럼 설교를 시작했다.

"그치만 야! 전 세계의 요리를 마음껏 먹어도 된다고?! 심지어 공짜로! 에잇! 이렇게 된 이상 이 음식들은 전부 내 꺼다아아아아아아!"

"아, 이 인간이 진짜!"

"자요, 선생님! 저쪽에 있던 칠면조를 접시째 전부 가져왔어요! 이 충성심 넘치는 귀여운 마리아를 칭찬해주세요!"

"오오, 잘했다! 마리아!"

"거기! 이 몹쓸 인간 좀 부채질하지 마!"

"저기, 시스티. 이것 좀 볼래? 시스티가 오후 시합에서 멋진 모습을 보여줬으면 해서…… 영양을 잘 섭취하라고 먹을 걸 잔뜩 가져와봤어."

"에, 엘렌? 뭐니? 그 케이크 탑은?! 거의 내 키만큼 쌓았잖아!"

"당분은 에너지가 된다잖아? 넌 분명 많이 움직여야 할 테니까…… 자, 아~."

"그걸 다 먹었다간 오히려 못 움직이게 될걸?! 아니, 날 죽일 셈이야?!"

때와 장소를 가리지 않고 시끌벅적하게 소란을 피운 후, 매니저인 엘렌은 이브와 함께 사무처리를 위해 이동했고 호위인 엘자는 성당에 기도하러 가겠다는 마리아와 식후에도 기운이 넘치는 성 릴리 멤버들을 데리고 식당을 나갔다.

"이렇게 우리 넷만 모인 것도 참 오랜만이네."

"후후, 그러게. 시스티."

"응."

그리고 시스티나, 루미아, 리엘, 글렌은 식당 한켠에서 느긋하게 시간을 보내는 중이었다.

"뭐, 다들 할 일이 많아서 바빴으니……."

"대표 선발전 때부터 정말이지…… 눈코 뜰 새 없이 바빠서 매일 꿈을 꾸는 기분이었어요. 돌이켜보면 저희도 참 먼 곳까지 와버린 것 같네요."

글렌이 지친 목소리로 말을 꺼내자 시스티나는 감회 깊은 표정으로 대답했다.

"미안. 루미아, 리엘. ……그동안 이렇게 느긋하게 얘기할 시간도 내지 못해서……."

"아니, 괜찮아. 넌 꿈을 이루기 위해 그만큼 정신없이 노력했던 거잖아? 우리가 해줄 수 있는 건 그런 네가 조금이나마 목표에 가까워질 수 있도록 버팀목이 되어주는 것뿐인걸."

"응. 나도 문제없어. 신경 쓰지 말고 열심히 해."

"둘 다, 고마워……."

이해심 넓은 친구들의 대답에 시스티나는 그저 고마워할 수밖에 없었다.

"저기…… 선생님도요."

"으응?"

"라스트 크루세이더스라고 하셨죠? 선생님께선 또 저희를 위해 싸워주신 거잖아요. 그리고 루미아도……."

중요한 시합 전에 선수들이 동요하는 건 피하고 싶었지만, 막상 일이 터졌을 때를 대비해 시스티나와 리제를 비롯한 일부의 학생들에게는 어젯밤에 있었던 일을 밝혔다.

글렌이 지금의 시스티나라면 문제없을 거라고 판단했기

때문이었다.

"신경 쓰지 마. 난 그냥 그 비겁하고 제멋대로인 망할 광신도 놈들이 맘에 안 들어서 두들겨 패준 것뿐이니까. 하항, 거 참 꼴좋다."

글렌이 위악(僞惡)적인 태도를 취하는 건 여느 때와 다름없었지만 비일상적인 축제의 중심에 있는 시스티나는 오히려 거기서 안심감을 느꼈다.

"걱정하지 마. 너흰 내가 지켜줄게. 이미 그……그 라스트 뭐시기라는 이상한 사람들도 내가 쫓아냈는걸."

"나도 모두의 힘이 되어주고 싶어. 구체적인 방법은 아직 찾지 못했지만…… 지금은 그저 누군가를 위해…… 그리고 그 안에는 당연히 시스티도 있어. 그러니 마음에 너무 담아 두지 마. 내가 그렇게 하고 싶었던 것뿐이니까."

아무런 타산도 없이 자신의 뒤를 든든하게 받쳐주는 사람들의 말에 시스티나는 가슴이 뜨거워졌다.

"선생님, 루미아, 리엘…… 전 해낼 거예요!"

그리고 그 감정에 몸을 맡긴 채 벌떡 일어나 선언했다.

"어디까지 해낼 수 있을지는 모르겠지만…… 그래도 최선을 다할게요! 이 대회에 후회를 남기지 않겠어요! 다들 지켜봐주세요! 제 싸움을!"

"그래, 마음껏 해봐라. 교사로서 끝까지 지켜봐줄 테니까."

"응원할게, 시스티."

"응. 힘내."

셋이 그렇게 시스티나를 격려한 그때였다.

"하하~ 거 참 훌륭한 각오와 자신감이로구마! 역시 소문이 자자한 제국의 메인 위저드 시스티나 양답데이!"

갑자기 날아온 낯선 목소리에 일행은 일제히 시선을 돌렸다.

그곳에는 카리기누(狩衣)라 불리는 동방의 옷을 입은 소년이 서 있었다.

실눈이 특징적인 그는 누가 봐도 수상쩍게 친한 체를 하며 시스티나에게 다가왔다.

"저기…… 누구시죠?"

"내는 오후부터 댁들과 싸울 일륜국 천제음양료 선수단의 일원인 시구레 스스키나라고 한다. 잘 부탁……."

자신을 시구레라고 소개한 소년이 악수를 요구하며 손을 내민 순간, 거대한 칼날이 눈앞을 가로질렀다.

리엘이 고속 연성한 대검이었다.

"히, 히이이이이이이이익?!"

갑작스러운 사태에 기겁한 시구레는 그 자리에서 주저앉고 말았다.

"아, 미안하게 됐군. 이곳에서 마술로 부정행위를 할 수 없는 건 알지만, 세상은 넓어. 우리가 모르는 수단이나 저주가 있을지 몰라. ……그러니 대비는 해둬야겠지?"

리엘 대신 글렌이 설명했다.

그는 머리 뒤로 깍지를 켠 채 태연한 모습을 가장하고 있었으나 역시 시합 전에 아무런 전조도 없이 시스티나에게 접근을 시도한 시구레를 경계하는 눈치였다.

"너, 너무하데이……. 내는 그런 대단한 짓은 몬 하는데……."

시구레는 황급히 고개를 저으며 변명했다.

"보면 알잖나! 내는 완전 삼류다! 천제음양료의 짐덩이데이! 메인 위저드인 사쿠야의 시종 겸 주치의라서 팀에 들어갔을 뿐인 잔챙이 아이가! 1회전도 팀원들의 발목만 잡느라 미안해서 혼났구마!"

여전히 수상했다. 국가의 위신을 건 대표 선수에 아무런 능력도 없고 장점도 없는 자를 발탁할 리가 있겠는가.

하지만 확실히 영적인 시각으로 본 시구레의 마력용량^{캐퍼시티}은 모든 선수들 중에서도 최악이었다. 두말할 것 없이 끝에서 1등이었다.

움직임도 빈틈투성이라 정말로 무슨 착오로 대표 선수가 된 일반인으로밖에 보이지 않았다.

'뭐, 아무럼 어때. 만약 이 녀석에게 무슨 꿍꿍이가 있다고 해도…….'

글렌은 몰래 주머니에 쑤셔 넣은 『광대 아르카나』를 움켜쥐고 고유마술^{오리지널}【광대의 세계】를 발동했다. 이것으로 만약 시구레가 주술적인 부정행위를 시도해도 전부 실패로 돌아갈 터.

시구레는 그런 글렌의 의중도 모른 채 시스티나에게 계속 말을 걸었다.

"하하, 그건 그렇고 그짝의 시합은 아주 잘 봤다! 그《사막의 불꽃늑대》아디르 씨를 상대로 이기는 걸 봤을 땐 진짜 놀라 자빠질 뻔 했구마! 바람을 자유자재로 다루는 변환자재의 전투방식! 거기다 이런 미인이라니…… 내는 이미 완전 댁의 팬이 돼부렀다 아이가! 아하하하하하!"

"아, 예에……."

시스티나는 어떻게 반응해야 좋을지 몰라 모호하게 대답할 수밖에 없었다.

글렌도 상대의 속을 알 수 없어서 가만히 지켜보기만 했다.

"역시 재능이 있는 사람은 뭐가 달라도 다르더구마! 뭐랄까, 하늘의 선택을 받은 사람? 이랄까? 응?"

"저, 저기……."

"우리 사쿠야도 제법이지만…… 내가 보기엔 분명 시스티나 양이 더 위인 것 같더만……."

그 순간, 시구레가 갑자기 표정을 흐리더니 안타까운 목소리로 중얼거렸다.

"아아~ 하다못해 그 병만 없었으면…… 그라믄 결과는 달랐을 턴디……."

"……병이요?"

그 불온한 단어에 시스티나가 반응했다.

"앗! 아니! 방금 건 취소! 취소! 미안타! 못 들은 걸로 해 주믄 안 되겠나?"

"잠깐만요. 그렇게 말하면 더 신경 쓰이잖아요. ……사쿠 야 씨가 혹시 무슨 병을 앓고 있는 건가요?"

그러고 보니 눈앞의 이 소년은 사쿠야의 주치의라고 했었다.

그렇다면 그녀는 뭔가 큰 병을 앓고 있을 가능성이 컸다.

"시합 중에 무슨 일이 생기면 늦잖아요? 가르쳐주세요, 시구레 씨. 사쿠야 양의 병이란 게 뭐죠? 괜찮은 건가요?"

"……."

그러자 시구레는 잠시 고민에 잠기더니 입을 열었다.

"어쩔 수 없구마. ……사실 사쿠야는 심장이 안 좋다."

"……?!"

"것도 보통 병이 아니라 마술적인 질환이데이. 『천혜축주 (天惠祝呪)』라고 아나? 요컨대 신이 내려주신 강한 마력과 마력 제어능력을 대가로 짊어진 업이다. 사쿠야의 심장은 강한 마력을 끌어낼 수 있지만, 마술을 쓰면 쓸수록 심장에 부담이 가서 수명이 줄어드는 기지. 아마 그리 오래 살진 못 할 기다."

"잠깐만요! 그게 정말이에요?! 그럼 중환자잖아요!"

시스티나는 의자를 박차며 일어났다.

"마술이 심장에 부담을 준다구요?! 그럼 이런 대회에 참가할 때가 아니잖아요! 어서 법의사에게 보여서 심령수술을……."

"소용없다. 선천적인 질환이라고 하지 않았나. 이건 아무도 못 고친데이. 그리고…… 사쿠야는 부양해야하는 가족도 있고."

"……?!"

"천제음양료의 메인 위저드라 카면 듣기는 좋다만, 사실 사쿠야의 집은 억수로 가난하다. ……그래서 사쿠야는 부모와 형제들에게 더 나은 삶을 보장해줄라고 말 그대로 수명을 깎아가면서 마술사가 된 기다."

"그, 그럴 수가……."

"만약 이 마술제전에서 우승하면 사쿠야네 집안은 귀족으로 승격될지도 모른다. 아마 수십 년은 돈 걱정 없이 살 수 있겠제. 사쿠야도 마술사를 관두고 요양에 전념할 수 있겠지만……."

시구레가 탄식했지만 시스티나는 뭐라 할 말이 없었다.

그렇게 주위의 분위기가 무거워진 순간―.

따악!

"으힉?!"

누군가가 심각한 표정을 지은 시구레의 뒤통수를 부채로 후려쳤다.

"아, 사쿠야 양?!"

"이틀만이네요, 시스티나 양."

시구레의 뒤에서 모습을 드러낸 것은 일륜국 천제음양료

의 메인 위저드 사쿠야 코노하였다.

"그건 그렇고…… 시구레."

"히익?!"

사쿠야가 엄청나게 무서운 웃는 얼굴로 고개를 돌리자, 시구레의 몸이 움츠러들었다.

"당신은 왜 그런 **거짓말**만 하는 거죠?"

"……예? 거짓말이요?"

시스티나가 어리둥절한 얼굴로 바라보자 시구레는 잠시 입을 다문 후—.

"아하, 아하하하하! 거 참, 들켜버렸으니 어쩔 수 없구마!"

갑자기 어설프게 웃기 시작했다.

"미안타, 시스티나 양. 전부 거짓말이었데이. 사쿠야의 병도, 집안사정도 전부!"

"예에?!"

"이야~ 시합 전에 정신적으로 쬐~까 동요시켜서 빈틈을 찌르려고…… 어흑?!"

장난스럽게 떠들던 시구레가 갑자기 몸을 움찔거리더니 바닥에 나자빠졌다.

"정말이지! 당신이란 사람은 왜 늘 그렇게 못된 짓만 골라서 하는 건가요?!"

어느새 사쿠야는 왼손에 꺼내든 기묘한 짚 인형에 오른손으로 대못을 꽂고 있었다.

"이 신성한 제전을 더럽히려고 하다니! 오늘은 절대로 용서 못해요! 에잇! 에잇! 에잇! 에잇! 에잇!"

그리고 이어서 대못으로 짚 인형의 온 몸을 마구 쑤셔댔다.

"으학?! 흐으웅?! 아앗?! 조, 좀만 살사아아아아알~!"

그럴 때마다 시구레는 마치 짚 인형을 대신하는 것처럼 고통스럽게 몸부림쳤다.

"……뭐야 이게."

"아마 동방의 주술이겠지. ……이쪽으로 치면 공감 마술 계통일 거다. 아마 평소에도 자주 쓰는『벌칙용』아닐까?"

지금 이 모습만 봐도 사쿠야와 시구레의 일상과 둘의 관계를 상상하는 건 어렵지 않았다.

시스티나와 글렌이 게슴츠레한 눈으로 지켜보는 가운데, 사쿠야는 어느 정도 속이 풀렸는지 주술 도구를 거두고 둘을 돌아보았다.

"저희 바보가 폐를 끼쳐서 진심으로 죄송합니다. 정말 뭐라 사죄의 말씀을 드려야 할지…… 후우~."

"아, 아뇨. 딱히…… 저기, 병이 거짓말이라는 건 사실인가요?"

"예, 그럼요. 전 그런 병의 존재 자체도 모르고 가족도 나름 유복한 편인걸요. 이 사람은 늘 이런 식으로 남을 골리는 게 특기랍니다. 입만 산 마술사예요."

사쿠야는 발밑에서 기절한 시구레를 웃는 얼굴로 짓밟았다.

"뭐야, 다행이다……. 정말이면 어쩌나 했는데……."

시스티나가 안도의 한숨을 내쉬었지만 그 반응을 본 사쿠야는 잠시 눈을 가늘게 뜨고 입을 다물더니 진지한 목소리로 말했다.

"시스티나 양. 마술사가 자신의 위신을 걸고 전장에 나선 이상, 상대방의 사정 따윈 관계없어요."

"어?"

"저도 당신도 양보할 수 없는 뭔가를 위해 싸우는 거잖아요?"

"……아, 예. 그건 그렇지만……."

"그럼 하다못해 서로 마음을 비우고 전력을 다해서 정정당당하게 싸워보죠. 피차 후회가 남지 않도록."

"예, 당연하죠! 물론 저도 알고 있어요! 좋은 시합이 됐으면 좋겠네요!"

마치 간절히 애원하는 듯한 사쿠야의 목소리와는 반대로 시스티나는 밝게 대답했다.

그리고 그 순간, 루미아는 글렌의 표정이 약간 찌푸려진 것을 눈치챘다.

"……선생님? 왜 그러세요?"

"아니, 딱히…… 아무것도 아니야."

글렌은 모호하게 말꼬리를 흐렸으나 지금 이 순간 일말의 불안감을 느끼고 있었다.

—좀 **성장이 지나치게 빠른 게 아닐까** 싶어서.

그때 이브가 흘린 말의 의미를 비로소 이해할 수 있었다.

'하얀 고양이…… 넌…….'

하지만 지금은 어찌할 방법이 없었다.

아마 말해봤자 본인은 이해하지 못할 테고 말로 해결될 문제도 아니었다. 애초에 그건 결점이 아니라 그녀의 미덕에 가까웠다.

글렌은 시합 전에 사쿠야와 담소를 나누는 시스티나를 그저 가만히 지켜볼 수밖에 없었다.

"시구레. 조금 전에는 시스티나 양에게 왜 그런 소릴 한 거죠?"

시스티나 일행과 헤어진 후, 선수 대기실에 둘만 남게 된 사쿠야는 바로 시구레를 추궁했다.

"글쎄? 무슨 소린지 영……."

"시치미 떼지 마세요. 제 병과 집안사정 말이에요."

"아~ 그치만 **사실** 아이가."

"……?!"

사쿠야는 태연자약하게 대답하는 시구레를 이를 악물고 노려보았다.

"그런 얼굴하지 마라. ……니 체면을 세워서 거짓말이라고 해두지 않았나! 이제 다 끝났으니 그 체벌은 좀 참아주레이!"

"하, 하지만…… 그런 식으로 동정심을 유발해서 빈틈을 찾는 비겁한 행위는……."

"그 정도로 빈틈을 드러낼 상대면 고작 그 정도의 마술사일 뿐 아니겠나. 응?"

"……!"

어느새 실처럼 가느다란 눈을 약간 뜬 시구레는 조금 전과는 전혀 다른 냉혹한 분위기를 드러내고 있었다.

전혀 빈틈을 보이지 않는 그 모습은 틀림없는 『마술사』의 그것이었다.

"내는…… 시스티나 양이 맘에 안 든데이."

"시, 시구레…… 그게 무슨……!"

"사전에 잘 조사했고, 옆에서 좀 지켜보니 바로 알겠더구마. 집안, 재능, 돈, 환경…… 그 아는 그 전부를 처음부터 갖고 있었다. 그래서 아무런 각오도 없이 타성으로 마술사가 돼서 이 자리에 선 기다. 내는 그게 억수로 맘에 안 든다."

"아니에요. 그녀도 범상치 않은 노력과 목숨을 걸고 싸울 노력을……."

"아니, 그쪽이 아이다. 내가 말할라고 한 건 『마술사의 각오』다. 이쯤 말하면 니도 알긋제?"

"……."

그제야 사쿠야는 반박하지 못하고 입을 다물었다.

"그런 어리광쟁이가 빈털터리의 몸으로 피를 토해가며 지금의 지위를 손에 넣고, 각오를 품고 마술사가 된 니를 이기려는 게 가당키나 하나! 내는……!"

"개인적인 감정은 접어두세요, 시구레 스스키나."

사쿠야가 애서 차분한 목소리로 말하자 시구레는 입을 다물었다.

"상대방의 사정 따윈 관계없어요. 우리는 우리의 사정을 위해서 싸우는 것뿐이잖아요?"

"……그랬지."

그리고 사쿠야는 의기소침해진 시구레의 손을 잡고 안심시키려는 듯 미소 지었다.

"전 반드시 이길 거예요. 그러니 시구레, 아무쪼록 걱정하지 마세요. 당신은 예전부터 늘 그랬듯이…… 곁에서 절 지켜봐주세요. ……예?"

"……."

그런 식으로 태연함을 가장하는 사쿠야 앞에서 시구레는 생각에 잠겼다.

'그래, 이기면 되는 기다. 이기면. 시합 내용을 봐선 시스티나 양은 틀림없는 강적…… 아마 승률은 비등…… 아니, 낮게 잡으면 4대 6 정도인가? 큭! 병이라는 핸디캡만 없었으면……'

시구레는 주먹을 으스러져라 쥐었다.

'사쿠야는…… 져선 안 된다. 가족을 위해서도…… 무엇보다 본인을 위해서도……!'

그리고 사쿠야가 눈치채지 못하도록 속으로 차갑게 웃었다.

'그래도…… 시스티나 양한텐 이미 내 **마술**을 걸어뒀다.

혹시 상황이 나쁘게 돌아가도 내가 사쿠야를 이기게 해주면 될 뿐. ……그래서 결과적으로 사쿠야에게 버림받게 돼도 상관없다. 나는 마술사니까. 그 어떤 대가를 치르더라도 자신의 소망을 이루는 궁극의 에고이스트 놈들의 일원이니까. ……어디 두고 봐라. 내 손으로 일생일대의 역전극을 연출해줄 테니까!'

—이렇게 다양한 생각이 교차하는 혼돈 속에서 세계의 다양한 사람들이 다양한 목적을 가지고 싸우는 마술제전.

알자노 제국 대표와 일륜국 대표와의 시합은 시시각각 다가오고 있었다.

제2장 마술사의 각오

    현재 세리카 엘리에테 대경기장 중앙 필드에는 끝이 보이지 않는 대삼림이 펼쳐져 있었다.

    울창하게 우거진 녹색 바다, 강렬한 풀내음, 희미하게 긴 안개.

    크게 위아래로 굽이치는 지형이 그야말로 수해(樹海)를 연상케 했고, 경기장 중앙과 서쪽 끝과 동쪽 끝에는 마력광(魔力光)이 선을 하나씩 긋고 있었다.

    "서, 선생님. ……이번 시합의 규칙은 어떤 방식인가요?"

    관객석에서 경기장을 내려다보던 루미아가 질문했다.

    "아, 이번에는 웬일로 라인 공방전이더군."

    글렌은 팔짱을 낀 채 대답했다.

    "먼저 양 팀은 서쪽과 동쪽에 공격측과 방어측으로 나눠서 배치돼. 그리고 서쪽 끝과 동쪽 끝에 빛으로 선을 하나씩 그은 게 보이지? 저게 각 팀의 방어 라인이야. 요컨대 정해진 시간 안에 공격측의 누군가가 방어측의 라인을 돌파해서 1포인트를 얻으면 힐링 타임이 개시. 그 사이에 부상을 치료하고 서로의 공수를 바꿔서 재시작. 여기까지가 한 세트야. 그리고 이걸 12세트까지 반복해서 최종적으로 획득한 포인트가 높은 쪽이 이기는 방식이지."

"물론 공수 관계없이 선수에 대한 직접 공격도 가능해. 그리고 이 라인 방어전에서만큼은 메인 위저드의 전투불능이 패배로 직결되지는 않아."

글렌의 설명을 이브가 보충했다.

"아, 혹시…… 힐링 타임이 있어선가요?"

"맞아. 힐링 타임 안에 메인 위저드가 전투불능 상태에서 회복되면 시합 속행이야. 물론 회복에 실패하면 그대로 시합 종료. 서브 위저드의 경우는 그 선수만 『탈락』된 걸로 치지만 말이지."

"굉장히 가혹한 규칙이네요……."

"그래. 이건 마술사가 전장에 처음 등장했을 당시의 상황을 재현한 규칙이거든."

루미아가 불안한 얼굴이 되자 이번에는 글렌이 보충했다.

"당시에는 마술사의 수 자체가 적어서 적 마술사가 한 명이라도 방어 라인을 돌파하면 그 나라는 그날로 멸망이 확정이었어. 그래서 이런 시합 규칙이 생긴 거지."

"……!"

다시 한 번 마술의 잠재적인 두려움을 깨달은 루미아는 숨을 삼켰다.

"시스티는 괜찮을까요. ……그런 규칙이라면 메인 위저드가 힐링 타임에 복귀하지 못할 정도로 대미지를 주는 전법도 있을 것 같은데……"

"뭐, 있긴 있겠지."

이브가 아무렇지 않게 대답했다.

"이 경기장에는 일단 『시합 중에 등록된 선수에게 가는 모든 대미지는 즉사 일보 직전에 멈춘다』라는 조건의 가호 결계가 깔려 있어. 뭐, 그래도 사망자나 재기불능이 된 선수가 나올 때는 나오는 게 마술제전이지만."

"……"

"하지만 어디까지나 희귀 케이스야. 힐링 타임이 있는 한 회복 횟수가 어지간히 많이 누적돼서 치유 한계에 도달하지 않는 이상은 다음 세트에서 부활할 수 있어. 메인 위저드만 노려서 탈락시키려고 전력을 너무 많이 할애하면 다른 적들에게 포인트를 뺏겨서 되려 궁지에 몰리겠지. 그러니 적어도 라인 공방전에서는 메인 위저드를 향한 도가 넘은 공격은 악수(惡手)라 봐도 틀림없어."

"뭐, 어찌됐든 우리는 하얀 고양이를 믿고 지켜볼 수밖에 없지만 말이지."

"응. 시스티나라면 괜찮아."

글렌의 말에 리엘도 고개를 연신 끄덕였다.

"맞아! 시스티나라면 적이 무슨 짓을 하든 반드시 이길 거라고!"

"뭐, 시스티나는 제가 인정하는 영원한 라이벌이니 그 정도쯤은 당연하죠!"

"으음~ 전부터 생각한 건데 웬디의 그 인식은 아마 일방통행……."

"입 다무세욧! 테레사!"

"그래도 뭐, 시스티나라면 왠지 해낼 것 같은 느낌이 들어."

"으, 응. 그래도 다들 다치진 않았으면…… 좋겠는데……."

그러자 태연하게 선수 관계자석에 자리를 잡은 카슈, 웬디, 테레사, 세실, 린이 시끄럽게 떠들어대기 시작했다.

"참 나…… 요즘 주위에서 수상쩍은 냄새가 술술 풍기는데 속도 편한 녀석들이군."

"자자, 선생님. 선생님의 학생들은 저랑 리엘이 지킬 테니 걱정 마세요. 따지고 보면 그것도 저희 임무니까요. 그치, 리엘?"

"응. 문제없어."

엘자와 리엘의 말을 들으며 어이없는 얼굴로 학생들을 흘겨본 글렌은 다시 경기장으로 시선을 내렸다.

그곳에서는 서쪽 진을 고른 시스티나가 동료들에게 빠릿빠릿하게 지시를 내리고 있었다.

아마 시합 직전의 최종 브리핑 중인 듯했다.

'……그래. 우리는…… 나는 저 녀석을 믿는 수밖에 없겠지…….'

글렌을 그런 생각을 하면서 자신의 학생이자 애제자의 모습을 가만히 지켜보았다.

그 무렵, 푸른빛을 발하는 서쪽 방어 라인을 에워싼 깊은 숲속.

"1세트 전반은…… 일단 우리 서쪽 진영이 방어측이네요. 자, 그럼 어떻게 움직일까요?"

리제의 발언에 시스티나는 잠시 생각에 잠겼다.

"먼저 저쪽 팀의 제대로 된 실력을 파악해두고 싶긴 하네요. ……지금까지의 시합에서 모든 걸 드러낸 건 아닐 테니까요. ……레빈, 결계는 어때? 펼칠 수 있겠어?"

"예. 라인을 지키는 단절 결계라면…… 딱히 못 펼칠 건 없겠네요."

시스티나의 질문에 레빈이 거만한 얼굴로 대답했다.

"하지만 이번 필드는 전체적으로 마력이 분산되기 쉬운 조건인 것 같습니다. 결계를 펼쳐봤자 시간을 조금 버는 것이 한계. 상대가 어지간히 무능하지 않은 한 간단히 뚫릴 거예요. 그러니 방어 라인을 결계에 맡기는 건 악수라고 봅니다."

"으음~ 그런가. ……그럼 전원이 위력 정찰에 나서는 건 역시 무모하겠지."

시스티나는 머릿속으로 필드의 지형을 떠올렸다.

"이 전장은 지형과 넓이로 봐선 크게 중앙, 우익, 좌익의 세 군데로 나눠져 있어. ……그럼 3인 1조 원 유닛으로 각 전장을 맡아보자. 그리고 최종 라인의 방어 겸 전체 사령탑으로 유격수를 한 명 최후미에 배치하는 거야."

"……괜찮네요. 어려운 포메이션이지만, 지금의 우리라면 가능하겠죠. 합숙에서 실컷 훈련했으니까요."

시스티나의 판단에 리제가 만족스러운 얼굴로 고개를 끄덕였다.

"각 전장을 담당하는 팀 리더를 정할게. 중앙은 레빈, 우익은 리제 선배. 그리고 좌익은…… 기블."

"뭐, 타당한 판단이군요."

"……알겠어요."

"……!"

레빈은 자신만만하게 머리카락을 쓸어 올렸고, 리제는 진지한 표정으로 고개를 끄덕였다.

하지만 기블은 자신이 리더로 선택될 줄 몰랐는지 약간 눈을 크게 뜨고 있었다.

"마술사로서의 실력, 상황 판단력, 사고의 유연함…… 그런 걸 종합적으로 보고 판단한 거야. ……가능하겠어, 기블?"

"……흥, 당연한 소릴."

시스티나가 그렇게 말하자 기블은 코웃음을 치며 시선을 피했다.

"나머진 특기 분야와 균형을 고려해서…… 마리아와 하인 켈은 레빈 팀."

"아, 예! 맡겨주세요!"

"알았다."

"콜레트와 프랑신은 리제 선배 팀."

"오옷! 우리가 리제 언니 팀이야?! 맡겨만 둬!"

"오호호홋~! 이럼 저희가 최강 팀 아닐까요?"

"너희는 실력은 있어도 머리에 좀 문제가 있으니까 리제 선배의 지시는 절대로 어기지 마! 그리고 지니랑 자일 군은 기블 팀에 들어가줘."

"……하아~ 그러죠 뭐."

"음."

그렇게 팀이 정해지자 시스티나는 한 번 숨을 내쉰 후 선언했다.

"그리고 최종 라인의 방어와 필드 전역을 탐색하는 사령 탑은 내가 맡을게. 내가 색적 결계로 전장을 파악하고 통신 마술로 각 팀의 리더에게 지시를 내리겠어. ……이의는?"

팀 멤버들은 말없이 고개를 끄덕였다.

다들 이 구성이야말로 제국 팀 최강의 포진이라고 확신한 것이리라.

"……응, 그럼 가자. 반드시 이기는 거야!"

"……그래서? 이제 어쩔기고? 사쿠야."

같은 시작, 동쪽에서도 일류국 소속 천제음양료의 선수들이 작전 회의 중이었다.

"팀을 셋으로 나눠서 각 전장으로 진군하죠."

"하지만 분명 저쪽도 비슷한 생각으로 나올 기다. 우리랑 저쪽의 종합 전력은 거의 차이가 없을 테니 평범하게 공격해봤자 제한 시간까지는 몬 뚫을 거 같은디."

"그러니…… 타이밍을 봐서 제가 나서겠어요."

시구레가 걱정하자 사쿠야는 가볍게 웃으며 말했다.

"예, 먼저 1포인트를 확실하게 따서 경기의 흐름을 저희 쪽으로 가져오죠."

"니가 나서겠다고? 그건 그다지 권하고 싶지 않다만……."

그렇게 생각한 건 시구레뿐만이 아닌지 다른 선수들도 약간 불안한 표정을 드러냈다.

다들 사쿠야의 병을 알고 있어서 그녀가 무리하지 않기를 바라는 것이리라.

"괜찮아요, 여러분. 왠지 요즘 계속 몸 상태가 좋거든요. 반드시 이길 테니 여러분도 부디 힘을 빌려주세요."

"뭐, 니가 그렇게까지 말하믄 어쩔 수 없구마."

'……비상시에는 그 **마술**을 쓰면 될 뿐이니까. 사쿠야조차 모르는 비전(秘傳)의 마술을.'

시구레는 마음속으로 그렇게 덧붙였다.

"……슬슬 시합이 시작될 시간이네요. 그만 가죠!"

그렇게 양 팀은 중앙의 하얀 마력선을 사이에 둔 채 대치했고, 이윽고 관객의 환호성 속에서 세리카 엘리에테 경기장의 하늘 위로 시합 개시를 알리는 조명탄이 피어올랐다.

시합 개시와 동시에 양 팀은 일제히 움직임을 보였다.
제국 팀은 적극적으로 앞으로 나서서 적의 격파를 노리는 공격적인 태세.
레빈이 중심인 중앙 부대, 리제가 중심인 우익 부대, 기블이 중심인 좌익 부대가 나란히 전진하며 일륜국 팀에 압력을 주기 시작했다.
『레빈! 조금 빨라! 양쪽 부대와 좀 더 대열을 맞춰줘! 틈이 생기면 적에게 그쪽을 돌파당할지도 몰라!』
그리고 후방에 혼자 남은 시스티나는 통신 마술로 각 부대에 자잘한 지시를 내렸다.
"뭐, 그런 실수를 저지를 생각은 없습니다만…… 일단 명령에는 따르죠."
제국 팀은 그런 식으로 서서히 진군하며 일륜국 팀에 압력을 가했다.
"이번 공격권은 저쪽에 있지만, 전투는 최대한 아군 방어라인보다 먼 곳…… 적진에서 하는 게 가장 나아!"

전선이 동쪽으로 나아가자 시스티나도 서서히 앞으로 이동하기 시작했다.

색적 결계를 펼친 상태로 머릿속 한 구석에서 필드의 전역과 선수들의 위치를 파악하며 빈틈없이 전황을 살폈다.

그러는 사이에 중앙의 레빈 부대와 일륜국 팀의 한 부대가 마침내 격돌했다.

"훗…… 고작 그 정도입니까?"

레빈이 느긋하게 전투태세를 취한 순간—.

"큭?! 《수령폭사(水靈爆紗)》!"

"《뇌화청정(雷火淸淨)》!"

"……《급급여율령(急急如律令)》!"

일륜국의 세 마술사, 음양사들이 잇따라 주문을 영창했다.

한 명의 손에서 세찬 물줄기가 내뿜어지자 전격이 그것을 타고 질주했다.

물과 전격을 조합한 광역 연계 공격이다.

단숨에 넓은 범위를 뒤덮은 물줄기를 평범한 대항마술^{카운터 스펠}로 막는 건 불가능할 터.

그렇게 음양사들이 공격의 성공을 확신한 순간이었다.

"흐음, 이번에는 이쪽으로 치면 동조 영창의 발전형…… 장전과 방아쇠를 당기는 담당을 나눠서 즉흥 복합 주문을 고속으로 성공시킨 겁니까. 훌륭하군요. 하지만……."

레빈이 뭔가를 중얼거리며 검지를 내밀자 전격이 깃든 세 찬 물줄기가 아무런 파괴력도 발휘하지 못한 채 둘로 갈라 졌다.

"뭐······?! 우, 우리 마술이······!"

"미안하지만 술식을『분해』했습니다."

그리고 그는 우아하게 인사했다.

"발동 속도를 중시해서 구성이 조잡해진 마술을 분해하 는 건 샌드위치를 분해하는 것보다 쉽거든요. 그리고······."

"지금이에요! 《뇌정의 자전이여》! 《가라》! 《한 방 더》!"

"《홍련의 사자여·분노에 몸을 맡기고·사납게 울부짖어라》!"

뒤에서 튀어나온 마리아가 흑마(黑魔) 【쇼크 볼트】를 3연 속으로 날리는 동시에 하인켈도 담담한 목소리로 흑마 【블 레이즈 버스트】를 완성했다.

마리아의 견제에 발이 묶인 음양사들은 하인켈이 날린 강 대한 폭염을 막을 방법이 없었다.

"큭?!"

그래서 허겁지겁 흩어질 수밖에 없었고 곧 어마어마한 폭 발음과 동시에 불기둥이 숲 중앙에서 솟구쳤다.

"큭····· 방금 그 레빈이라는 남자····· 뭐 저런 녀석이 다 있지?!"

"이게 그 소문이 자자한 마도대국 알자노 제국의 마술사 라는 건가?!"

"조금 전부터 우리의 술식을 모조리 간파해서 흘려내고 있어!"

공격에 실패한 음양사들은 타오르는 숲을 배경으로 당당하게 서 있는 레빈을 경악한 눈으로 응시했다.

"후우……."

그리고 레빈이 의기양양한 얼굴로 팔을 휘두르자 주위에서 맹렬하게 타오르던 불꽃이 단숨에 기세를 잃고 사라졌다. 그 아무렇지 않게 펼친 잔기술도 음양사들을 전율시켰다.

"레빈 선배는 사실 평범하게 굉장하네요!"

그러자 마리아가 호들갑을 떨기 시작했다.

"조금 전까지만 해도 시스티나 선배의 그늘에 가려서 영 눈에 안 띄는 사람이라고 생각했는데! 새삼스럽지만 앞으론 존경해드릴게요!"

"윽! ……너, 은근히 말이 심하다?"

악의 없이 솔직한 그 발언에 레빈이 뺨을 실룩거렸다.

"……어쩔 거지? 레빈."

그리고 과묵한 하인켈이 지시를 요구했다.

"흠, 이 상황이라면…… 깊이 파고드는 건 금물이겠죠. 잠시 여기서 진을 치는 게 좋을 것 같군요. 너무 앞으로 튀어나가면 양쪽에서 협공당할 테니까요."

전선 지휘관으로서도 우수한 레빈이 이끄는 중앙 부대는 발군의 안정감을 발휘했다.

"《태을신수(太乙神數)·기문둔갑(奇門遁甲)·육임신과(六壬神課)》! 하아아아아아아아앗!"

"……흐읍!"

한편, 오른쪽 전장에서는 날카롭게 도를 휘두르는 음양사 소녀와 레이피어를 든 리제가 대치 중이었다.

리제는 흑마【래피드 스트림】을 몸에 두른 채 바람처럼 신속한 움직임으로 음양사 소녀의 연속 공격을 흘려내고 있었다.

찰나에 번뜩이는 검광의 교차. 단속적으로 울려 처지는 금속음.

리제가 갑자기 뒤로 도약하자 음양사 소녀는 놓치지 않겠다는 듯 도를 쳐들고 돌격했다.

"……?!"

하지만 곧 뭔가를 깨닫고 움직임을 멈춘 그때, 음양사 소녀의 눈앞에서 느닷없이 얼음 기둥들이 유리가 깨지는 듯한 소리를 내며 솟구쳤다.

흑마【프리즈 플로어】.

아슬아슬하게 멈춰 서지 않았다면 큰 부상을 당했으리라.

"어머…… 이것도 『보인』 건가요."

리제는 레이피어에 휘감긴 냉기를 털어냈다.

"참 성가시네요. ……한 순간 뒤의 행동을 예측하는 그 【식점(式占)】이라는 마술."

자세히 보니 음양사 소녀의 머리 위에는 팔각형의 기묘한 목판이 빙글빙글 돌고 있었다.

　"큭! 당신이야말로 뭐죠? 근접전 중에 아무렇지 않게 마술을 발동하다니…… 대체 언제 주문을 영창한 거냐구요! 기가 막혀서 진짜!"

　소녀의 투덜거림에 리제가 가볍게 미소 지은 순간―.

　"폭쇄부(爆碎符)!"

　"식부(式符)! 나와라 내 하인이여!"

　후방의 음양사들이 빈틈을 노리고 종이를 날렸다.

　이 동방 특유의 주력(呪力)이 담긴 부적은 그냥 던지기만 해도 효과가 발동하는 무시무시한 마도구였다.

　"어딜 감히!"

　하지만 곧 프랑신의 하얀 천사가 화살처럼 빠르게 날아올라서 폭쇄부를 검으로 양단했다.

　"우오오오오오오오오오오오오!"

　그리고 마투술로 폭염이 이글거리는 콜레트의 손이 식부로 현현한 개 모습의 식신을 움켜잡더니 그대로 불태워버렸다.

　"리제 언니! 이쪽은 저희에게 맡겨주세요!"

　"응! 그러니 마음껏 싸워!"

　"고마워요, 두 분."

　리제는 가볍게 예를 표한 후 다시 눈앞의 소녀를 향해 레이피어를 세워들었다.

"……아무래도 후배들이 보는 앞에서 길을 터줄 수는 없겠네요."

"큭! 지금 이러고 있을 때가 아닌데……!"

리제와 대치한 소녀의 역할은 최대한 빨리 한 명이라도 많은 적을 전투불능 상태로 몰아넣어서 수적 우위를 확보하는 것이었다. 적의 행동을 한 발 앞서 예측하는 효과로 근접전투에서는 절대적인 힘을 자랑하는 점술(占術)【식점】의 사용자이기에 사쿠야도 그런 큰 역할을 맡긴 것이리라.

하지만 그런 그녀조차 눈앞에 있는 리제라는 이 마술사를 도저히 제압할 수가 없었다.

점으로 상대의 행동을 예측해도 기본적인 전투능력에서 확연히 차이가 났기 때문이다. 아무리 최선의 타이밍을 노려도 공격이 계속 미묘하게 어긋났다. 마치 이쪽의 생각을 읽고 있는 것처럼…….

자신의 독무대인 근접전투에서 이렇게까지 애를 먹는 건 처음이었다.

소녀는 분한 얼굴로 이를 악물 수밖에 없었다.

"우오오오오오오오오오오오오오오!"

그리고 더 오른쪽에서는 산처럼 거대한 괴물이 포효성을 터트리고 있었다.

인간과 닮았지만, 결코 인간은 아닌 모습.

3미트라를 넘는 키와 통나무처럼 굵은 팔다리와 강철처럼 검게 번들거리는 피부. 그리고 무시무시한 형상의 얼굴 위로 자라난 뿔.

오니(鬼)라 불리는 동방의 괴물이었다.

오니는 팔 근육을 실룩거리며 거대한 쇠방망이를 쳐들더니 눈앞에 있는 왜소한 인간을 향해 가차 없이 휘둘렀다.

하지만 그 인간은 평범한 사람이었으면 그대로 쥐포가 됐을 일격을 대검으로 막아냈다.

"……고작 이 정도냐? 더 해보라고, 짜샤!"

그 인물의 정체는 다름 아닌 자일이었다.

쇠방망이를 막은 충격이 대검을 타고 온몸으로 퍼져 나갔으니 당연히 대미지도 상당했을 터.

하지만 자일은 아무렇지 않게 두 발로 우뚝 선 채 오니보다 흉악한 표정으로 적을 노려보았다.

"크어어어어어어어어어어어어어어어어!"

오니는 왜소한 인간이 자신의 공격을 막아낸 것이 어지간히 불쾌했는지 다시 쇠방망이를 쳐들고 계속해서 내리쳤다.

"우오오오오오오오오오오오오오오!"

하지만 자일도 포효성을 내지르며 그 공격들을 계속해서 막아냈다.

대체 누가 오니인지 모를 흉악하기 짝이 없는 표정으로……

"저, 저 남자는 대체 정체가 뭐지? 내 식신과 호각으로 싸우다니…… 정말 인간 맞아?"

"에잇! 그렇게 넋 놓고 있을 때냐! 오니를 더 소환해! 물량으로 압살해버리자고!"

그때였다.

"……아~ 죄송하네요."

어딘가에서 기운 없는 목소리가 들리더니 음양사가 손에 든 부적 하나에 수리검이 꽂혔다.

"어……."

어느새 나무 위에서 모습을 드러낸 지니였다.

"……저걸 계속 불러대면 좀 성가시거든요."

지니가 하품을 한 순간, 대량의 부적이 그녀를 에워쌌다.

마치 눈보라처럼 휘날리는 부적들은 그대로 강철 사슬로 변해서 지니의 몸을 칭칭 동여맸다.

"……?!"

"멍청한 놈! 함정에 걸렸군!"

음양사들이 의기양양한 얼굴로 승리를 확신하자—.

"호잇."

연기가 터진 후 지니의 몸이 통나무로 바뀌었다.

"이, 이게 무슨?!"

"아~ 바꿔치기술이라는 검다. ……마술을 접목시킨 제 오리지널 술법이지만요~."

그리고 지니는 다른 나무 뒤에서 불쑥 모습을 드러냈다.

"아얏?! 네놈, 설마 닌자였냐?!"

"닌자가 대체 왜 제국 팀에?!"

"……뭐, 제 사정 따윈 아무래도 상관없잖아요? 그보다……."

두 음양사 앞에서 지니의 모습이 주위의 풍경과 동화되었다.

이 또한 흑마 【셀프 일루전】을 응용한 인술(忍術)이었다.

"……귀찮으니까 서로 적당히 싸워보죠."

"큭?! 어디로 간 거지?!"

"이, 이럼 오니를 부르는 의식을 집행할 수가 없잖아!"

완전히 사라진 지니의 모습을 본 음양사들은 서로 등을 맞댄 채 주위를 경계했다.

그러자 후방에서 상황을 관찰하던 기블이 갑자기 움직임을 보이기 시작했다.

"……끝났어. 그대로 뒤로 물러나, 자일."

"……!"

오니가 조금 전까지 자일이 있었던 곳을 쇠방망이로 내려치자, 갑자기 땅이 무너지더니 그대로 배까지 파묻혔다.

"흥."

기블의 연금(錬金) 【도굴꾼】.
그레이브디거

지형을 순식간에 바꿔서 구멍을 만드는 마술이었다.

구멍에 빠진 오니의 시선이 자일의 시선과 평행을 이룬 순간—

"오?"

자일은 어느새 자신의 대검에 흑마 【웨폰 인챈트】가 걸린 사실을 눈치챘다.

"훗, 나이스 타이밍이다. 안경. ······우오오오오오오!"

그리고 씨익 웃은 뒤 무지막지한 완력으로 검을 휘둘러서 오니의 목을 깔끔하게 날려버렸다.

"우와아아아아아아! 다들, 굉장하잖아아아아아!"

그런 제국 팀의 분투를 카슈 일행은 관객석에서 흥분한 눈으로 지켜보고 있었다.

"호각, 아니. 오히려 우세해요!"

"맞아! 이대로만 가면······!"

현재 제국 팀은 방어측이라 포인트를 노릴 수는 없지만, 대체 어느 쪽이 공격측인지 알 수 없을 정도로 전선을 적극적으로 끌어올려서 일륜국 팀을 압박하고 있었다.

반대로 일륜국 팀은 제국 팀의 공세에 완전히 밀린 상태였다.

아직 전투불능 상태가 된 선수는 없었으나 적어도 제국 팀이 우세한 건 틀림없었다.

"······괜찮은 작전이네."

팔짱을 낀 채 시합을 지켜보던 이브는 담담한 목소리로 전황을 평가했다.

"제국 진영은 과감한 공세에 성공했어. 원래는 방어 라인이 뚫리지 않도록 후방에 뭉쳐 있는 게 보통인데 말야."

"하얀 고양이 덕분이지."

그러자 글렌이 결론을 내렸다.

"딱히 내 제자라고 좋은 점수를 주려는 건 아니야. 만약 전선이 뚫려도 뒤에는 하얀 고양이가 있다는 안심감이 선수들을 과감하게 움직일 수 있게 해주는 걸 거다."

"맞아. 전선에서 싸우는 세 부대에 내리는 지시도 정확하고…… 아무래도 시스티나는 명실 공히 제국의 메인 위저드로 성장한 모양이네."

이브는 서쪽 진영을 슬쩍 쳐다보았다.

그곳에서는 시스티나가 지면에 전개한 마술법진 한가운데에서 조용히 눈을 감은 채 손을 앞으로 내밀고 뭔가를 중얼거리고 있었다.

"뭐, 이대로만 가면 우리 알자노 제국의 승리……겠다만."

"성급한 판단이야. 세계의 무대까지 올라온 애들이 이대로 순순히 질 리 없잖아?"

그리고 이번에는 동쪽 진영으로 시선을 돌렸다.

일륜국 팀은 확실히 제국 팀에 밀리고 있지만 아직 통솔이 무너질 낌새는 보이지 않았다.

"역전을 노린다면…… 지금이겠지."

"……거 참, 만만한 상대가 하나도 없구마."

붉은색으로 빛나는 동쪽 방어 라인 부근에서 원견 마술로 사쿠야의 색적을 보조하던 시구레가 머리를 감싸 쥐고 인상을 찌푸렸다.

　"진짜 몇 번을 봐도 기가 막힌다. ……시스티나 양은 저렇게 전투 스타일이랑 특기가 따로 노는 아들을 대체 어떻게 통솔하고 있는 기고?"

　그러자 사쿠야가 방울 소리를 울리며 한 걸음 앞으로 나섰다.

　"우쩔기고? 사쿠야."

　"……역시 제가 나서야겠네요."

　사쿠야가 우아하게 부채를 펼치자 그 위로 종이인형으로 된 식신들이 출현했다.

　"벌써 그걸 쓸라고? 그건 심장에 부담이 심할 텐디……."

　"괜찮아요. 일단 확실하게 1포인트를 따서 흐름을 이쪽으로 가져오려는 것뿐이니까요."

　사쿠야는 시구레에게 부드럽게 웃어준 후 한 손으로 수인(手印)을 맺으면서 서서히 마력을 끌어올리고 주문을 영창했다.

　"《임(臨)·병(兵)·투(鬪)·자(子)·개(皆)·진(陣)·열(列)·재(在)·전(前)·천(天)·원(元)·행(行)·체(體)·신(神)·변(變)·신(神)·통(通)·력(力)》!"

　그러자 사쿠야의 주위에서 빙글빙글 돌고 있던 종이인형

들이 모습을 바꾸기 시작했다.

그 이변을 감지한 시스티나가 눈을 부릅떴다.

"……뭐지?!"

갑자기 전장에 등장한 열여덟 개에 달하는 반응의 정체는 놀랍게도 전부 메인 위저드 사쿠야 코노하의 것이었다.

모습과 마력과 존재감이 전부 본체와 동일한 사쿠야들이 느닷없이 전장 곳곳에 출현해 방어 라인을 노리고 진군하기 시작했다.

"세, 세상에 저런 마술이……!"

시스티나는 색적 결계의 반응을 통해 이 현상의 정체가 『본체와 완전히 동등한 실력을 지닌 분신체를 생성해서 사역마로 부리는 마술』이라는 것을 간파했다.

그리고 그 사실을 증명하듯 통신 마술을 통해 제국 팀의 멤버들이 느낀 동요와 당혹스러움이 전해졌다.

"진정해! 전선을 유지하면서 후퇴!"

시스티나는 목소리를 높여서 상황을 수습하려 했다.

"물량차가 있어도 지금의 너희가 방어에 전념하면 그리 쉽게 뚫리진 않아!"

『하지만…….』

"이런 터무니없는 대마술을 몇 번이나 쓸 수 있을 리 없어! 마력 소비가 어마어마할 테니…… 일단 버티는 거야! 견제와 방어에 전념해서 전투불능 상태에 빠지는 걸 최대한 피해봐! 그리고 분신체는 뒤로 보내도 상관없어!"

『……?!』

"사역마가 라인을 넘어도 득점으로 인정되진 않아! 그러니 분신체는 내버려둬! 아마 그중에 진짜 사쿠야 양이 있겠지만, 그쪽은 내가 어떻게든 해볼게!"

시스티나의 믿음직스러운 지시에 혼란을 수습한 제국 팀은 각 부대의 리더를 중심으로 전선을 뒤로 물리면서 적들의 공세를 끈질기게 버텼다.

적과 아군의 마술이 교차하고 숲 여기저기에서 섬광과 폭음이 퍼져나갔다.

하지만 물량에서 확연히 차이가 나는 이상 사쿠야의 분신체들이 전선을 돌파하는 것까지는 아무리 애를 써도 막을 수 없었다.

『……미안합니다. 분신체 둘을 놓쳤어요.』

『이쪽은 셋이에요.』

『……이쪽은 둘. 뒷일은 맡긴다, 시스티나.』

"응."

시스티나는 머릿속으로 전개한 지도를 응시했다.

보고대로 중앙에서 둘, 오른쪽에서 셋, 왼쪽에서 두 명의 사쿠야가 무시무시한 속도로 방어 라인을 향해 달려오고 있었다.

아마 저것이 소문으로만 들은 동방의 특수한 마술 보법 【축지(縮地)】가 아닐까.

나무 사이로 언뜻 언뜻 보이는 인영들이 마치 공간 그 자체를 뛰어넘은 것처럼 재빠르게 움직이고 있었다.

"자, 분명 저 안에 있겠지. ……『진짜』 사쿠야 양이."

완전히 똑같은 수준의 【축지】를 구사해서 방어 라인을 노리는 일곱 명의 사쿠야.

겉모습으로는 진짜를 구분할 수 없고, 혼자서 전부를 대처하는 것도 불가능하다. 사실상 1대 7의 상황이었다.

알자노 제국 팀의 모두가 패배를 확신하고 이를 악문 순간—

"문제없어. ……질풍각!"

시스티나는 흑마 【래피드 스트림】을 연속으로 발동하며 나무 사이로 몸을 날렸다.

그리고 전혀 망설임이 느껴지지 않는 움직임으로 오른쪽 맨 앞에 있는 사쿠야를 노렸다.

"어, 어떻게?!"

후방에서 상황을 지켜보던 시구레가 비명을 질렀다.

"말도 안 돼! 대체 어떻게 알아챈 기고?! 사쿠야의 마술은 완벽했단 말이다! 모습도, 마력의 파장도, 기량도 전부 완벽하게 복제했으니 절대로 알아챌 수 없을 텐디! 근데 대체 어떻게 본신과 본체를 구분한 기지?! 대체 무슨 마술을 쓴 기고?!"

"「너희는 눈에 보이지 않는 것에는 신경질적으로 반응하는 주제에 눈에 보이는 것에는 소홀해」……이건 내 스승이 한 말이야!"

"……?!"

나무들을 사이에 두고 50미트라 앞까지 거리를 좁힌 시스티나가 사쿠야를 향해 자신 있게 외쳤다.

"넌 리제 선배의 반격을 다른 분신체를 써서 막았어! 날 속이려면 좀 더 잘 연기해봐!"

"큭! 이런 실수를!"

현재는 제국의 방어 라인을 향해 직진하는 사쿠야를 시스티나가 옆에서 쫓는 상황이었다.

"하지만…… 제가 더 빨라요! 포인트는 받아가겠습니다!"

아무튼 자신과 시스티나의 사이에는 무성한 나무가 길을 가로막고 있었다.

저것을 피해 움직이려면 그만큼 많은 시간이 소요될 터.

본체를 간파당한 건 완전히 예상 밖이었지만 그래도 자신이 더 빠르다고 승리를 확신한 그때였다.

"《울부짖어라 폭풍의 전추(아인스)》! 《쳐라(츠바이)》! 《때려 부숴라(드라이)》!"

시스티나가 흑마 【블래스트 블로】를 발동. 맹렬한 기세를 자랑하는 바람의 철퇴가 나무들을 종잇장처럼 쓸어버리며 사쿠야의 본체를 노렸다.

처음 두 방을 눈속임으로 쓰고 마지막 일격으로 상대를 때려눕히려는 교묘한 페인팅.

주문은 완벽히 사쿠야를 조준했다.

이건 절대로 피할 수 없으리라 예상한 순간이었다.

"어설퍼요, 시스티나 양."

사쿠야가 갑자기 보법을 바꾸었다.

"우보법(禹步法). ……전거좌, 우과좌, 좌취우, 자거우, 좌과우, 우취좌, 차거좌, 우과좌, 좌취우, 여차삼보(如此三步), 당만이장일척(當滿二丈一尺), 후유구적(後有九跡)!"

속도는 전혀 줄이지 않은 채 더욱 빠르고, 날카롭고, 우아하게…… 마치 춤을 추는 것처럼 아홉 스텝을 밟았다.

그러자 놀라운 현상이 일어났다.

시스티나가 날린 주문이 마치 자아를 가진 것처럼 스스로 궤적을 바꿔서 사쿠야를 피한 것이다.

"액막이 보법【우보】. ……아깝게 됐군요."

방어 라인은 지척. 사쿠야의【축지】라면 한 달음만에 도달할 수 있을 터.

그렇게 마지막으로 속도를 붙이려 했으나 눈앞에서 갑자기 세찬 바람이 몰아쳤다.

"흐응~ 주문이 아니라 발의 움직임으로 발동하는 마술이었어? ……역시 세상은 참 넓네."

"시, 시스티나 양?!"

사쿠야는 경악한 나머지 눈을 부릅떴다.

바람을 두른 시스티나가 어느새 눈앞에 서 있었기 때문이다.

"어떻게……? 아무리 당신이 빠르다고 해도 그 먼 거리를 단숨에……."

그 순간, 사쿠야는 깨달았다.

방금 시스티나가 날린 흑마 【블래스트 블로】는 자신에 대한 견제 공격인 동시에 달려올 『길』을 만들기 위했던 것임을…….

여기까지 일직선으로 쓰러진 나무들을 힐끔 본 사쿠야는 그저 감탄할 수밖에 없었다.

"하지만…… 지금의 저와 혼자서 맞서는 건 악수예요!"

시스티나의 주위로 여섯 개의 기척이 거리를 좁혀왔다.

사쿠야의 분신들이리라.

시스티나는 사방을 완전히 포위당하고 말았다.

《염극양멸(焰克陽滅)·급급여율령》!"

《석파수참(石坡蒐斬)·급급여율령》!"

"오연폭쇄부!"

《개과현신(開過顯神)·대홍련마천(大紅蓮摩天)·악업벌시
(惡業罰示)·이좌이좌(伊座伊座)》!"

사쿠야들이 일제히 마술을 쓰기 시작했다.

바로 형형하게 타오르는 불꽃이 소용돌이치고 끈이 달린

석표(石鏢)들이 날카롭게 하늘에서 춤췄다.

부적이 하늘을 날고 허공에 그려진 오망성에서 강대한 영적존재가 무시무시한 냉기를 두르고 모습을 드러내려 했다.

"그건 실수야, 사쿠야 양."

하지만 그보다 먼저 시스티나를 중심으로 폭풍이 발생했다.

자신과 사쿠야들을 완전히 집어삼킨 국지적인 폭풍이었다.

"앗?!"

"마술사의 싸움은 물량차가 우위로 직결되지 않아!"

다음 순간, 맹렬한 폭풍 속에서 생성된 진공 칼날이 사쿠야들을 난도질했다.

폭풍 속에 갇힌 그녀들은 시스티나의 그 광역 범위 공격을 피할 방도가 없었다.

방어 마술로 몸을 감싼 그녀들은 결코 큰 대미지를 입지 않았음에도 바로 연기를 터트리며 원래의 종이인형 모습으로 되돌아갔다.

"후우……."

분신체를 섬멸한 것을 확인한 시스티나가 마술을 해제했다.

폭풍의 여파로 그녀의 긴 머리카락과 로브가 주위로 나부꼈다.

"분신체는 방어력이 낮아서 한 방이라도 대미지를 입으면 소멸할 거라는 내 예상대로였어! 술식 용량에는 한계가 있으니 그렇게 되지 않으면 말이 안 되는걸."

"방금 그건…… 흑마 개량2식 【스톰 그래스퍼】……."

시스티나가 아디르와의 싸움에서도 보였던 비장의 패였다.

술자를 중심으로 일정 영역에 존재하는 바람의 완전 지배. 모든 바람을 자유자재로 다루는 마술이었다.

"그 마술은…… 발동까지 긴 준비가 필요한 마술이에요. ……예상했던 거군요. 당신에게 따라잡힌 제가 분신체로 당신을 포위할 거라고……."

사쿠야의 예측에 시스티나는 씨익 웃어보였다.

'이 사람은…… 굉장해!'

그때 사쿠야는 몸서리를 치는 동시에 감동했다.

'갑자기 벌어진 전력차에도 동요하지 않는 담력, 내 본체를 단숨에 간파한 관찰력, 결코 단발성으로 끝나지 않는 깊이 있는 공격, 내 술식의 약점을 추측한 통찰력, 그리고 한 발 앞서 움직이는 행동력! 나와 같은 세대에서는 틀림없이 최강 클래스의 마술사!'

그리고 가볍게 웃음을 흘리더니 부채로 입가를 가리며 다음 마술을 준비했다.

"……!"

시스티나도 왼손을 앞으로 뻗고 다음 주문을 영창했다.

다시 둘의 마술이 정면에서 격돌하려 하자 주위로 긴장감이 퍼져나갔다.

하지만 그 순간, 머리 위에서 조명탄이 터졌다.

그 소리와 빛이 둘의 긴장을 풀었다.

타임 아웃이다.

방금 1세트 전반전, 일륜국의 공격이 끝난 것이다.

그러자 경기 초반부터 숨 쉴 틈 없는 긴박한 전개를 지켜본 관객들이 환호성을 터트렸다.

"후우…… 위험할 뻔 했어."

시스티나는 멀리서 들려오는 그 소리에 귀를 기울이며 이마에 맺힌 땀을 훔치고 한숨을 내쉬었다.

"후후, 결국 방어 라인을 뚫지 못했네요. 이번엔 꽤 진심으로 포인트를 따러온 거였는데 말이죠. 훌륭해요, 시스티나 양."

사쿠야가 부채를 탁 접고 솔직한 찬사를 보냈다.

"그건 내가 할 말이야. 우연히 리제 선배가 있는 루트를 통과해서 본체를 간파했기에 망정이지…… 다른 루트였으면 아마 포인트를 뺏겼을걸."

시스티나도 진심에서 우러나온 평가를 내렸다.

"승부는 그때의 운, 우연 또한 실력. ……하지만 제 진짜 실력이 고작 이 정도라고 생각하시진 마세요. 아직 숨겨둔 패는 얼마든지 있답니다."

"당연하지. ……이쪽도 전력을 다할 거야."

그런 대화를 나눈 후, 시스티나는 자신의 진영으로 돌아가는 사쿠야의 등을 잠시 지켜보았다.

"우와아아아앗! 해냈어어어! 끝까지 막아냈다고오오오!"

"꺄아아아아! 시스티는 역시 진짜 진짜 대단해~!"

카슈와 엘렌을 비롯한 학생들은 흥분해서 난리법석을 떨어댔다.

"후우…… 간 떨어질 뻔했네."

"아하하, 막아서 다행이에요. 선생님."

"응."

글렌이 크게 한숨을 내쉬자 루미아와 리엘이 반응했다.

"아무튼…… 서로의 실력을 탐색하는 전초전은 이걸로 끝일 것 같네."

이브는 평소처럼 차가운 태도로 머리카락을 쓸어올리며 경기장을 내려다보았다.

중앙 필드 서쪽에서는 제국 선수들이 시스티나를 에워싼 채 그녀의 건투에 찬사를 보내고 있었다.

"과연 이제부턴 어떤 식으로 흘러갈까?"

"큭! 이건 진짜 말도 안 된데이……."

한편, 중앙 경기장 동쪽에서는 시구레가 분한 얼굴로 신음을 흘리고 있었다.

"설마 사쿠야가 【십팔자격자식방(十八字格子式方)】까지 썼는데 고작 1포인트를 못 따다니…… 자 진짜 괴물 아이가?"

"여자를 그런 식으로 부르면 못써요, 시구레."

사쿠야는 짜증스럽게 독설을 내뱉는 시구레를 타일렀다.

"이번 세트는 그저 시스티나 양이 한 수 위였던 것뿐이니까요."

"하, 하지만……."

"그리고…… 방금 싸워보고 확신했어요."

그리고 어딘지 모르게 불안해 보이는 팀 멤버들을 돌아보며 말했다.

"알자노 제국의 메인 위저드 시스티나 피벨은 틀림없는 강적이에요. 그녀를 상대로 이기려면 이쪽도 전력을 다해서 싸워야만 하겠죠. 병을 신경 쓰거나 실력을 온존해서 이길 수 있는 상대가 아니에요."

"……!"

"하지만 안심해주세요, 여러분. 전 반드시 그녀에게 이겨보이겠어요. 그러니 부디…… 저에게 더욱더 힘을 빌려주세요!"

사쿠야가 고개를 숙인 순간—.

"다, 당연하지! 난 널 따라가겠다고 결심했는걸!"

"저희의 힘을 마음껏 써주십시오!"

"그래, 우린 널 이기게 하기 위해서라면 버림 패가 돼도 상관없다고!"

멤버들은 모두 사기를 끌어올리며 믿음직스럽게 대답했다.

"……가슴은 좀 어떠냐?"

하지만 시구레는 다른 멤버들이 듣지 못하도록 작은 목소리로 물었다.

어릴 때부터 그녀의 시종이자 주치의로서 늘 가까운 곳에 있었던 그가 못 알아볼 리 없었다.

사쿠야의 안색이 조금 나빠졌다는 사실을…….

"괜찮아요, 시구레."

하지만 사쿠야는 밝게 웃었다.

"오늘은 정말 몸 상태가 좋아요. 전혀 문제될 것 없어요. 저도 깜짝 놀랐을 정도인걸요."

"그런감……. 일단 선약(仙藥)으로 탕약을 달여 뒀다. ……이 틈에 마셔두레이."

"후후, 고마워요."

탕약을 받은 사쿠야는 근처에 있는 통나무 위에 조신하게 앉아서 마시기 시작했다.

시구레는 그런 그녀의 모습을 흘긋 쳐다보며 생각에 잠겼다.

'사쿠야도 이 세대에서는 견줄 아가 없는 실력자다. 병이라는 핸디캡이 있어도 지보다 약한 상대에게 가볍게 마력을 쓰는 건 전혀 문제될 게 없지만…….'

이어서 동쪽 너머를 응시했다.

'예상대로 시스티나 양의 실력은 사쿠야와 호각 이상. ……이기려면 영혼을 깎아내는 수준으로 마력을 쓸 필요가 있다. 그게 과연 사쿠야의 병든 몸에 얼마나 큰 부담이 될

지…….'

그리고 각오를 다졌다.

'……이런 방법을 쓰고 싶진 않았지만…… 결국 내가 나설 차례가 왔구마.'

그런 생각을 한 시구레는 남몰래 차갑게 웃었다.

힐링 타임이 끝나고 시합 재개.

그 후의 싸움은 서로의 전력을 다한 일진일퇴의 공방전이 었다.

1세트 후반전, 제국 팀의 공격.

그들은 전반전과 마찬가지로 시스티나를 중심으로 적 전체를 압박했다. 그러다 마침 적의 중앙과 우익 사이에서 빈틈이 드러나자 시스티나가 슈투름을 발동.

그 압도적인 속도를 따라잡을 수 있는 이는 아무도 없었다.

하지만 라인을 넘기 직전에 이런 전개를 예측한 사쿠야가 국지적으로 중첩해둔 방어 결계에 막히는 바람에 결국 포인트를 획득하지는 못했다.

2세트 전반전, 일륜국 팀의 공격.

그들은 이번에는 완전히 전술을 바꿔서 적극적으로 공세에 나섰다. 식신이라 불리는 동방의 독자적인 사역마를 대량으로 소환한 물량 공격이었다.

레빈과 하인켈의 압도적인 화력으로 막긴 했지만 전장은

혼란에 빠졌고 그 틈을 노린 사쿠야가 공간전이술로 문을 열고 단숨에 방어 라인을 넘으려 했다.

하지만 그 순간, 흑마 【라이트닝 피어스】가 사쿠야의 발을 꿰뚫었다.

높은 곳에 자리를 잡은 시스티나의 1,000미트라급 마술 저격이었다.

저격 관측수인 마리아의 도움을 받았다고는 해도 울창한 숲속에 있는 표적을 명중시킨 신기에 가까운 솜씨에 관객들은 열광의 도가니에 빠졌다.

이 파인플레이 덕분에 일류국 팀은 무득점에 그쳤다.

2세트 후반전, 제국 팀의 공격.

이번 작전은 콜레트, 프랑신, 자일, 리제 같은 돌파력이 우수한 멤버들이 시스티나를 지키며 중앙을 단숨에 돌파하는 것이었다.

속도와 공격력을 중시한 진형 앞에서 일류국 팀의 전선이 속수무책으로 뚫렸으나, 사쿠야가 몰래 부술식을 발동해서 중앙 필드에 무한히 반복되는 공간을 형성했다.

아무리 돌격을 감행해도 다시 처음 지점으로 돌아오게 된다는 것을 깨달았을 때는 이미 늦었다. 결국 제국 팀은 마력만 낭비한 채 득점에는 성공하지 못했다.

그리고 3세트 전반전, 일류국 팀의 공격. 무득점.

3세트 후반전, 제국 팀의 공격. 무득점.

4세트 전반전, 일류국 팀의 공격. 무득점.

4세트 후반전, 제국 팀의 공격. 무득점.

5세트, 6세트……

관객들이 저마다 손에 땀을 쥐고 지켜보는 가운데, 양 팀 모두 득점 없이 세트 수만 늘어났다.

그야말로 완벽한 호각지세.

그 중에서도 역시 눈에 띄는 건 양 팀의 메인 위저드인 시스티나와 사쿠야였다.

이 시합의 중심인 그녀들을 기점으로 모든 것이 전개되고 있었다.

양쪽 다 한 치의 양보도 없는 치열한 공방전. 영혼 그 자체가 마모되는 듯한 마술전투. 서서히 지쳐가는 선수들.

그러는 사이에 관객들은 저마다 확신했다.

이 승부는 먼저 1포인트를 따는 쪽이 승자가 될 것이라고.

모두가 그런 예상을 하는 가운데, 7세트 전반전. 고착상태에 빠진 전황에 마침내 변화가 일어났다.

"헉…… 헉…… 역시 당신이 왔군요. 시스티나 양……."

"하아…… 하아…… 역시 네가 온 거구나. 사쿠야 양……."

제국측 방어 라인 부근에서 시스티나와 사쿠야가 약 십몇 미트라의 거리를 두고 대치 중이었다.

서로 상당한 마력을 소모한 데다 옷도 너덜너덜했다.

하지만 전의만큼은 처음과 다르지 않았다.

서로를 빈틈없이 노려보며 공격할 틈을 찾았다.

"밀어붙여! 사쿠야 씨를 엄호하는 거다!"

"지나가게 둘까 보냐아아아아아아아아!"

경기장 여기저기에서 전투음이 들렸다.

일륜국 팀은 어떻게든 전선을 뚫으려고 전력을 다했지만 각지에 분산된 제국 팀도 가까스로 막아내고 있었다.

"……슬슬 1포인트를 가져가겠어요."

사쿠야가 부적과 곡옥으로 만든 기묘한 목걸이를 내밀었다.

"……네 맘대로는 안 돼."

시스티나도 온갖 카운터 스펠을 준비했다.

그리고 사쿠야가 목걸이를 휘두르면서 주문을 영창하기 시작했다.

"《히토후타미요이츠무나나야코코노타리(一二三四五六七八九十)·후루베(布留部)……."

하지만 그런 긴 주문이 완성되도록 내버려둘 시스티나가 아니었다.

"……거기! 이제 끝이야!"

저장해둔 흑마 【블래스트 블로】를 시간차로 발동해서 사쿠야의 마술을 저지하려 했다.

하지만 사쿠야도 반사적으로 부적을 날려서 그것을 막으려 한 순간—

……두근.

"큭?!"

갑자기 사쿠야가 부적을 떨어트리더니 힘없이 그 자리에서 무릎을 꿇었다.

주문을 캔슬하고 왼쪽 가슴을 부여잡은 채 몸을 웅크렸다.

"……어?"

너무나도 갑작스러운 상황에 시스티나도 놀라서 주문을 중지했다.

"헉! ……크, 윽?! 서, 설마…… 하필 이럴 때……."

마치 풍선에서 바람이 빠지는 것 같은 숨소리가 주위로 울려 퍼졌다.

사쿠야는 멀리서 봐도 확연히 알 수 있을 정도로 안색이 창백했고 몸도 애처롭게 떨리고 있었다.

온몸에 깃든 눈부신 마력이 마치 바람 앞의 등불처럼 사그라지기 시작했다. 그녀의 육신이 반송장처럼 변해가고 있었다.

가슴을 부여잡은 채 온몸에서 폭포처럼 식은땀을 흘리는 걸로 봐선 누가 봐도 심상치 않은 상태였다.

"……갑자기 왜? 서, 설마……."

그런 사쿠야의 고통스러운 모습을 본 시스티나는 불현듯 시합 전에 시구레에게 들었던 말을 떠올렸다.

─사실 사쿠야는 심장이 안 좋다.

─마술을 쓰면 쓸수록 심장에 부담이 가서 수명이 줄어드는 기지. 아마 그리 오래 살진 못할 기다.

'설마 그게 **사실**이었어?! 그럼 사쿠야 양은 내가 전력을 다해서 싸울 수 있도록 일부러 거짓말을 했었다는 거야?!'

뜨겁게 타오르던 마음이 찬물을 끼얹은 것처럼 급속도로 식고 동요가 퍼져나갔다.

하지만 이런 상황에서도 시합은 중지되지 않았다.

적어도 마술제전에서는 이런 돌발사고 또한 시합내용의 범주에 포함되기 때문이다.

지금 이 순간에도 시합은 계속되고 있었다.

'관계없어! 나는…… 우리는 마술사야!'

그래서 시스티나는 비정한 결단을 내렸다.

'이쪽도 질 수는 없어! 나는……!'

마음을 독하게 먹고 빈틈을 드러낸 사쿠야에게 주문을 날리려 한 그때, 마음속 깊숙한 곳에서 이런 목소리가 들렸다.

'……그래도 괜찮겠어?'

"어?"

다시 시스티나의 영창이 캔슬되었다.

'정말 괜찮겠어? 사쿠야 양에게 이겨야 할 대의와 각오가, 정말로 있는 거야?'

'태어나면서부터 아무 부족함 없는 환경에서 자라온 내가 가족을 지키기 위해 병을 무릅쓰고 줄곧 고생해온 사쿠야 양을…… 정말 이런 식으로 이겨버려도 될까? 그녀의 인생을 망쳐도 되는 거야? 그게 정말로 옳은 일일까?'

그 목소리가 마치 마약처럼 마음속으로 스며들어갔다.

"나, 나는……."

이상하다. 뭔가가 이상했다.

왜 하필 이런 중요한 순간에 자신은 이런 자문자답을 하고 있는 것일까.

하지만 시스티나가 그 위화감의 정체를 깨닫지 못하고 동요와 혼란에 빠져있자―

"커흑! 워, 원주고구(元柱固具), 팔우팔기(八隅八氣), 오양오신(五陽五神), 양동이충엄신(陽動二衝嚴神), 해악을 물리치고 사주신(四柱身)을 진호(鎭護)하며, 오신개구(五神開衢), 악귀를 물리치고, 기동영광사우(奇動靈光四隅)에 충철(衝徹)하며 원주고구, 안녕을 얻을 것을 나 오양영신(五陽靈神)께 감히 바라노라! 《후루베(布留部)·유라유라토(由良由良止)·후루베(布留部)》!"

날카로운 기합과 자기 암시로 호흡을 가다듬은 사쿠야가 주문을 완성했다.

그러자 시스티나의 주위에 싸늘한 영기가 휘몰아치기 시작했다.

"아앗?!"

그리고 썩은 갑옷을 걸친 패잔병 같은 백골 사체가 대량으로 출현해 그녀의 몸에 매달렸다.

하얀 나뭇가지 같은 흉한 팔로 그녀의 팔다리를 휘감았다.

시스티나는 필사적으로 생리적인 혐오감을 견디면서 구속을 풀려 했지만 뼈로 된 팔들은 무시무시한 힘을 발휘해 잠시도 떨어지려 하지 않았다.

모종의 주법이 작용한 건지 마력도 전혀 끌어올릴 수 없었다.

"이, 이건…… 사령술(死靈術)?!"

"【십종신보(十種神宝)·후루노코토(布留言)】라고 해요. 죽은 자의 원념이 당신의 모든 행동에 대한 자유를 뺏을 겁니다."

사쿠야는 그렇게 말하며 일어섰다.

"미안해요. 문화의 차이 때문에 당신에게는 역겨운 마술로 보이겠지만…… 타락하여 길을 잃은 영혼들의 주인이 돼서 머물 곳을 제공하는 것도 저희 음양사라 불리는 동방 마술사들의 중요한 소임이랍니다."

"……큭?!"

"자, 그럼…… 이번 세트는 제가 이겼군요."

사쿠야는 망자들에게 사로잡혀서 옴짝달싹 못하는 시스티나의 옆을 약간 비틀거리며 지나쳤다.

그리고 제국의 방어 라인을 넘은 그때였다.

"우오오오오오오오오오오오오오오오오오오!"

포인트 획득을 알리는 조명탄이 몇 발이나 위로 솟구치고 관객석에서 어마어마한 환호성이 울려 퍼졌다.

"······아차!"

시스티나는 분한 얼굴로 이를 악물 수밖에 없었다.

포인트가 들어온 것을 확인한 사쿠야는 작은 목소리로 주문을 외워서 시스티나에게 걸린 마술을 해제했다.

그러자 망자들이 하얀 안개로 변해서 흩어졌고 시스티나는 그 자리에 힘없이 무릎을 꿇었다.

사쿠야는 그런 그녀를 나무라듯 말했다.

"제가 몸을 웅크렸을 때······ 어째서 공격을 멈춘 거죠? 시스티나 양."

"어, 어째서라니······ 그건······."

시스티나는 말을 어물거렸다.

사쿠야도 자신이 중병에 걸렸다는 사실이 들통 났다는 건 눈치챘으리라.

하지만 굳이 그것을 언급하지 않고 입을 열었다.

"다시 한 번 말씀드리지만, 제 사정은 당신과 전혀 상관없는 일이에요. 그리고 전 제 나름대로의 각오를 품고 이 자리에 서 있는 거예요. 섣부름 동정심은 그런 저에 대한 모욕이에요."

"나, 나도 알아. 알고는…… 있지만……."

"당신은 앞으로도 무슨 일이 있을 때마다 상대방의 사정을 보고 봐줄 건가요?"

"……?!"

시스티나는 충격을 받은 얼굴이 되었다.

"만약 그렇다면…… 안타깝지만, 당신은 마술사를 그만두는 편이 나아요. 그 다정함 때문에 언젠가 반드시 후회할 날이 올 테니까요……."

진심으로 걱정하는 말을 남긴 채 자신의 진영으로 돌아가는 사쿠야의 뒷모습을 시스티나는 망연자실한 얼굴로 바라볼 수밖에 없었다.

"으아아아아아, 젠장! 완전히 당했구만?!"

"다시 가보죠, 시스티나. 방금 그건 사쿠야 양이 한 수 위였다고 생각하세요."

그런 시스티나의 곁으로 모여든 콜레트와 리제를 비롯한 동료들이 질타와 격려를 보냈다.

"나, 나는……."

하지만 시스티나는 어째선지 넋을 잃은 듯한 표정으로 귀를 기울이지 못했다.

"……이상하네."

"응, 이상해."

뒷좌석에서 카슈를 비롯한 응원단과 엘렌이 머리를 감싸 쥐고 원통해하는 가운데, 이브와 글렌은 시스티나의 모습을 지켜보면서 상황을 분석했다.

"확실히 하얀 고양이는 아직 정신적으로는 미숙한 면이 있어. 하지만 저 녀석도 나름 많은 걸 짊어지고 이 자리에선 마술사야. 많은 사람의 기대를 짊어졌다는 자각도 있어. 이제 와서 상대방의 사정 때문에 봐줄 녀석이 아니라고."

"하지만 망설였어. 상대방을 봐주는 바람에 어이없이 점수를 허용하고 말았어."

이브는 그렇게 결론을 내렸다.

"저기…… 그게 무슨 말씀이세요?"

"응. 난 잘 모르겠어."

그러자 루미아가 불안한 얼굴로, 리엘이 왠지 납득하지 못한 얼굴로 물었다.

"……이 전개는…… 누군가의 의도가 개입한 결과라는 건가요?

파트너인 리엘과 달리 눈치가 빠른 엘자의 질문에 글렌은 확신을 갖고 대답했다.

"그래, 맞아. 말도 안 되는, 어이없는 일이 실제로 눈앞에서 일어났다면…… 그건 당연히 우리에게 친숙한 『마술』이 빚은 현상이겠지."

그리고 글렌은 경기장과 관객석을 슬쩍 훑어보았다.

"아마…… 어딘가에서 누군가가 하얀 고양이 녀석에게 뭔가 수를 쓴 걸 거다."

'……저 선생이라면 아마 지금쯤 그런 생각을 하고 있을 기다. 딱 봐도 그런 표정이데이.'

마침 시구레는 관객석의 글렌을 흘겨보면서 비웃음을 흘렸다.

'언뜻 빈틈투성이인 것처럼 보여도 거 참 영리한 양반이구마. 아~ 무섭다, 무서.'

일륜국의 메인 위저드 사쿠야의 시종이자 젊은 주치의인 그에게는 사실 또 다른 얼굴이 있었다. 일륜국에서도 거의 실전된 마술인 주언(呪言)을 다루는 주언사라는 얼굴이…….

주언이란 큰 리스크를 짊어지는 대신 평범한 말로 상대의 행동을 강제하는 무시무시한 술법이었다.

'내 본질은 주언사…… 이건 사쿠야뿐만 아니라 아무도 모르는 나만의 비밀. ……마술사라면 이런 비장의 패를 한두 개쯤 가지고 있는 법이다.'

시구레가 살짝 혀를 내밀었다. 그러자 평소에는 보이지 않는 주언술식이 모습을 드러낸 채 어떤 마술을 발동하고 있었다.

'하지만 움직이지 말라고 하믄 상대가 진짜 움직이지 못하고, 죽으라고 하믄 진짜로 죽는 그런 전설급 주언사는 더

이상 세상에 존재하지 않는다. ……내가 쓸 수 있는 건 소꿉
장난 같은 주언뿐.'

다시 혀를 집어넣고 시스티나가 있는 서쪽을 흘겨보았다.

'내 주언은 상대의 행동을 직접적으로 제한할 정도로 대
단치는 않다. 상대방의 목소리를 빌려서 마음속에 위화감
없이 내 말을 강하게 퍼트리는 것뿐. 저 동네로 치면 백마술
의 정신 지배 공격에 가까운 마술이제. 뭐, 요컨대 상대방
의 마음속에 있는 빈틈을 후벼 파서 동요시키는 게 고작
인…… 리스크만 더럽게 큰 삼류 술식이다. 유효 사정거리만
큼은 굉장하지만…… 마음이 강한 아한테는 눈곱만치도 통
하지 않제.'

하지만 시구레는 몰래 비웃음을 흘렸다.

'그래도…… 시스티나 양에게는 통했다! 시합 전에 실컷
조사하고 줄곧 관찰해온 결과…… 내 주언이 반드시 통할
거라고 확신했데이! 자는 본질적으로는 아직 미숙…… 마술
사가 무슨 히어로인 줄 아는 반편이! 그게 아이다. 마술사라
는 건 그런 게 아이란 말이다. 어디 봐라. 실력은 삼류라도
마술사로서 각오가 된 놈들에게는 안 통하지만, 아무리 실
력이 초일류라도 마술사로서의 각오가 덜 된 놈들한테는 내
주언이 통한다 아이가!'

그렇다. 그래서 시구레는 시합 전에 시스티나와 접촉해 사
쿠야의 병과 집안사정을 밝힌 것이다.

만약 시합 중에 사쿠야의 병세가 악화하면 자신이 한 말을 떠올릴 수 있도록……

그것이 바로 시구레가 시스티나에게 건 『마술』, 주언의 대못이었다. 평범한 말로 그녀의 양심에 파고든 피할 도리가 없는 『함정』이었다.

저번 세트에서 사쿠야가 발작을 일으켰을 때도 시구레는 멀리서 시스티나의 마음에 이렇게 호소했다. 정말 이렇게 이겨도 괜찮겠느냐고.

주언을 통한 말은 공간을 뛰어넘어서 마치 감미로운 마약처럼 마음속에 울려 퍼진다. 절대로 상대방이 무시할 수 없도록……

그러자 예상대로 시스티나는 동요했고 일륜국 팀은 마침내 득점에 성공했다.

그 결과에 만족한 시구레가 비열하게 웃은 순간이었다.

"……후우, 고마워요. 시구레."

갑자기 사쿠야가 말을 거는 통에 소스라치게 놀랄 수밖에 없었다.

"사, 사쿠야?! 갑자기 뭐꼬?!"

"당신이 달여 준 탕약 덕분에 많이 편해졌어요. ……이걸로 더 싸울 수 있을 것 같아요."

자세히 보니 사쿠야는 양손으로 약사발을 든 채 밝게 웃고 있었다.

"그 선약은 평소에 먹는 것보다 훨씬 센 기다. 그만큼 몸에 부담도 크고…… 어디까지나 일시방편에 불과하데이. 솔직히 주치의로선 기권을 권하고 싶다."

"저도 알아요. 하지만 전…… 져선 안 되는걸요."

"그래, 그랬제."

사쿠야가 결의를 드러내자 시구레는 진지한 표정으로 고개를 끄덕였다.

그러자 불현듯 어릴 때부터 지켜본 사쿠야가 걸어온 삶의 궤적이 떠올랐다.

무거운 병을 달고 태어났음에도 집안을 위해, 가족을 위해 노력을 거듭해서 음양료에 입학하고, 말 그대로 피를 토할 듯한 심정으로 노력을 거듭해 현재의 지위를 쌓아올린 사쿠야의 반생을…….

'바꿀 돈도 없어서 구멍이 숭숭 뚫린 장지문 사이로 들어오는 겨울바람이 얼마나 춥고 괴로운지 알기나 하나? 쥐고기조차 성대한 만찬처럼 느껴지는 빈곤함과 비참함은? 동생들을 먹여 살릴라고 쓰레기 같은 귀족 놈에게 몸을 허락한 굴욕과 눈물은? 그랬던 사쿠야가 지는 건 내가 인정 몬한다. 보답받지 몬 하는 건 내가 인정 몬 한다!'

시구레는 다시 한 번 날카로운 눈으로 저 멀리 시스티나가 있는 방향을 노려보았다.

'그래, 내는 쓰레기다. 남의 마음을 함부로 짓밟는 구제할

도리가 없는 쓰레기다. 하지만…… 그래도 내는 무슨 일이 있어도 사쿠야에게 승리를 안겨주고 말기다!'

그런 결의와 동시에 힐링 타임이 종료되었고, 7세트 후반전. 제국 팀의 공격 개시를 알리는 조명탄이 하늘 위로 솟구쳤다.

시합이 재개되자 제국 팀은 일단 1점을 만회하기 위한 공세에 나섰다.

지고 있는 상황임에도 전혀 동요하지 않은 모습이었다.

하지만 결과는 신통치 않았다.

물론 제국 팀에도 방어 라인을 넘어서 득점을 올릴 기회는 얼마든지 있었다.

하지만 기회가 몇 번을 찾아와도 득점으로 연결되지는 않았다.

"하아……! 하아……! 하아……!"

그 원인은 누가 봐도 시스티나에게 있었다.

아무래도 치열한 접전 중이다 보니 득점이 얽힌 중요한 국면에서는 거의 반드시라고 해도 좋을 정도로 양 팀의 메인 위저드…… 시스티나와 사쿠야가 충돌할 수밖에 없었다.

하지만 정작 그녀는 사쿠야와 대치할 때마다 항상 집중력을 잃는 모습을 보였다.

치명적인 순간에 갑자기 뭘 해야 할지 갈피를 잡지 못하고 실수를 연발했다.

사쿠야도 몸 상태가 나빠 보였지만, 그녀의 전의는 확고했다. 앞뒤 가릴 것 없이 자신의 목숨을 바칠 듯한 기세로 시스티나를 계속 압도하고 있었다.

그리고 무엇보다 시스티나는 그런 사쿠야보다도 훨씬 더 상태가 나빠 보였다.

평소에 알던 그녀답지 않은 그 모습에 제국 팀의 모두는 고개를 갸웃거릴 수밖에 없었다.

"큭! 왜…… 대체 왜 이런……!"

당사자 또한 당혹스러움을 감추지 못하고 있었다.

하지만 사쿠야는 개의치 않고 매몰차게 대응했다.

"헉…… 헉…… 고작 그 정도인가요?! 《염극양멸·급급여율령》!"

【축지】를 써서 시스티나의 측면으로 이동해 마술을 날렸다.

굉음을 터트리며 날아드는 불꽃.

하지만 시스티나는 이 공격을 예상하고 있었다.

'마술함정!'

이미 사쿠야의 출현 지점에 흑마 【스턴 플로어】를 설치해 둔 상태였다.

'저걸 발동해서 사쿠야 양을 날려버린 다음, 피해를 감수하고 단숨에 적 방어 라인을 넘으면…… 동점이야!'

그리고 함정을 발동하려 한 순간—

"그런 걸 맞으믄 심장이 안 좋은 사쿠야가 진짜 죽을지도 모르는디?"

'그런 마술을 맞았다간 심장이 안 좋은 사쿠야 양은 정말 죽게 될지도 몰라.'

"큭?!"

불현듯 그런 생각이 드는 바람에 마술 발동을 중지하고 뒤로 도약했다.

그러자 사쿠야가 날린 불꽃이 잇따라 명중했다.

폭염과 폭풍. 뜨거운 열기가 살갗을 태웠다.

"애초에 내가 이겨서 뭘 어쩔 긴데? 사쿠야랑 달리 내가 이겨서 뭐 좋은 일이 있다고. 차라리 이대로 지면 모두가 행복해지는 결말이 될지도 모른데이."

'……애초에 뭐? 할아버님의 뒤를 쫓고 싶다고? 전혀 대단할 것 없는 목표잖아. 그게 다른 사람을 상처 입히고, 남의 인생을 망치면서까지 이뤄야 할 목표야?'

"나, 난……!"

아직 득점 찬스는 남아 있었다.

시스티나는 어째선지 집요할 정도로 뇌리에 달라붙는 의

문을 떨쳐내듯 고개를 강하게 내저었다.

이 끊임없이 날아드는 불꽃 사이를 슈투름으로 단숨에 돌파하면 득점이다.

"그런 얄팍하기 짝이 없는 내가 무거운 짐을 짊어진 사쿠야의 인생을 짓밟아도 될까?"

'……그게 정말 옳은 일일까?'

"나, 나는……!"

하지만 시스티나는 슈투름을 쓰지 않았다. 쓸 수 없었다.

그녀가 선택한 마술은 흑마 【포스 실드】였고 눈앞에 전개된 빛의 장벽이 차례차례 불꽃을 막아냈다.

"사쿠야 씨! 엄호할게요!"

"우오오오오오오! 사쿠야 씨는 우리가 지킨다!"

하지만 그 틈을 노리고 일륜국 선수들이 하나둘씩 모여들기 시작했다.

이렇게 된 이상 강행돌파는 무리였다.

"……큭?!"

결국 득점 기회를 완전히 놓치고 말았다.

시스티나는 분한 얼굴로 체념하고 슈투름을 써서 후퇴할수밖에 없었다.

"으아아아아~ 아깝다!"

"조, 조금만 더 가면 됐는데!"

관객석의 카슈와 이브가 안타까운 얼굴로 시합을 지켜보는 한편—.

"……하얀 고양이. 너……."

글렌은 사나운 표정으로 괴롭게 표정을 일그러트린 시스티나를 내려다보았다.

"큭큭큭…… 미안하게 됐다. 시스티나 양……."

그리고 사쿠야의 후방에서는 한쪽 눈을 살짝 뜬 시구레가 술식이 새겨진 혀를 내민 채 비웃음을 흘리고 있었다.

"예상보다 효과가 끝내주네. 괴물 같은 마술 재능과는 반대로 역시 멘탈은 약해빠진 아였나 보구마. ……큭큭큭."

극한의 마술전투에서는 그런 정신적인 면이 승패를 가르는 중요한 요소가 되기도 한다.

"이젠 충분하겠제. 다 끝났다. 자는 완전히 『무너진』 기다. 저만치 실수를 연발했으니 자신감이랑 판단력이 엉망이 돼서 이젠 평소 실력을 절반도 발휘하지 몬 하겠제. ……하하하, 입만 산 마술사라. ……하긴, 내한테 딱 어울리는 별명이구마."

그리고 시구레는 남몰래 계속 웃음을 흘렸다.

마침 그 순간, 제국 팀의 공격 종료를 알리는 조명탄이 하늘 위로 솟구쳤다.

그 후의 전개는 시구레의 예상대로였다.

집중력을 잃고 중요한 순간마다 판단을 그르치는 시스티나가 제국 팀의 발목을 잡았다. 아무리 전력을 다해 공세를 취해도 득점으로 연결되지는 않았다.

일륜국의 방어 라인을 돌파할 수 없었다.

그리고 일륜국 팀은 그런 시스티나를 노리고 맹공에 나섰다.

관객들이 이대로 일륜국이 단숨에 점수를 따서 쐐기를 박을 거라고 확신한 때—.

"……흡!"

"여긴 못 지나갑니다!"

"나 원 참, 사람 성가시게 하긴……!"

각 지역을 담당한 팀 리더들이 분전하며 그 공세를 막아냈다.

간신히 1점 차를 유지했다.

이윽고 12세트 전반전, 일륜국 팀의 공격이 끝나고 힐링 타임이 찾아왔다.

이것이 끝나면 12세트…… 최종 세트 후반전. 제국 팀의 마지막 공격이 시작되리라.

여기서 동점을 넣으면 서든 데스 방식의 연장전으로 끌고 갈 수 있겠지만 실패하면 제국의 패배다.

양 팀에 아직 탈락자는 없었으나 격심한 마력과 체력 소모로 다들 한계에 가까웠다.

그런 이유로 현재 제국 팀 내부에는 무거운 공기가 충만
해 있었다.

'제국 놈들…… 거 참, 끈질기구마.'

관객들의 환호성 속에서도 시구레는 언짢은 표정을 지을
수밖에 없었다.

'설마 여기까지 버틸 줄은…… 진짜 인재들만 모아논 모양
이군.'

"시구레…… 당신이 보기엔 어떤가요? 제 용태는."

그러자 나무 그루터기에 앉은 사쿠야가 호흡을 가다듬으
며 말을 걸었다.

시구레는 그녀의 이마에서 열을 잰 후 손목을 잡고 맥박
을 확인했다.

"솔직히 마이 안 좋다. 아마 다음 세트가 한계일 기다. 그
이상은……."

"그런가요. ……그럼 괜찮겠네요. 왠지 마술 쪽은 평소보
다 컨디션이 좋은걸요."

아마 정신이 육체의 한계를 뛰어넘은 상태가 아닐까.

사쿠야는 온몸이 땀으로 흠뻑 젖은 데다 안색도 창백했지
만 마술에 대한 감각만큼은 놀라우리만치 날카로워진 모양
이었다.

'반대로 시스티나 양은 내 주언 때문에 재기불능이 될 정도로 정신적인 대미지를 입었으니…… 이건 이겼군.'

시구레는 음습한 감정에 휩싸인 채 확신했다.

'그래…… 쪼까 불안했는데, 이기는 건 우리다! 다음 세트를 끝까지 막으면 끝이다! 사쿠야는 이런 식으로 이기는 걸 인정 몬 하겠지만…… 그래도 이긴 건 이긴 기다! 그거면 충분하데이!'

"이제야 알겠군. 하얀 고양이가 컨디션 난조를 보이는 이유를."

한편, 글렌이 갑자기 그런 말을 꺼내자 관객석의 모두가 그를 주목했다.

"주언이었어."

"……주언……이요?"

"그래. 나도 전에 세리카한테 잠깐 들은 정도밖에 모르지만, 동방에는 그런 마술이 있다더군. 주문이 아닌 평범한 『말』로 상대의 마음에 직접 호소해서 행동과 감정을 조작하고 강제하는 특수한 최면 마술이 있다고……."

루미아가 고개를 갸웃거리자 글렌이 자세히 설명했다.

"난 하얀 고양이가 부자연스럽게 실수를 저지르는 타이밍을 계속 관찰해봤어. 그랬더니 그때마다 거의 반드시라고 해도 좋을 정도로 저 시구레라는 자식이 가까이에 있더군.

그래서 이번에는 원견 마술로 그 녀석을 관찰해봤더니 가끔 뭔가 말을 중얼거리는 게 아니겠어? 그때 그 녀석의 혀에서 주언술식 같은 문양도 슬쩍 보였고⋯⋯ 대체 무슨 소리를 지껄이는지 독순술로 읽어봤더니 저 멀리 있는 하얀 고양이에게 뭐라 말을 던지고 있더군. 사쿠야에게 이기면 죄책감이 들지 않겠느냐, 라든가. 사쿠야를 상대로 이길 각오와 자격에 너에게 정말 있느냐, 라든가 하면서."

"그, 그건⋯⋯."

루미아도 시합 전에 두 사람이 나눈 대화를 들었을 터. 그래선지 바로 상황을 눈치채고 안색이 나빠졌다.

"맞아, 하얀 고양이는 지금 타고난 선량함을 공격받고 있는 셈이야. 물론 저 녀석도 이제 와서 적을 상대로 봐줄 정도로 얼빠진 녀석은 아니야. ⋯⋯다만, 마음속 한구석에는 역시 그런 부분이 남아 있었던 거겠지. 주언이 그 작은 감정을 증폭시켜서 하얀 고양이가 다른 생각을 할 수 없도록 방해하고 있는 걸 거다. 즉, 이건 백마술로 치면 정신 공격에 당한 셈이지."

"그, 그럴 수가⋯⋯. 그럼 백마 【마인드 업】을 써서 마음을 지키면⋯⋯."

"아니, 【마인드 업】은 마음에 방어막을 한 장 둘러서 외부의 정신 간섭을 차단하는 마술이라 주언에는 의미가 없어. 아무튼 저 녀석은 지금 외부의 간섭이 아니라 본인의 감정에 휘둘리고 있는 것뿐이니까 말이지."

실제로 시스티나도 혹시 어떤 종류의 정신 공격을 받은 게 아닐까 싶어서 이미 【마인드 업】을 시험해본 상태였다.

"하아~ 이게 그 라스트 크루세이더스 놈들의 짓이었으면 좋았을 텐데. ……상대가 선수라면 이것도 엄연한 마술전투의 일부야. 이래선 우리가 손 쓸 방법이 없어."

이브가 짜증스러운 얼굴로 말했다.

"……역시 급성장한 대가가 이제야 드러난 모양이네."

"대가……요?"

"응, 대가. 확실히 시스티나는 기술적으로는 비약적으로 강해졌어. 하지만 정신적인 면의 성장이 그걸 따라잡지 못한 거야. 적이 마음의 빈틈을 노렸다곤 해도, 바꿔 말하면 그건 빈틈을 보이지 않으면 그만이거든. 본인만의 확고한 『각오』와 『답』이 있다면 주언이 개입할 여지를 내주지 않았을 테니까."

"……!"

루미아가 숨을 삼켰지만 이브는 담담한 목소리로 계속 말을 이었다.

"마술사라는 건 말이지. 오만하고 탐욕스러워야 해. 일반적으로는 누구나 기피해야 할 그 감정을 불씨로 삼아서 마력을 끌어올리고 법칙을 왜곡하는 것이야말로 마술사니까…… 겸허하고 무욕한 성격과는 상성이 나쁠 수밖에 없지."

"……『그대, 바라는 것이 있다면 타인의 소망을 화로에 지펴라』……인가요?"

루미아가 마술사가 되려는 자가 가장 먼저 배우게 될 말을 입에 담자 이브는 고개를 끄덕였다.

"좋건 나쁘건 그게 바로 마술사의 본질이거든. 자신의 뜻을 이루기 위해 타인의 소망을 짓밟을 수 있는가. 목적을 위해서라면 감정을 배제할 수 있는가. 원래는 힘을 얻는 과정에서 천천히 본인만의 각오와 답을 찾기 마련이지만……."

그리고 경기장에서 고개를 떨구고 있는 시스티나를 힐끔 내려다보았다.

"쟨 성장이 지나치게 빨랐어. 망설임 없이 쓰러트려야 할 적에게 결코 물러서지 않고 싸울 용기는 얻었지만, 마술사의 어두운 본질과 마주하기에는…… 아직 나약하고, 미숙해."

"……!"

"물론 그 나약함과 미숙함은 인간으로선 올바른 모습이야. 미덕이라고 봐도 좋아. 하지만 그걸 극복할 수 없다면 마술사로서는 결코 대성할 수 없어. 소질이 있는데도 그것 때문에 결국 개화하지 못한 천재는 얼마든지 있어. 이건 시련이야. 내가 듣기론 저 사쿠야 코노하라는 마술사는 상당히 무거운 각오를 품고 이 자리에 섰다고 해. 여기서 시스티나가 그녀와 어떻게 마주할지, 어떤 선택과 결단을 내릴지가…… 앞으로의 인생을 결정하게 될지도 몰라."

이브의 말이 끝나자 주위의 모두가 무겁고 심각한 표정으로 입을 다물었다.

"······크큭큭."

단 한 사람, 글렌을 제외하고······.

"······뭐가 그렇게 웃겨?"

그 눈치 없는 반응에 이브가 짜증을 냈다.

"지금 어떤 상황인지 알기나 해? 당신의 귀여운 제자에게 찾아온 인생 최대의 위기거든? 지금 여기서 어중간하게 져 버리면 심적 외상(트라우마)이 남아서 평생 재기할 수 없을지도······."

"그래, 그건 나도 알아."

하지만 글렌은 어디까지나 느긋한 태도였다.

"그런데 말이지······ 난 저 녀석이 아직 미숙하고 각오가 부족하다는 생각은 눈곱만큼도 해본 적 없거든?"

"뭐?! 하지만 실제로······."

"저건 처음 보는 마술에 걸려서 잠깐 혼란스러워하는 것뿐이야. 저 녀석은 이미 마술사가 되기 위한 자신만의 각오와 답을 갖고 있어. ······난 아주 잘~ 알아."

자리에서 일어난 글렌이 기지개를 켜자 목과 등에서 우둑거리는 소리가 났다.

"그리고 그런 녀석에게 관객인 우리가······ 교사가 해줘야 할 일은 옛날부터 정해져 있잖아?"

그리고 자신만만하게 웃으며 품속에서 뭔가를 꺼냈다.

'난…… 대체 뭘 하는 거지?! 이런 형편없는 모습을……'

그 무렵, 시스티나는 머리를 감싸 쥔 채 바닥에 몸을 웅크리고 있었다.

'모두가 기대하고 있는데…… 그 기대에 부응해야 하는데…… 왜 이런 생각만……'

"시, 시스티나 선배……."

"시, 신경 쓰지 마세요. ……이럴 때도 있는 법이죠 뭐."

"으, 응. ……우리가 어떻게든 해볼게."

마리아와 프랑신과 콜레트가 걱정스러운 눈으로 쳐다보며 위로했지만, 안색은 어두웠다.

다들 이젠 틀린 게 아닐까, 여기까지가 아닐까 하며 체념에 가까운 표정과 감정을 애써 억누르려 했다.

"시스티나. 잠시 할 말이 있어요."

그 순간, 평소보다 훨씬 냉엄한 얼굴로 말을 거는 이가 있었다.

리제였다.

"리, 리제 선배……?"

"일단 기탄없는 엄연한 사실만 말할게요. 지금의 당신은 방해만 되요. 팀의 발목을 잡고 있는 거죠."

그녀는 시스티나뿐만이 아닌 모두가 어렴풋이 느끼고 있던 사실을 대변했다.

하지만 실제로 그것을 지적당하자 시스티나는 표정이 괴롭게 일그러질 수밖에 없었다.

"확실히 사람이라면 컨디션이 나쁠 때도 있기 마련이죠. 하지만 그게 팀의 발목을 잡을 정도로 심한 데다 그 상태를 계속 벗어나지 못한다면…… 당신은 메인 위저드로서 결단을 내려야만 해요. 다음 최종 세트에서도…… 이대로 계속 팀의 사령탑을 맡을지, 아니면 다른 누군가에게 그 자리를 양보할지를."

"아……."

"저희는 제국의 대표예요. 조국의 얼굴에 먹칠하는 꼴사나운 시합을 할 수는 없어요. 조금이라도 승산이 높은 길로 가야만 해요. ……당신은 어떻게 생각하나요? 시스티나 피벨."

"……."

무거운 침묵이 내려앉았다.

모두가 입을 다문 채 두 소녀의 모습을 가만히 지켜볼 수밖에 없었다.

"저는……."

시스티나는 마음속으로 자문자답했다.

'이대로 물러나는 것도…… 방법일지 몰라.'

더는 무리였다.

양보할 수 없는 것을 위해 목숨을 걸고 필사적으로 싸우는 사쿠야의 모습을 볼 때마다 동요와 망설임이 심해졌다.

손이 움직이지 않았다. 다리가 무거웠다. 숨이 막혔다.

계속 죄책감만 들어서 견딜 수가 없었다.

'나한테도 저렇게까지 해서 싸워야 할 이유가 있었던가? 무엇하나 부족함 없이 자라온 나에게…… 저토록 필사적으로 발버둥치는 사쿠야 양의 앞길을 틀어막고, 짓밟아도 되는 이유가 있었던가?'

없었다.

이길 생각조차 들지 않았다.

할아버님의 뒤를 좇고 싶다? 대체 뭘까. 그 얄팍하고 별볼일 없는 이유는…….

고작 그 정도의 이유로 가족을 위해 자신의 얼마 남지 않은 생명을 불사르며 싸우는 사쿠야를 짓밟겠다고? 그런 일이 용납될 수 있을까? 정말 옳은 일일까?

'틀렸어……. 난 더는…… 사쿠야 양과 못 싸워. ……마음이 무거운걸.'

시스티나는 부담감을 견디다 못 해 고개를 힘없이 떨구었다.

"죄송해요. ……전 이제 무리예요…… 리제 선배. 뒷일은 선배에게……."

그리고 그렇게 말하던 도중—.

파앗!

관객석 어딘가에서 갑자기 어마어마한 빛과 함께 충격음이 들렸다.

　그 맹렬한 빛이 잠시나마 이 넓은 경기장을 새하얗게 물들인 다음 순간, 압도적인 충격파가 거대한 빛의 기둥으로 변해서 구름을 뚫고 저 넓은 푸른 하늘 위로 빨려들어 갔다.

　"아앗?!"

　그러자 이어서 충격파의 여운이 선수들을 집어삼키더니 나뭇가지가, 머리카락이, 로브 자락이 펄럭펄럭 나부꼈다.

　"바, 방금 그건……"

　금세 알 수 있었다. 너무나도 익숙한 광경이었으므로.

　저것은 【익스팅션 레이】의 빛.

　글렌의 마술이었다.

　"서, 선생님……?"

　시스티나는 명한 얼굴로 빛의 기둥이 솟구친 관객석 쪽을 쳐다보았다.

　하늘을 향해 전설의 대마술, 흑마 개량형 【익스팅션 레이】를 냅다 갈겨버린 글렌의 영문을 알 수 없는 폭거에, 그 어마어마한 빛을 직면한 충격에 세리카 엘리에테 대경기장에 모인 수천 명의 관중은 죄다 넋을 잃고 조용해졌다.

　"훗."

　하지만 그 중심에 선 글렌은 아직도 잔여 마력이 스파크

를 일으키는 왼손을 하늘 높이 든 채 의기양양하게 웃고 있
었다.

"……바보."

옆에서 이브가 핀잔을 주었지만 무시했다.

고요해진 경기장 안에서 뭔가를 중얼거리면서 목을 손가
락으로 툭툭 두드린 후―.

『시스티나아아아아아아아아아아아아아아아아!』

무지막지한 성량으로 시스티나의 이름을 불렀다.

마술로 한계까지 증폭된 목소리였다. 바로 옆에서 화산이
라도 폭발한 게 아닐까 싶을 정도로 어마어마한 음파 충격
에 주위에 있던 사람들은 일제히 귀를 틀어막으며 개미처럼
뿔뿔이 흩어질 수밖에 없었다. 정말 민폐스럽기 짝이 없는
재해급 소음이었다.

그래도 글렌은 멈추지 않았다.

아랑곳하지 않고 있는 힘껏 소리쳤다.

『신경 쓰지 마아아아아아아아! 네 마음가는대로 해애애애
애애애애! 남의 사정 따윈 상관 없다고오오오오오! 네가
어떤 선택을 하든! 누가 뭐라 하든! 누가 널 원망하든! 나
는! 나만은! 네 편이야아아아아아아! 난 네 선생이니까아

아아아아아아아!』

"좀 닥쳐!"

그러자 도로 달려온 이브가 울상이 된 얼굴로 글렌을 걷어찼다.

"고막이 찢어지는 줄 알았거든?! 양해라도 한 마디 하면 어디가 덧나?!"

"크억?! 킥!"

콱! 콱! 콱! 콱!

앞으로 나자빠진 글렌의 등을 발로 연신 내리찍었다.

그러자 아직도 욱신거리는 귀를 막고 있는 주위의 관객들, 카슈 일행, 리엘, 엘자는 어이없는 얼굴로 그런 두 사람의 모습을 지켜보며 쓴웃음을 흘릴 수밖에 없었다.

관객석에서 그런 정신없는 소란이 벌어진 한편…….

글렌의 격려는 확실히 시스티나의 귀에 닿았다.

"……서, 선생님?!"

나름 오래 알고 지낸 그녀는 글렌이 무슨 말을 하고자 한 건지 정확히 알 수 있었다.

이대로 물러나도 상관없고, 끝까지 떼를 써서 이 경기를 망쳐도 상관없다.

그래도 자신은 그 선택을 존중하고 곁에 남아 주겠다

는…… 그런 메시지였다.

"나, 나는……."

결과적으로 누군가가 자신을 원망하고, 미워하고, 매도해도 그만은 자신의 편이 되어줄 거라는 희미한 안도감이 든 순간, 불현듯 어떤 기억이 떠올랐다.

자신이 마술사가 되려고 한 이유를, 그 원초의 추억을…….

이제는 그립기만 한 어린 시절의 기억과 풍경.

저 멀리 떠 있는 천공성을 마치 그립고 눈부신 것처럼 올려다보는 조부의 모습.

구름 한 점 없는 맑은 하늘에서 내리쬐는 햇빛 덕분에 페지테 상공에 떠 있는 반투명한 성이 평소보다 훨씬 잘 보였다.

그때, 그 찬란한 성과 그것을 바라보는 조부의 모습이 시스티나의 영혼을 사로잡았다.

그런 조부의 뒷모습이 너무나도 안타까워보였기에…….

하늘에 뜬 환영의 성이 너무나도 눈부시고 아름다웠기에…….

그날, 그 순간부터 조부의 꿈은 시스티나의 꿈이 되었다.

—그럼 제가 할게요.

—제가 할아버님보다 훌륭한 마술사가 되어서.

—제가 할아버님 대신 멜갈리우스의 천공성의 비밀을 풀고 말겠어요.

"……이대로 질 수는 없어!"

그 순간, 마치 영혼 그 자체가 불타오르는 듯한 감각이 시스티나를 지배했다.

메인 위저드인 자신이 제국에서 살아가는 모두의 기대를 짊어졌다는 건 충분히 알고 있었고, 사쿠야의 사정도 어느 정도 이해는 됐다.

하지만 자신의 마음 깊숙한 곳에는 그보다 더 소중한 것이 있었다.

"사쿠야 양처럼 대단치도 않고…… 남들이 들으면 그게 뭐냐고 무시할지도 모르는 유치한 꿈과 이유지만…… 그래도 양보 못 해! 양보하고 싶지 않아! 난 절대로 질 수 없어!"

자신의 영혼을 질타하는 외침이 마음속을 좀먹고 있던 수많은 자책과 망설임을 단숨에 씻어냈다.

"그리고 이런 시시한 이유라도…… 선생님은, 날 긍정해주셨어! 응원하고 계셔! 그렇다면 난……!"

——.

세리카 엘리에테 대경기장 앞 대광장 한구석의 아무도 다가오지 않는 작은 인형극장.

"역시 넌 그렇게 나오는 거구나, 시스티나."

대도사— 펠로드 베리프는 어딘지 모르게 쓸쓸한 표정으

로 은발 소녀의 모습을 한 인형을 조종하면서 작게 중얼거렸다.

"……고맙다."

하지만 그 혼잣말을 들은 이는 아무도 없었다.

———.

"리제 선배! 부탁이에요! 저한테 맡겨주세요!"

시스티나는 리제에게 고개를 숙였다.

방금 전가지 초췌했던 모습은 대체 어디로 갔는지 갑자기 전의를 드러내자 제국 팀 멤버들은 눈을 휘둥그레 뜰 수밖에 없었다.

"지금까지 얼빠진 모습을 보여드려서 죄송해요! 이 실수는 반드시 만회할게요! 그러니…… 저에게 맡겨주세요! 제국의 메인 위저드로서 저 사쿠야 코노하를 쓰러트리고…… 반드시 승리를 가져오겠어요! 그러니……!"

그러자 리제는 시스티나의 두 어깨에 가볍게 손을 얹고 그녀의 눈을 잠시 들여다보다가 방긋 미소 지었다.

"이젠 괜찮아 보이네요, 시스티나."

"리, 리제 선배……."

"후훗, 선배를 너무 걱정시키지 마세요."

그리고 팀원들을 돌아보았다.

"여러분, 그대로 가죠. 저희 모두가 시스티나를 중심으로 싸우는 거예요."

"……!"

그 선언에 모두가 일제히 고개를 끄덕였다.

"저희가 이 한 몸 바쳐서 시스티나를 지키고, 앞으로 보내주는 거예요. ……시스티나, 괜찮겠죠? 할 수 있겠어요?"

"예! 맡겨만 주세요! 다들, 잘 부탁드립니다!"

시스티나도 힘찬 목소리로 대답했다.

그리고 마침내 12세트 후반전, 제국 측의 마지막 공격이 시작되었다.

"우, 우째서?! 이건 말도 안 된데이!"

경기가 재개되자마자 각 지역에서 펼쳐진 광경을 본 시구레는 당황할 수밖에 없었다.

조금 전까지만 해도 완전히 절망에 빠졌던 제국 팀이 마치 이제야 시합이 시작된 것 같은 기세등등한 모습으로 일륜국 팀을 몰아세우고 있었기 때문이다.

심지어 놀라운 점은 그것만이 아니었다.

"하아아아아아아압! 《아인스》! 《츠바이》! 《드라이》!"

최전선을 번개처럼 지그재그로 질주하며 압도적인 화력으로 일륜국 선수들을 쓸어버리고 있는 것은…… 다름 아닌 시스티나였다.

지금까지 쌓인 울분을 해소하려는 것 같은 그 사나운 기세에 일륜국 팀은 속수무책으로 후퇴할 수밖에 없었다.

"당최 어떻게 부활한기고?! 설마 조금 전의 그 기묘한 응원 때문에?! 그게 대체 뭐라고!"

하지만 부활했다면 다시 한 번 꺾어버리면 될 뿐.

시구레는 동요한 마음을 진정시키며 혀에 새긴 주언 술식을 발동했다.

멀리서 이쪽을 향해 달려오는 시스티나에게 시선을 고정한 채 마치 귓가에서 속삭이는 듯한 목소리로 말했다.

"그라게 몇 번이나 말했제? 댁이 이기면 사쿠야의 인생과 집안은 엉망이 된다고. 그런 심한 짓을……."

"시, 끄, 러, 워어어어어어어어어어어어어어어어어어어어어어어어어어어어어어어어어어!"

시스티나는 마음속으로 스며드는 망설임을 떨쳐내듯 있는 힘껏 소리치는 동시에 저장해둔 흑마 【블레이즈 버스트】를 발동했다.

"꺄아아아아아아아악?!"

"으아아아아아아아아아아아앗!"

그러자 일륜국 팀 선수 둘이 필드에 작렬한 폭염에 휩쓸려서 하늘 높이 날아갔다.

"난 시스티나 피벨! 내 조부, 레돌프 피벨의 뒤를 좇는 자! 그날 본 하늘과 그날의 각오야말로 내 마술사로서의 모든 것! 그 하늘과 조부께 맹세코…… 더는 아무도 날 방해하게 두진 않겠어! 나 자신조차도!"

"커, 헉?!"

그 순간, 시구레가 갑자기 성대하게 피를 뿜었다.

혀가 양 갈래로 찢어지고, 목구멍이 터지고, 폐가 짓뭉개졌기 때문이다.

'아, 아차! 저주의 반동……?! 마술을 완전히 파훼당했어……!'

그렇다. 언뜻 무적처럼 보이는 주언에도 실은 큰 약점이 있었다.

만약 상대에게 파훼당하면 지금까지 건 모든 주언이 대미지로 전환되어 돌아오는 치명적인 약점…….

"커허어어어억! 쿨럭! 큽! 카아악!"

'이, 이러다 죽는다! 이대로는 숨이……!'

시구레가 느닷없이 코앞까지 다가온 죽음의 기척에 공포에 빠진 그때, 누군가가 뒤에서 주문을 외우며 등에 손을 가져다댔다.

사쿠야였다.

덕분에 숨을 쉬는 게 한결 편해졌다. 아직 말은 제대로 나오지 않았지만 적어도 위험한 고비는 넘긴 듯했다.

"······시구레. 시스티나 양이 왜 저와 싸울 때마다 갑자기 거동이 이상해진 건지······ 이제야 좀 알 것 같네요."

"~~?!"

"이 이야기는 나중에 하죠. ······이 제전에서 만난 최고의 호적수와 결판을 낸 후에."

사쿠야는 감정을 드러내지 않는 표정으로 말을 남기고 다시 최전선으로 떠나갔다.

"······사······쿠야······."

하지만 힘없이 고개를 떨군 시구레는 그녀의 뒷모습을 직시할 수 없었다.

현재 동쪽 필드 중앙은 양팀 선수 전원이 모여서 서로에게 쉴 새 없이 마술을 난사하는 완벽한 혼전의 양상을 보이고 있었다.

뇌격과 눈보라와 업화가 사납게 몰아치고, 식신과 정령과 사역마들이 정면충돌하는 처절한 마술전투가 전개되고 있는 것이다.

그리고 그런 태풍의 중심에 있는 것은 당연히.

"《검의 처녀여·하늘에 칼날을 휘두르며·대지에서 춤춰라》!"

시스티나였다.

자신을 중심으로 발생한 수많은 바람의 칼날이, 자신을 노리고 달려든 식신들을 모조리 베어 넘긴 것을 확인한 그

녀는 슈투름을 발동해서 적진 깊숙한 곳으로 파고들기를 시
도했다.

"막아! 저 여자를 막아아아아아아아!"

"이 앞으로는 절대로 못 보내애애애애애애!"

그러자 당연히 일륜국 팀의 선수들이 몰려오더니 그녀를
막기 위해 단절 결계를 펼치고, 식신을 소환하고, 어설트 스
펠로 화망을 형성했다.

그 압도적인 물량 앞에서는 제아무리 시스티나라도 멈춰
설 수밖에 없으리라.

"우오오오오오오오오오오오오오오오오오오!"

하지만 갑자기 옆에서 달려든 자일이 괴력을 발휘해 시스
티나의 앞을 막아선 결계를 대검으로 파괴했다.

"니들 맘대로는 안 돼!"

"저희가! 상대해드리죠!"

"뭐…… 겸사겸사요."

해일처럼 밀려오는 식신들을 콜레트의 블랙 아츠가, 프랑
신의 말라흐가, 지니의 기폭부를 붙인 수리검이 일제히 쓸
어버렸다.

"《재앙은 흩어져라》《2》《3》《4》《5》……"

전격과 폭염 마술을 기블이 흑마 【트라이 배니시】를 연속
으로 발동해서 모조리 소멸시켰다.

"너희들?!"

"여긴 저희에게 맡겨주세요! 시스티나!"

진로 옆의 나무들 사이에서 시스티나를 노리고 갑자기 뛰쳐나온 음양사 소녀의 일격을 리제가 레이피어로 튕겨냈다.

"뭐, 잔챙이들 상대는 제가 맡아드리죠."

"시스티나 선배! 파이팅이에요!"

레빈도 마리아도—.

"……."

그 과묵한 하인켈조차 자신을 앞으로 보내기 위해 필사적으로 싸워주고 있었다.

"……고마워요, 여러분."

그런 모두의 마음에 보답하기 위해—.

"슈투름! 하아아아아아아아아아아아아아아아앗!"

이 자리를 동료들에게 맡긴 시스티나는 적의 포위망을 단숨에 돌파하고 직진했다.

그러자 한 타이밍 늦게 발생한 충격파가 울창한 숲을 가로질렀다.

"1대 1!"

일륜국 진영의 최후방에서 방어 라인을 지키고 있던 사쿠야는 드디어 결전의 순간이 왔음을 직감했다.

제트 기류를 타고서 다가오는 시스티나.

피아의 거리는 약 100미트라. 접촉까지 남은 건 겨우 2초.

서로의 마력과 체력은 이미 한계. 잔재주를 부릴 시간도 여유도 기력도 없었다.

남은 건 순수한 힘의 승부.

아니, 누가 더 승리에 대한 갈망이 강한가로 결판이 나리라.

"사쿠야……!"

시스티나는 마력을 한층 더 끌어올리고 속도를 더해서 사쿠야를 향해 정면으로 돌진했다.

"시스티나……!"

이에 맞서는 사쿠야는 하늘하늘 춤추는 것 같은 움직임으로 마력을 쥐어짜 내서 결계를 중첩 전개했다.

"하아아아아아아아아아아아아아아아아앗!"

그것을 본 시스티나가 왼손바닥에 바람의 마력을 모아서 앞으로 내밀자 결계가 소리를 내며 계속 깨져나갔다.

그 기세 그대로 속도를 늦추지 않고 계속 돌진했다.

"큭……?! 《히토후타미요이츠무나나야코코노타리·후루베·유라유라토·후루베》!"

사쿠야가 조금이라도 그 기세를 막으려고 저주받은 망자들을 소환했다.

"《나를 따르라·바람의 백성이여·나는 바람을 다스리는 공주일지니》!"

하지만 그 사령들의 밀집 진형은 시스티나의 흑마 개량2식【스톰 그래스퍼】, 압도적인 전방위 포격 앞에서 먼지처럼 흩어졌다.

이로써 피아의 거리가 0미트라가 된 순간, 마력이 담긴 시스티나의 왼손바닥과 사쿠야의 부채가 정면에서 격돌했다.

"하아아아아아아아아아아아아아아아아앗!"

"크으으으으으으으으으으으으으윽!"

시스티나가 기세를 더하자 사쿠야의 발이 땅바닥에 선을 그으며 뒤로 밀려났다.

하지만 마력은 거의 호각이었기에 밀려나는 속도 자체는 점점 느려졌다.

방어 라인까지 남은 거리는 50, 40, 30, 25…….

"커헉! 쿨럭! 질 수 없어……! 전 질 수 없어요! 동생들을 위해서…… 가족을 위해서라도!"

결국 한계를 맞이한 건지 사쿠야는 가슴을 움켜잡고 피를 토하면서도 부채와 다리에 마력을 쏟아 부으며 시스티나의 압력에 저항했다. 밀쳐내려 했다.

"나도! 나도 양보할 수 없는 이유가 있어! 할아버님께 맹세했단 말야! ……할아버님을 뛰어넘은 마술사가 돼서…… 천공성에 도달하겠다고……!"

마찬가지로 마나결핍증을 일으킨 시스티나도 심하게 기침을 하며 손바닥과 슈투름에 깃든 마력을 한층 더 끌어올렸다.

"그리고……!"

시스티나는 이를 악물었다.

어째선지 이 중요한 순간에 떠오른 것이 늘 의욕 없는 얼굴로 투덜대는 변변찮은 교사의 모습이었기 때문이다.

언제나 밝은 모습을 가장하면서도 가끔씩 길을 잃은 미아 같은 표정을 보이는 그 사람에게…….

"그런 내 모습을…… 그 사람에게…… 선생님에게……!"

마침내 시스티나의 돌진이 완전히 기세를 잃은 순간이었다.

"선생님에게 보여드리고 싶단 말야아아아아아아아!"

"……?!"

시스티나는 마음속에서 우러나온 외침을 내지르는 동시에 마지막 힘을 쥐어짜 내서 있는 힘껏 발을 내디뎠다.

터엉!

"아……."

그러자 사쿠야의 몸이 허공을 날았고―.

"으아아아아아아아아아아아아아아아아아앗!"

마치 지금까지 막혀 있었던 울분을 해소하려는 것처럼 시스티나의 몸이 남은 10미트라의 거리를 단숨에 가로질렀다.

이제 그녀의 앞을 가로막는 건 아무것도 없었다.

그렇게 시스티나가 일륜국의 방어 라인을 넘자―.

―와아아아아아아아아아아아아아아아아아아아아!

경기장 전체가 터질 듯한 환호성에 감싸였다.

'아아…… 결국 졌구나.'

하지만 사쿠야는 이 모든 것이 마치 다른 세상에서 일어나는 일인 것처럼 멍한 눈으로 맑은 하늘을 바라보면서 생각에 잠겼다.

이것으로 포인트는 1대 1. 동점.

당연히 승부는 끝나지 않았다. 연장전이 기다리고 있을 터.

하지만 사쿠야는 이것으로 승부가 끝났음을 예상했다.

"콜록! 쿨럭!"

다음 힐링 타임이 지나도 자신은 더는 일어설 수 없을 것이기에…….

자신의 모든 힘을 끌어내서 싸웠다.

더는 아무것도 남아있지 않았다.

하지만 신기하게도 분하지는 않았다. 오히려 만족스럽기까지 할 정도였다.

물론 자신과 가족의 미래에 대한 불안이 없는 건 아니었다.

'하지만…… 지금은 이 기분 좋은 패배감을 벗어나고 싶지 않네요.'

음양사로서, 자신에게 내려진 의무로서 단련을 거듭해온 나날.

그 모든 것이 괴롭기만 할 뿐, 즐겁다고 생각한 적은 단한 번도 없었다.

하지만 오늘 이 순간만큼은—.

'즐거웠어요. 시스티나 양……. 당신과 제 모든 것을 걸고 전력으로 겨뤄서…… 정말 즐거웠답니다.'

졌는데도 웃음이 나오는 것이 신기했다.

"축하해요, 시스티나 양. ……절 이긴 게 당신이라…… 다행이에요……."

마지막으로 그런 혼잣말을 남긴 사쿠야는 기분 좋은 피로감과 중력에 몸을 맡긴 채 의식을 잃었다.

일륜국의 메인 위저드 사쿠야 코노야. 전투불능으로 탈락.

힐링 타임 중에 회복 실패.

따라서—.

알자노 제국 팀의 승리를 알리는 조명탄이 하늘 위로 솟구치자, 이 기적 같은 대역전극을 목격한 모든 이가 한층 더 큰 열기에 휩싸였다.

제3장 더욱 더 깊은 어둠 속으로

"우오오오오오오오오오오오오오오오오!"

"해냈군요, 시스티나!"

"결승 진출을 축하해요!"

일륜국과의 시합 종료 후, 세리카 엘리에테 대경기장의 선수 대기실로 돌아온 선수들을 맞이한 것은 카슈를 비롯한 응원단의 환호와 찬사였다.

"시스티이이이이이! 이겨서 다행이야아아아아아!"

눈을 깜빡거리며 놀란 시스티나에게 엘렌이 덥석 안겨들었다.

"뭐, 잘 싸웠어. ⋯⋯칭찬해줄게.

"응. 다들, 멋있었어."

"아하하⋯⋯ 나도 조금만 늦게 입대할 걸 그랬나⋯⋯."

이브, 리엘, 엘자도 저마다 선수들에게 찬사를 보냈다.

"에헤헤헤~! 루미아 선배, 제 활약! 보셨어요?"

시합이 이제 막 끝났는데도 마리아는 혼자 기운 넘치는 모습으로 루미아에게 달려갔다.

"응, 응. 똑똑히 봤어. 진짜 열심히 싸우던걸."

"에헤헤헤~ 그죠? 그죠?"

"뭐, 네 활약이 가장 적었지만."

"기블 선배는 악마!"

하지만 기블이 태클을 걸자 바로 울상이 돼서 풀이 죽었고, 그 모습을 본 모두가 웃음을 터트렸다.

콜레트도, 프랑신도, 지니도—.

자일도, 리제도, 하인켈도—.

그리고 카슈, 웬디, 테레사, 세실, 린도 진심으로 승리를 축하하며 웃을 수 있었다.

"……."

그런 가운데 시스티나는 시합의 여운 때문인지 아직 멍한 표정을 짓고 있었다.

"……하얀 고양이."

"아…… 선생님."

그러자 글렌이 씨익 웃으며 다가왔다.

"잘했다. 잘 싸웠어."

그리고 주먹을 슬쩍 내밀었다.

"앗. ……저기, 그게…….

그 순간, 글렌이 시합 중에 보낸 낯부끄러운 격려의 말과 그때 깨달은 자신의 감정을 갑자기 떠올린 시스티나는 얼굴이 빨개져서 고개를 들지 못했다.

하지만 이윽고 글렌처럼 자신만만하게 웃는 얼굴로 고개

를 들더니 그와 주먹을 가볍게 맞댔다.

"……실례하겠습니다."

그러자 마침 누군가가 문을 열고 대기실로 들어왔다.

"너희는……."

사쿠야와 시구레였다.

아직 안색도 나쁘고 몸 여기저기에 상처도 남아 있었지만, 힐러 스펠로 치료를 받은 덕분에 여기까지 올 체력은 회복한 모양이었다.

"으음…… 무슨 용건이라도 있어?"

시스티나가 고개를 갸웃거리며 뜻밖의 손님을 맞이하자 갑자기 시구레가 앞으로 나서더니 정중하게 고개를 숙였다.

"……참말로 미안했다!"

"……?!"

제국 팀 일동이 눈을 휘둥그레 떴지만 글렌과 이브처럼 사정을 눈치챈 일부는 눈을 날카롭게 뜨고 상황을 주시했다.

"아무리 조국을 위해서래도 내……내가 시스티나 양한테 정말 몬할 짓을 했데이! 사과로 그칠 일이 아니다만, 그래도 이렇게 사과는 해두고 싶다……!"

리제가 의아한 얼굴로 물었다.

"사과라니…… 대체 무슨 짓을 했던 거죠?"

"그게…… 시, 실은 내가 시스티나 양한티……."

"스톱!"

시구레가 진상을 밝히려 하자 시스티나가 제지했다.

"시구레 씨. 전 당신이 무슨 짓을 했는지 모르고, 들을 생각도 없어요."

"하, 하지만……."

"혹시 당신이 저에게 뭔가를 했다고 해도…… 그건 시합 중에 일어난 정정당당한 마술전투의 일부잖아요? 제 말이 틀린가요?"

"……!"

시구레는 시스티나의 눈을 응시했다.

역시 총명한 그녀는 전부 알아챈 모양이었다.

그런데도 없었던 일로 해주려는 것이다.

"그러니 그 이야기는 여기서 끝내요. 예?"

"아……아하하…… 니는 평생 몬 당하겠구마……. 내 완패다……."

그제야 시구레는 뭔가를 떨쳐낸 듯한 얼굴로 천장을 올려다보며 한숨을 내쉬었다.

"……저도 다시 한 번 사과할게요, 시스티나 양."

"사쿠야 양."

"그리고 이 말씀도 드리고 싶네요. ……결승 진출을 축하해요. 저희의 비원은…… 여러분, 제국 팀에 맡길게요."

"그렇게 말해주니 고맙지만…… 저기, 넌 정말 괜찮은 거야?"

시스티나는 사쿠야의 힘든 사정을 알면서도 자신의 욕망

을 관철하기 위해 승리를 양보하지 않았다. 그러다 보니 역시 솔직하게 기뻐할 수 없었다.

"괜찮아요, 시스티나 양."

하지만 사쿠야는 진심으로 웃어주었다.

"전 아직 살아있는걸요. 살아있는 한…… 앞으로 나아갈 수 있겠죠. 이번 일로 명예를 얻지 못한 건 유감이지만…… 그럼 다른 길을 찾아보면 그만이에요. 살아있는 이상 아직 더 나아갈 수 있으니까요. 병을 극복할 방법도…… 언젠가 반드시……."

그리고 시구레를 슬쩍 돌아보자 그는 자신에게 맡기라는 듯 말없이 고개를 끄덕여주었다.

"그러니 제 일은 신경 쓰지 마세요, 시스티나 양. 당신은 당신이 믿는 길을, 추구하는 길을, 똑바로 나아가주세요. 그것이야말로…… 저희를 이긴 당신의 의무니까요."

"알았어. ……역시 이 대회에 나오길 잘한 것 같아. 너희 같은 상대랑 만날 수 있었으니까."

"저야말로…… 얻은 게 많은 좋은 시합이었답니다."

"……응, 나도."

그렇다. 정말로 얻은 것이 많은 시합이었다.

자신이 나아갈 길과 각오를 돌이켜볼 좋은 기회였다. 그리고—.

시스티나는 글렌을 슬쩍 훔쳐보았다.

"뜨아아아아아아아아아! 무겁다고, 요 녀석들아! 이것 놔아아아아아아! 어, 리엘?! 넌 또 왜…… 아야야야야야야! 꾸엑?!"

마리아, 프랑신, 콜레트의 격렬한 포옹을 받고 있던 그는 왠지 못마땅한 얼굴의 리엘이 그녀들을 떼어내려고 하는 바람에 목이 졸린 상태였다.

하지만 시스티나는 그런 꼴사나운 모습을 여느 때와 달리 가만히 지켜보았다.

그리고 시합 중에 들은 격려의 말을 떠올리자 갑자기 얼굴이 달아오르고 가슴이 빠르게 뛰었지만, 괴롭지는 않았다. 오히려 기분 좋게 느껴졌다.

그 덕분에 시스티나는 자신의 솔직한 감정을 자각할 수 있었다.

자각하고 말았다.

'아아, 역시 난 선생님을…… 진심으로 좋아하는 거였어…….'

올곧게 길을 나아가는 자신의 모습을 그가 봐주길 원했다.

아직도 길을 헤매고 있는 그에게 보여주고 싶었다.

교사로서, 이성으로서…….

그 둘 중 하나도 놓치고 싶지 않았다.

그만큼 자신은 글렌을 좋아하고 있었던 것이다.

그러자 사쿠야가 그 표정에서 뭔가를 눈치챈 듯 쿡 하고 웃으며 말을 걸었다.

"후훗, 힘내세요. 시스티나 양."

약해빠진 미녀가 말을 건다면 16
©Tarc Utsuri, Kurone Mishima 2020
KADOKAWA CORPORATION
[NOT FOR SALE]

NOVEL

"어?! 뭐가?!"

하지만 연애에는 쑥맥인 시스티나는 이번에도 얼굴을 붉히고 황급히 얼버무렸다.

모두가 그런 평화로운 시간을 보내던 순간—.

"아, 맞아! 여러분, 실은 마침 좋은 물건이 있어요!"

갑자기 마리아가 손뼉을 치더니 대기실 구석에 있는 자신의 짐을 뒤적거리기 시작했다. 모두가 의아한 얼굴로 주목하는 가운데, 그녀는 짐 속에서 뭔가 커다란 상자 같은 장치를 꺼냈다.

"짜잔~! 마이 사영기랍니다!"

사영기란 특수한 시약을 칠한 은판에 풍경을 새기는 장치였다.

"……야, 마리아. 그런 부피가 큰 물건은 또 왜 챙겨온 건데?"

"그야 뭐~ 기념으로 밀라노에 있는 성당들을 찍어볼까 싶어서요."

"너, 인마! 역시 관광하러 온 거였잖아!"

"아야야야야얏?! 죄송해요죄송해요죄송해요오~!"

글렌이 두 주먹을 관자놀이에 대고 빙글빙글 돌리자 마리아는 눈물을 글썽이며 비명을 질렀다.

"아, 아무튼! 모처럼 여기까지 왔으니 다 같이 기념 촬영이나 한 번 하는 건 어떨까요? 예?"

머릿속이 꽃밭인 마리아다운 발상이었다.

"참 나, 아직 대회가 끝나지도 않았는데…… 아니, 이제부터가 중요한데 너무 성급한 거 아니야?"

"……뭐, 괜찮지 않을까요? 선생님. 전 멋진 생각인 것 같은데요."

"역시 루미아 선배는 뭘 좀 아시네요!"

루미아가 긍정해주자 마리아는 기뻐했다.

글렌이 일단 의견을 구하려고 이브를 슬쩍 쳐다보자 그녀는 마음대로 하라는 듯 어깨를 으쓱였다.

"아, 맞아! 이왕 이렇게 된 거 거기 두 분도 같이 어떠세요?!"

"예?! 저희……도요?"

"아, 아니…… 우린 외부인인디……."

"자자, 사양하시지 말고! 서로 전력을 다해서 싸운 사이잖아요?! 어제의 적은 오늘의 친구라는 말도 있잖아요! 자자자!"

붙임성 좋은 무드 메이커인 마리아가 본색을 드러내자 사쿠야와 시구레도 차마 거절하지 못하고 같이 촬영하는 흐름이 되었다.

"이런, 제국 팀이 결승에 진출한 걸 축하해주려고 온 건데…… 뭔가 재밌는 일이 벌어진 모양이네?"

"어?! 아디르 씨?! 어느 틈에!"

그러자 마침 1회전에서 싸운 하라사의 대표선수인 아디르와 엘시드도 대화에 끼어들었다.

"아무튼 그 기념촬영에…… 우리도 참가해도 괜찮을까?"

"물론 괜찮죠! 대환영이에요!"

"잠깐, 아디르…… 왜 네 마음대로…… 나, 난 딱히……."

"뭐, 어때. 이런 기회는 놓치면 손해잖아?"

엘시드는 난색을 표했지만 아디르가 설득했다.

"그럼 다 같이 밖으로 이동합시다~!"

마리아의 지시에 따라 다들 대기실 밖으로 나가기 시작했다.

"하! 참 나…… 진짜 속편한 애들이네."

"자, 이브 씨도 같이 가죠!"

"예! 모처럼 좋은 기회인걸요!"

"뭐어?! 자, 잠깐 너희들! 잡아당기지 좀 마!"

당연히 남으려 했던 이브도 카슈와 웬디에게 강제로 연행되었다.

그러자 대기실에 남겨진 글렌과 시스티나와 루미아는 서로를 마주보며 쓴웃음을 지었고, 리엘은 어찌된 상황인지 몰라 눈만 깜빡였다.

"자자~ 찍습니다~! 다들 옆 사람이랑 좀 더 가까이 붙어주세요~!"

그리고 햇빛을 반사해 새하얗게 빛나는 세리카 엘리에테 대경기장의 웅장한 모습을 배경으로 저마다 포즈를 취한 채 촬영 순간을 기다렸다.

누군가는 웃는 얼굴로.

누군가는 새침한 얼굴로.

누군가는 어이없는 얼굴로.

그런 일행의 중심에는 세상만사 귀찮은 얼굴의 글렌과 미간을 찌푸린 이브, 즐거워 보이는 루미아와 멋쩍은 얼굴의 시스티나, 그리고 평소처럼 졸린 듯한 무표정을 한 리엘이 자리잡고 있었다.

"자자자자~ 세팅 완료~!"

삼각대 위에 올린 사영기의 태엽식 자동촬영 기능을 세팅한 마리아는 재빨리 일행을 향해 달려갔다.

"에잇~!"

"아얏?! 자, 잠깐! 마리아~?!"

그리고 시스티나와 글렌 사이에 억지로 끼어든 순간.

―찰칵.

…………

참고로 마리아의 가벼운 발상으로 시작된 이 이벤트는―

청춘의 한 페이지를 작게 장식한 이 사진은―

그들에게는 그 무엇과도 바꿀 수 없는 평생의 보물이 되었다고 한다.

…………

─그날 밤.

"쓰레기 청소~♪ 쓰레기 청소~♪ 웃차!"

밀라노 교외에 있는 어느 숲속에서는 칠흑 같은 어둠과 어울리지 않는 밝은 노랫소리가 울려 퍼지고 있었다.

포니테일을 이리저리 흔들며 가볍게 낙엽을 밟는 소녀의 움직임에는 어둠에 대한 공포와 망설임이 전혀 느껴지지 않았다.

"임무~♪ 임무~♪ 쓰레기를~ 청소하는 임무~♪"

노래를 부르며 짐승이나 지나다닐 법한 어두운 숲길을 걷고 있는 이 기묘한 소녀의 이름은 일리아 일루주.

과거에 제국 궁정 마도사단 특무분실 집행관 넘버 18 《달》을 사칭했던 환술의 스페셜리스트였다.

현재 제국군에서는 행방불명으로 처리된 그녀가 이런 시간에 이런 숲속을 산책하고 있는 건 대체 무슨 연유에서일까.

"정말이지~ 아치볼트 추기경도 사람이 참 너무하다니까~. 파이스 추기경과 퓨너럴 교황의 암살 실행범들을 이런 으쓱한 곳에 감춰두다니 말야~."

즐겁게 웃으면서도 일리아의 눈은 주위를 냉정하게 살피고 있었다.

그녀 정도쯤 되는 실력자라면 영적인 시각으로 알아챌 수 있었다.

사람을 접근을 막는 은폐 결계가 이 주위에 몇 겹으로 교묘히 설치되어 있다는 사실을…….

평범한 일류 수준의 마술사는 인식조차 할 수 없는 고위 결계였지만 그녀는 손조차 대지 않고 이리저리 피하면서 안으로 나아갔다.

"어라라~ 이건 하늘의 지혜 연구회 소속 고위 외도 마술사들이 즐겨 쓰는 계통의 술식이네요~? 풉! 역시 아치볼트 씨는 악당 당첨~♪"

그런 식으로 나무 사이를 지그재그로 계속 나아갔다.

"뭐, 이 은폐 술식도 나름 훌륭하지만…… 저만한 수준의 환술사를 속이기에는 아직 부족하단 느낌일까요~?"

이윽고 숲 너머에서 건물 한 채가 모습을 드러냈고, 그 창문에서는 희미한 빛이 새어나오고 있었다.

"자, 그럼 청소를 시작해볼까요! 지금 그 파계 사제들이 암살당해서 제국과 왕국 사이에 전쟁이 일어나기라도 하면 경애하는 나의 주군이 난처해질 테니까요~."

마이 로드

하지만 일리아는 곧 걸음을 멈추고 말았다.

"……어?"

저택 안에서 흘러나오는 흐릿한 피비린내를 느꼈기 때문이다.

자세히 보니 굳게 닫혀야할 현관문이 반쯤 열려 있었다.

"……."

조금 전까지와는 정반대로 얼음처럼 차가운 마술사의 얼굴이 된 일리아는 신중하게 문으로 접근했다.

그러자 피비린내가 한층 더 짙어졌다.

'대체 누가?'

일리아는 빈틈없이 사방을 경계하며 저택의 문을 열었다.

"안녕, 기다리고 있었어. ……일리아 일루주."

그 순간, 그녀의 시야에 들어온 것은 현관 안쪽의 계단에서 지팡이를 짚고 우아하게 다리를 꼬아 앉은 청년의 모습과 피와 시체로 점철된 끔찍한 지옥도였다.

"당신은…… 저티스! 전(前) 특무 분실 집행관 넘버 11《정의》저티스 로우판!"

"호오? 날 알고 있었나 보네? 아하하, 그럼 이야기가 빠르겠군. 사실 난…… 너와 한 번쯤 느긋하게 대화를 나눠보고 싶었거든. ……이그나이트 경의 사냥개 씨?"

중절모를 고쳐 쓰고 코트 자락을 펄럭이며 일어선 청년, 저티스는 마치 일리아를 환영하는 것처럼 양팔을 활짝 벌렸다.

"후우~ 일이 참 귀찮게 됐는걸."

하지만 예상 밖의 사태에 잠시 굳어있었던 일리아는 이윽고 성대한 한숨을 내쉬었다.

"미친놈이랑 할 말은 아무것도 없거든요~. 저에게 중요한 건 당신이 경애하는 마이 로드가 위험시하는 인물이라는 것뿐이라구요~."

"이거 참, 어지간히 미움을 샀나 보네? 이그나이트 정도 한때는 나를 꽤 높이 평가했으면서 말야. 얼굴에 먹칠 좀 했다고 벌써 이러긴가?"

"……마이 로드의 적은 제 적이랍니다~. 그런 고로 예정과는 좀 다르지만 암살자들 대신 당신을 청소해드리죠, 저티스 씨."

일리아는 산뜻하게 웃으며 목표를 수정했다.

"후훗, 암살자들을 대신 청소해준 대가로 괴롭지 않게 죽여 드릴게요."

"큭큭큭……."

그러자 저티스는 즐겁게 웃기 시작했다.

"……뭐가 웃기죠?"

"이건 널 위해서 하는 말이다만…… 그만둬."

상대를 얕잡아보고 조롱하는 듯한 말투에 일리아의 눈이 가늘어졌다.

"네 오리지널…… 아~ 분명 【달의 요람】이라고 했던가? 세계 개변 지배와 절대 정신 지배 환술……."

"어라라~? 잘 아시네요? 혹시 제 스토커~? 아이고 무서워라~."

"언뜻 무적인 것처럼 보이는 마술이지만, 실은 그 정도로 만능은 아니야. ……나에겐 통하지 않으니까."

"……!"

저티스는 한순간 눈초리가 험악해진 일리아에게 자신만만하게 설명했다.

"먼저 세계 개변 지배…… 이건 일반인도 알겠지만, 세계를 속여서 사실을 왜곡한다는 건 그만큼 심층의식영역과 마력에 부담이 갈 수밖에 없어. 마술 발동 중에는 마력을 물처럼 펑펑 소비하고 뇌의 에리어도 계속 압박되겠지. ……그리고 그 부담은 왜곡된 사실이 현실과 괴리를 일으킬수록 더 커져. 따라서 발동 중에 본체는 제대로 된 전투 행위가 불가능할 수밖에 없어. ……지금까지는 주위를 잘 속여 넘긴 모양이지만 말야."

마술의 대원칙은 마도 제1법칙인 《등가교환의 법칙》을 따른다.

애초에 마술이란 주문에 의한 연쇄 작용으로 마술식을 격발해서 개변한 본인의 에리어에 대응하는 세상의 법칙에 개입하여 변화를 초래하는 기술이다.

따라서 주문을 쓸 때 개변에 필요한 에리어가 부족하다면 당연히 마술도 발동하지 않는 식이다.

"그리고 절대 정신 지배 쪽은…… 아, 이건 좀 성가실지도? 너 자신은 조무래기지만…… 사용 방식에 따라선 너보다 강한 상대에게도 충분히 통할 테니 말야. 뭐, 그것도 나에게는 소용없겠지만."

그때였다.

"풉! ……아하하하! 아하하하하하하하하하하하하!"

저티스의 해설을 듣고 있던 일리아가 성대하게 웃음을 터트렸다.

더는 못 참겠다는 것처럼…….

"뭐가 그렇게 웃기지?"

"아뇨, 뭐. 그게…… 당신은 군에서 두려워할 만큼 대단치는 않은 것 같아서요."

일리아는 눈가의 눈물을 훔치며 말했다.

"다들 하나같이 우스꽝스러운 얼굴로 두렵다, 위험하다, 관여하지 말라고 해서 대체 얼마나 위험한 사람인가 했더니…… 푸흡! 고작 이 정도였나요? 이봐요, 저티스 씨. 시비를 걸 상대는 좀 가리는 편이 좋을 걸요?"

"흥, 건방진 애송이군. ……별볼일 없는 삼류 주제에 입만 살았어."

그 무시하는 듯한 말투가 신경을 건드렸는지 갑자기 저티스의 분위기가 바뀌었다.

"하! 어쩔 수 없군. ……좋아, 나와 네 격의 차이를 알려주마."

"우와! 구려! 그거 사망 플래그거든요?"

이윽고 둘 사이에서 살기가 폭발했다.

"선배에 대한 경의가 부족한 애송이는 내가 다시 교육시켜주지. ……하앗!"

저티스가 갑자기 양손을 휘두르는 동시에 장갑에서 주위에 흩뿌려진 의사 소립자 분말로 소환된 천사 모습의 인공정령들이 일리아를 포위했다.

"꺄하하하하하하하! 뒈져!"

가짜 천사들이 일제히 창과 검을 들고 사방에서 일리아를 향해 짓쳐들었다.

피할 수 없다. 다음 순간, 그녀는 수많은 창칼에 꿰인 고슴도치가 되리라.

하지만 일리아는 눈앞의 저티스를 무시하고 등을 돌리더니 아무것도 없는 공간을 가리켰다.

"야호~【문 크레이들】. 이걸로 끝!"

그리고 손끝에 하얀 빛이 깃들자 모든 툴파의 움직임이 덜컥 정지했다.

일리아의 뒤에 서 있는 저티스조차도⋯⋯.

"~~?!"

"참 나⋯⋯《그러길래 말했잖아요》."

손가락을 튕기자 흑마【디스펠 포스】, 마력 상쇄 마술이 발동했다.

그 후 아무것도 없는 공간에 숨어 있던 인물이 모습을 드러냈다.

"이, 이럴 수가⋯⋯! 어, 어떻게⋯⋯ 대체 어떻게 안 거지?!"

눈을 부릅뜨고 이마에서 식은땀을 흘리는 그 인물의 정체는…… 다름 아닌 저티스였다.

【문 크레이들】의 정신 지배에 걸린 그는 이미 손가락 하나 까딱할 수 없는 상태였다.

"틀파잖아요? 조금 전까지 저랑 대화를 나눈 저티스 씨는요."

"……?!"

그 말을 증명하듯 조금 전까지 일리아와 대화를 나누던 저티스는 현재 인형처럼 멈춰 있는 상태였다.

"그리고 당신은 예지에 가까운 행동 예측이 가능하다면서요? 하지만 그 예측한 결과 자체가 제 환술로 만든 가짜라는 생각은 안 해보셨나 보죠? 예?"

"뭐라고?!"

저티스의 안색이 단숨에 창백해졌다.

"서, 설마……! 세계 개변?! 환술로 내 인식을 고쳐 썼다는 거야?! 네 환술은 설마 그 정도까지……!"

"우후훗~ 예~! 잠시 가만히 있어 주세요~."

일리아는 단검을 뽑아 들고 저티스를 향해 걸어가기 시작했다.

"으음~ 여기랑 여기랑 여기에도 있는 거죠? 보이지 않는 칼날이."

"……큭?!"

저티스를 지키는 최후의 요새, 공간에 배치해둔 【보이지 않는 신의 검】을 이리저리 피하며 마침내 그의 앞에 도달했다.

"자~ 저티스 씨? 좀 따끔하겠지만, 참으세요~."

그리고 단검을 세워든 후—.

"마, 말도 안 돼! 이런 곳에서 내가……! 이 내가아아아아아아아아!"

더는 막을 방법이 없는 저티스가 절망에 찬 비명을 질렀지만, 일리아는 개의치 않고 그의 심장을 향해 팔을 휘둘렀다.

촤악!

그러자 피분수가 튀었다.

"……어?"

넋을 잃은 일리아의 몸에서…….

"……어? 어어……? 이게 뭐야……."

다리에 힘이 풀리고 손에서 단검이 맥없이 떨어졌다.

시선을 내리자 어느새 가슴이 일직선으로 갈라져 있었다.

그리고 다시 고개를 들자 저티스는 지팡이 안에 숨긴 레이피어를 휘두른 멋들어진 자세로 멈춰 서 있었다.

"……뭐, 여기까지 『읽고』 있었어."

그리고 검날에 묻은 피를 털어낸 후 다시 지팡이로 된 검집에 꽂았다.

"어땠어? 내 찌질한 연기는. 그 알베르트 못지않은 연기파였지? 사실 난 얼마 전까지 여비를 벌려고 어느 극단에서 알바를 좀 뛰었었거든. 경험보다 값진 재산은 없다는 말이 정확하더라. 하하, 정말 좋은 공부가 됐어."

저티스는 의미심장하게 웃으며 바닥에 몸을 웅크린 일리아를 내려다보았다.

"그건 그렇고 거합술(居合術)이라고 하던가? 이쪽도 열심히 연습해두길 잘했네. 동방의 검술은 아무튼 화려하고 멋지니까 말야. 실전에서 성공해서 만족했어. 큭큭큭. ……아, 그거 알아? 거합술은 익숙하지 않으면 엄지 마디를 자주 베이곤 해. 이것 봐, 상처가 남았지?"

"커헉! ……큭! 어, 어떻게……?"

시시한 잡담을 주절대는 저티스를 믿을 수 없는 눈으로 올려다본 일리아는 당혹스러움을 감추지 못하고 물었다.

"이, 이건 말도 안 돼요. ……당신은 분명히 제 【문 크레이들】에 걸렸을 텐데! 제가 이 저택에 들어온 그 순간부터……!"

"……."

"그런데 왜……? 대체 왜 효과가 없는 거죠?!"

"그러게 처음부터 말했잖아? ……『나에겐 통하지 않는다』고."

일리아의 비명에 가까운 질문에 저티스는 어깨를 으쓱이며 대답했다.

"오리지널 【유스티아의 천칭】…… 내 눈에는 세상 모든 것이 숫자와 수식으로 보이거든."

그녀를 내려다보는 저티스의 눈에는 숫자가 마치 홍수처

럼 흐르고 있었다.

"내가 보고 있는 건 이 세상이 아니야. 이 세상을 구성하는 숫자지. 그런데 환술 같은 게 통할 리 없잖아? 아무튼 숫자는 거짓말을 안 하니까. 네가 환술로 보여주는 허구와 눈속임은 한눈에 알아챌 수 있어. 그럼 무시하는 것도 가능하지. ……정신 지배조차도."

"으, 아……아아아……."

"뭐, 요컨대…… 그거야. 내가 바로 네 천적이었던 셈이지."

일리아는 몸을 덜덜 떨었다.

몸에 힘이 들어가지 않았다. 완전히 당했다.

적의 힘을 오판했다. 자만심에 사로잡혔던 건 오히려 자신이었다.

처음 본 순간, 뒤도 돌아보지 않고 달아나야 했다. 이런 괴물을 상대로 싸울 생각 따윈 처음부터 버려야 했다.

저티스는 마치 쓰레기를 보는 듯한 눈으로 일리아를 응시했다.

익숙한 눈이었다. 무감정한 살인자의 눈.

자신은 여기서 죽으리라. 목적도 이루지 못한 채.

'……어? 나, 죽는 거야? 이런 곳에서? 그, 그럼…… 난 대체 지금까지 뭘 위해…….'

등골을 타고 치밀어 오르는 공포와 절망감에 일리아는 더는 가만히 있을 수 없었다.

"아……안 돼애애애! 안 돼! 안 돼! 그런 건 절대로 안 돼!"

눈물을 뚝뚝 흘리고 세차게 도리질을 치며 애원했다.

"부, 부탁이에요! 살려주세요! 제 목숨만은……! 이, 이대로 보내주시면 안 될까요? 뭐든지 할 게요! 제가 할 수 있는 일이라면 뭐든!"

기도하는 것처럼 손을 맞잡고 목숨을 구걸했다.

이 남자에게는 통하지 않는다는 걸 잘 알면서도 가만히 있을 수 없었다.

이런 곳에서 죽을 수는 없었다. 자신에게는 아직 이뤄야 할 목표가 있었다.

"이거 참…… 내가 겁을 너무 준 건가?"

하지만 뜻밖에도 저티스는 어깨를 으쓱이더니 웃기만 했다.

"……딱히 널 어떻게 할 생각은 없어."

"……예?"

"이것도 처음에 말했잖아? 『너와 대화를 나눠보고 싶었다』고. 죽이느니 뭐니 하는 무서운 소릴 하면서 혼자 쇼를 한 건 너야. 내 말이 틀려?"

"……아……으으……."

"아무튼 이왕 이렇게 된 김에 그 이그나이트 경의 사냥개로 움직이는 네 정보를 지금 좀 읽어봤는데…… 흐음. 역시 넌 재미있어. 물론 글렌 만큼은 아니지만 말이지. 홋, 난 **그런 건** 싫어하지 않아."

그리고 연신 몸을 떠는 일리아의 어깨를 가볍게 두드려준 후 현관문을 향해 걸어갔다.

"애초에 오늘은 선배로서 격려해주려고 온 거였어. 응원할게, 일리아. 인간의 마음은 곧 힘이라는 걸 명심해. 소원이라는 건 강하게 믿고 행동으로 관철하면…… 언젠가 반드시 이루어지는 법이거든."

저티스는 그 말을 남긴 채 정말로 완전히 모습을 감추었다.

한동안 넋을 잃은 얼굴로 그가 떠나간 방향을 응시하던 일리아는 이윽고 정신이 돌아왔는지 주먹으로 바닥을 내리쳤다.

"……저 미친놈이! 네가 나의 뭘 안다는 거야! 제길!"

그리고 굴욕감과 비참함을 곱씹으며 하염없이 눈물을 흘렸다.

"……어, 언니…… 나, 나는…… 나는……!"

그런 일리아의 한탄과 통곡을 듣는 이는 아무도 없었다.

"……다녀왔어."

어두운 숲속을 마치 자기 집 마당처럼 활보하던 저티스가 갑자기 걸음을 멈추자, 눈앞에 두 명의 인간이 모습을 드러냈다.

새하얀 전투복을 입은 소녀와 검은 코트를 걸친 청년, 루나와 체이스였다.

"당신은 진짜 최악의 쓰레기야, 저티스."

마치 오물을 보는 것 같은 차가운 눈의 루나는 입을 열자마자 그런 욕설을 퍼부었다.

"이런, 설마 그런 소릴 듣게 될 줄은 몰랐는걸. ……난 그냥 일하는 겸사겸사 후배에게 『인사』 좀 하고 『격려』를 해준 것뿐인데 말야."

"흥! ……그런 식으로 또 당신의 목적을 위해 저 애도 이용하려는 거지?"

"세상에! 네 눈에는 내가 그런 몹쓸 남자로 보였던 거야? 이거 참, 가슴 아픈걸……."

하지만 그 능글맞은 대응에 오히려 화가 머리끝까지 치솟은 그때—.

"저티스 로우판. 몇 가지 질문이 있다."

체이스가 그런 과열된 분위기에 찬물을 끼얹듯 화제를 바꾸었다.

"넌 대체 뭘 꾸미고 있는 거지? 넌 아치볼트의 맹우가 아니었나? 그자의 목적을 이루기 위해 협력하는 게 아니었나? ……왜 아치볼트의 부하인 암사자들을 죽인 거지?"

"부하가 아니야. 그들은 하늘의 지혜 연구회…… 즉, 전부 예정대로인 셈이지."

저티스는 어깨를 으쓱이며 대답했다.

"그들과는 여기서 관계를 끊을 거야. 뭐, 조직 쪽에서 보면 아치볼트와 그들의 의도를 방해하는 정체불명의 제삼자가 등장한 것 같은 상황이려나? 우린 그 조직의 예상조차 뛰어넘은 셈이지, 큭큭큭. ……내 말이 의심스럽다면 아치볼트에게 직접 물어봐도 상관없어."

체이스는 불신이 가득한 눈으로 다음 질문을 던졌다.

"두 번째 질문이다. 그 소녀, 일리아라고 했던가? 왜 그녀를 놔준 거지? 이러다 만약 네 존재를 제국 측에 들키기라도 하면……."

"안심해. 그녀는 반드시 나에 관한 정보를 숨기고 이그나이트 경에게 보고할 테니까. 자신의 목적을 위해 이번 공적을 독차지할 거야. 그럴 수밖에 없지. 그녀는 이그나이트 경에게 절대로 꼴사나운 모습을 보일 수 없고, 보여서도 안 되거든. ……난 그렇게 『예측』했어."

"……."

저티스가 확신하는 얼굴로 대답하자 체이스는 마지막 질문을 던졌다.

"세 번째 질문은 알자노 제국 대표 선수단에 관한 거다. 너희가 목적을 달성하려면 내일 수뇌회담을 기다릴 필요도 없이 오늘 일륜국과의 시합에서 제국에게 패배를 안겨주면 되는 것 아니었나? 그런데 왜 나와 루나를 써서 제국 팀을 방해하지 않은 거지?"

"응? 왜라니, 그야……."

그러자 저티스는 진심으로 왜 이런 질문을 하는지 모르겠다는 듯 고개를 갸웃거렸다.

"너희는 『시합을 방해하는 일에서 손을 떼겠다』고 글렌에게 맹세했잖아? 그럼 너희에게 그런 짓을 시킬 수 없는 게 당연하잖아."

"……!"

틀렸다. 도저히 이해할 수 없었다.

체이스와 루나의 사고방식으로는 아무리 애를 써도 이 남자의 의도를 파악할 수 없었다. 너무나도 깊은 어둠을 품고 있기에 이해하는 것 자체가 불가능했다.

"안심해. ……전부 예정대로니까."

그런 두 사람의 속마음을 꿰뚫어본 것처럼 말한 저티스는 숲속을 향해 걷기 시작했다.

"자, 그럼 시작해볼까. ……내일은 드디어 클라이맥스…… 이제 곧 대단원이야. 마지막에 웃는 건 과연 누가 될까?"

어둠보다 깊은 어둠 그 자체인 남자는 그렇게 캄캄한 숲속에서 즐거운 웃음소리를 흘렸다.

일륜국과 격전을 치른 날 밤, 알자노 제국 대표 선수단이 전세를 낸 고급 호텔.

이곳에는 놀랍게도 근처의 원천(源泉)에서 상수도를 통해 물을 끌어와서 조성한 대규모 온천 시설이 존재했다.

그래선지 여성진은 호텔에 도착하자마자 피로를 풀기 위해 온천부터 찾았다.

"진짜 몇 번을 봐도 굉장해~!"

현재 그녀들의 눈앞에 펼쳐진 것은 대리석 바닥과 휘황찬란한 조각상으로 이루어진 노천탕의 모습이었다. 호텔 부지 일부를 아낌없이 썼기에 바다처럼 그 끝이 보이지 않을 정도였다.

뜨거운 물이 가득 담긴 표면 위로 피어오르는 압도적인 열기와 수증기가 만들어낸 새하얀 장막과 밤하늘 위의 별빛이 뭐라 형용할 수 없는 환상적인 광경을 연출하고 있었다.

"으으음~ 역시 시합이 끝난 후의 목욕은 최고야!"

"후훗, 고생했어. 시스티."

루미아는 크게 기지개를 켜면서 뜨거운 물에 몸을 담그는 시스티나에게 부드럽게 웃어 주었다.

"응."

"헤, 헤엄은 치면 안 돼, 리엘."

온천 한가운데에서 첨벙첨벙 개헤엄을 치는 리엘을 엘자가 말리고 있었고—.

"제가 등을 밀어드리겠습다! 리제 언니!"

"전 머리를 감겨드릴게요!"

"어머…… 그럼 부탁드려도 될까요?"

콜레트도, 프랑신도, 리제도—.

"우훗, 우후후…… 시스티는 살결이 참 곱고 하얗네?"

"에, 엘렌?! 너, 아까부터 왠지 이상하게 가깝지 않아?!"

어딘지 모르게 수상한 분위기를 풍기는 엘렌도—.

"정말 굉장한 시설이긴 한데…… 저, 저기…… 정말 우리가 써도…… 괘, 괜찮은 걸까?"

"확실히 좀 찜찜하긴 하네요. ……저희는 선수도 아닌데."

"신경 쓸 것 없어요. 저희도 초대받고 온 입장이잖아요?"

린, 테레사, 웬디도—.

"그럼요. 이럴 땐 괜히 신경 쓰면 손해라구요. ……부글부글부글."

조금 떨어진 곳에서 얼굴이 물에 반쯤 잠긴 지니도—.

"후우…… 이제 와서 뭘 어쩌겠어. 어떻게든 되겠지 뭐."

이번에도 억지로 끌려와서 결국 자포자기한 이브도—.

저마다 개성 있는 육체와 탄력 넘치는 싱싱한 피부를 아낌없이 드러낸 채 온천욕을 즐기고 있었다.

그야말로 낙원(에덴). 수증기와 살색과 매혹적인 여체의 조형미가 자아내는 신비와 예술의 세계가 바로 이곳에 존재하고 있었다.

그렇게 모두가 시끄럽게 떠들며 소란을 피우는 가운데, 루미아는 혼자서 느긋한 시간을 보내고 있었다.

"수고하셨어요, 루미아 선배."

마침 몸을 씻고 온 마리아가 그녀의 옆에 앉았다.

그리고 루미아의 가슴에 달린 풍만한 두 덩어리를 대놓고 빤히 쳐다보더니 부러운 목소리로 말했다.

"우와~ 역시 선배는 가슴이 굉장하네요~! 부럽다 진짜~! 이거 저 좀 나눠주시면 안 될까요? 전 완전히 빨래판인데~!"

"얘, 얘가 정말……."

신이 나서 여기저기 만져대는 마리아에게 루미아가 난처한 듯 쓴웃음을 지었을 때─.

"응?"

뭔가 이상한 것이 눈에 들어왔다.

"왜 그러세요? 루미아 선배."

"저기, 그게…… 네 어깨에……."

"아, 이 이상한 멍이요?"

마리아는 자신의 왼쪽 어깨에 있는 Z자를 한 번에 몇 번이나 겹쳐 쓴 듯한 기묘한 문양을 힐끗 쳐다보았다.

"이건 뭐랄까…… 어릴 때부터 체온이 올라가거나 마력을 끌어올리면 흐릿하게 떠오르는데…… 뭐, 딱히 아프지도 가렵지도 않으니까 내버려두고 있는 거예요."

"……."

어째선지 모르겠지만 그 문양의 형상에서 불길한 예감을 받은 루미아는 일단 시스티나와 상담해보려고 시선을 돌렸다.

"잠깐! 엘렌?! 이거 진짜 마사지 맞지?!"

"마사지야~. 내가 네 피로를 완전히 풀어줄게~."

어느 틈에 나간 건지 시스티나는 대리석 바닥 위에 깐 매트 위에 엎드려 누워 있었다.

그 옆에서는 엘렌이 망측하게 쥐었다 폈다 하는 손에 오일을 듬뿍 바르고 있었다.

"왜, 왠지 양이 너무 많아 보이거든?!"

"괜찮아, 괜찮아."

"자, 잠깐만! 엘렌! 왜 네 몸에도 오일을 막 치덕치덕 발라대는 건데?! 대체 무슨 이유로!"

"괜찮아, 괜찮아."

"하나도 안 괜찮거든?! 이건 분명 마사지가 아니라 다른……."

불길한 예감이 든 시스티나가 황급히 달아나려 했지만, 엘렌이 그보다 먼저 그녀의 뒤를 덮쳤다.

"꺄아아아아아악?! 누가 좀 도와줘요오오오오!"

"괜찮아, 괜찮아. 이건 마사지……마사지니까. ……그치?"

"……나중에 말해봐야겠네."

그런 떠들썩한 절친의 모습을 루미아는 쓴웃음을 지은 채 지켜볼 수밖에 없었다.

한편, 그 무렵 호텔의 담화실.

"……."

"……."

"……."

알자노 제국의 남성진은 기묘한 침묵에 잠겨 있었다.

저마다 책을 읽거나 소파에 누워서 편히 쉬고 있긴 하지만 왠지 마음이 진정되지 않는 눈치였다.

거리상으로는 바깥의 노천탕과 그리 멀지 않아선지 활짝 열린 난간 너머로 여성진의 유혹적인 목소리가 희미하게나마 귀를 간질이고 있었기 때문이다.

"……"

"……"

"……"

다시 침묵.

"……난 가야겠어."

그 영원할 것 같았던 침묵을 깨트린 것은 다름 아닌 카슈였다.

"어딜 가겠다는 건지 대충 상상은 가는데…… 그만둬."

그러자 기블이 제지했다.

"아니, 난 가야만 해……."

카슈는 마치 최전선으로 떠날 각오를 다진 군인 같은 표정으로 말했다.

"잘 생각해봐. 지금 노천탕에 있는 여자들이 누군지. 우리나라의 전국에서 기적처럼 모인 초절 미소녀 군단이잖아? 이것이야말로 알자노 제국의 긴 역사 속에서 우연히 성립된 신의 장난…… 지금이 아니면 이런 기적적인 순간을, 이런 낙원을 훔쳐볼 기회는 두 번 다시 없을지도 몰라. 그럼 절대로 놓칠 수는 없잖아? 안 그래?"

"하지만 낙원인 동시에 지옥이기도 하지."

기블은 오한이 드는지 몸을 부르르 떨었다.

"지금 저 노천탕에 모인 전투력을 단순 수치로 환산해봐. ……솔직히 악몽 이외에 아무것도 아니라고. 완벽한 사지(死地)야. 저길 훔쳐보느니 차라리 외우주의 사신을 상대로 싸우는 게 훨씬 낫겠어. ……애초에 그다지 관심도 없다만, 단순히 생존본능적인 의미로도 관여하고 싶지 않아."

"하긴, 네 말대로일지도 몰라……."

잠시 침울해졌던 카슈는 갑자기 고개를 확 쳐들고 외쳤다.

"그래도 남자라면 질 줄 알면서도 싸워야 할 때가 있잖아?! 내 말이 틀려?!"

"……?!"

"여기서 도망치면 난…… 평생 무슨 일이 있을 때마다 핑계를 대고 외면하는 인생을 보내게 될 것 같아. 아니…… 그런 일은 절대로 있어선 안 돼! 도망치면 안 된다고! 난 내 진심을 외면할 수 없어!"

"카슈……."

"나 자신과의 싸움에서 이기는 것이야말로…… 불가능에 도전하는 것이야말로…… 진정한 마술사의 자세잖아? 안 그래?! 내 말이 틀려?!"

카슈는 그렇게 열변을 토했다.

"……바보 아냐?"

하지만 기블과 하인켈은 관심을 잃었는지 다시 책으로 시선을 돌렸고, 소파에 누워 있던 자일은 별 이상한 소리를 다 듣겠다는 듯 눈을 감아버렸다. 세실은 그런 주위의 눈치만 연신 살피고 있었다.

"아니, 듣고 보니 일리가 있군요."

하지만 레빈은 위풍당당하게 일어서서 카슈의 말을 긍정했다.

"레빈…… 너?!"

"확실히 저도 불가능하다고 생각했습니다. 지금 여기서 움직이는 건 어리석음의 극치. 현명한 자라면 포기할 줄도 알아야 한다고요. 하지만 그건……."

레빈은 분한 얼굴로 주먹을 움켜쥐고 한탄하듯 말했다.

"즉, 저는 처음부터 정신적으로 굴복하고 있었던 겁니다. 크라이토스의 이름을 짊어진 제가 싸워보지도 않고 패배를 인정했던 거라고요! 그런 건 긍지 높은 크라이토스의 이름을 걸고 절대로 납득할 수 없습니다!"

"레빈!"

"예! 불가능을 눈앞에 두고 도전하지도 않으면서 대체 뭐가 마술사란 거죠?! 뭐가 크라이토스라는 겁니까! 고맙습니다, 카슈 군. 하마터면 전 싸워보지도 않고 패배자가 될 뻔

했어요."

레빈은 카슈에게 손을 내밀었다.

"패배한 현자가 될 정도라면…… 차라리 전 승리를 향해 도전하는 광대가 되는 것을 선택하겠습니다."

"……그래! 나도야!"

그리고 두 사람은 굳게 악수를 나누었다.

피를 나눈 것보다 뜨거운 우정이 탄생한 순간이었다.

'……저것들은 대체 뭐야?'

자일이 게슴츠레한 눈으로 지켜보는 가운데, 카슈와 레빈은 의기양양하게 난간을 뛰어넘었다.

노천탕에 펼쳐진 낙원을 훔쳐보기 위해서…….

"훗, 아무쪼록 제 발목을 잡지는 마시길."

"헤헤…… 부족한 건 기합과 열정으로 커버할게."

이렇게 해서 두 소년의 불가능에 도전하는 뜨거운 사투가 막을 올렸다.

——.

뭐, 결과는 예상하다시피 불가능은 말 그대로 불가능이었다.

퍼어어어어어엉! 투콰아아아아앙! 파지지지지지직!

""으갸아아아아아아아아아아아아아아아아아악!""

그날 밤, 호텔 어딘가에서는 마술이 발동하는 소리와 두 소년의 애처로운 비명이 울려 퍼졌다고 한다.

"······응? 뭐지?"

자기 방에 틀어박혀 있던 글렌은 밖에서 희미하게 들린 소음에 고개를 갸웃거렸다.

"······기분 탓인가? 뭐, 아무럼 어때."

책상 위에 넓게 펼쳐놓은 서류들은 내일 대전 상대인 레자리아 왕국 대표 선수단의 데이터였다.

현재 글렌은 그 자료들을 꼼꼼히 읽으면서 경기 대책을 짜는 중이었다.

"역시 이 마르코프 드라구노프라는 놈만 이상할 정도로 강해. ······아디르도 그렇고, 사쿠야도 그렇고······ 이 대회는 정말 천재들의 박람회로구만."

역시 내일 시합의 열쇠도 시스티나가 되리라 예상한 순간, 복도 쪽에서 누군가가 정신없이 달려오는 발소리가 들리더니 갑자기 방문이 큰 소리를 내며 활짝 열렸다.

"글렌 선생!"

"······켁! 포젤····· 아직 살아있었냐."

숨을 헐떡이며 등장한 자의 정체는 밀라노에 온 이후로 줄곧 연락도 되지 않고 모습도 보이지 않았던 알자노 제국 마술학원의 마도 고고학 교수 포젤 루포이 엘트리아였다.

"이런 데서 뭘 미적거리고 있는 건가! 자, 가자!"

방 안으로 성큼성큼 들어온 포젤은 뒤에서 글렌의 목깃을 확 낚아채더니 그대로 어딘가로 끌고 가려 했다.

"끄억?! 야, 인마! 갑자기 무슨 짓이야!"

"당연한 걸 묻는군. 네 힘이 필요할 때가 온 거다! 잠자코 따라 와!"

"뭐?! 내가 왜!"

그러자 포젤은 설득할 시간도 아깝다는 듯 품속에서 종이를 한 장 꺼내 글렌의 눈앞에 들이밀었다.

거기에는 Z자를 한 번도 멈추지 않고 여러 번 겹쳐 쓴 듯한 기묘한 문양이 그려져 있었다.

"이젠 알겠지? 자, 가자!"

"웃기지 마! 하나도 모르겠거든?! 아니, 그보다 난 지금 할 일이 있다고! 너랑 어울려 줄 시간은 눈곱만큼도……!"

"훗! 이 몸이 남의 사정을 배려해주는 정상적인 인간으로 보이나? 네 사정 따윈 내 알 바 아냐! 내 목적만 이룰 수 있다면 그걸로 족해!"

"그게 대놓고 할 소리냐! 이 인간쓰레기 자식아아아아아아!"

"우와아아아아아아아아아아아아아아앗?!"

인내심에 한계를 느낀 글렌은 몸을 확 돌리고 그대로 포젤을 벽에 내팽개쳤다.

10분 후.

"……아앙? 요컨대 그거냐? 이 도시에서 굉장한 유적……
그것도 미탐색 영역을 발견했으니 지금부터 탐색에 동참해
달라고……?"

마음을 가라앉히고 사정을 들은 글렌은 성대한 한숨을
내쉴 수밖에 없었다.

"그래. 병귀신속(兵貴神速), 쇠뿔은 단김에 빼는 게 상식
이잖아?"

포젤은 대체 뭐가 불만이냐는 듯 팔짱을 낀 채 위풍당당
하게 가슴을 폈다.

"애초에 마술제전과 유적 탐색 중에 뭐가 더 중요한지는
너도 알잖아?"

"그래, 평소에는 시도 때도 없이 잉여인간 취급을 받는 나
라도 그 정도쯤은 알아."

"그렇지? 그럼 어서 준비해! 당장 출발하는 거다!"

"뜨아아아아아아아! 대체 왜 그런 결론이 나오는 거냐고!
네 머릿속은 대체 어떻게 되먹은 거야!"

두 사람은 다시 말다툼을 시작했다.

"거 참, 제멋대로인 것도 정도가 있지. 어른스럽지 못해!"

"그건 내가 할 말이거든?! 37세!"

"어쩔 수 없군. ……그럼 거래하자."

"……거래?"

글렌은 또 얼토당토않은 헛소리를 하나 싶어 긴장했지만,

돌아온 건 예상 밖의 대답이었다.

"나에게 맡긴 『알리시아 3세의 수기』가 있지? 사본이지만."

"응. 그게 뭐."

"해독이 끝났다. 이 도시의 유적을 조사하는 틈틈이 한 거긴 해도."

"……뭐?"

"홋, 내 조사에 협조한다면 그 수기를 읽는 법을 가르쳐주지. 아니, 처음부터 그런 약속이었을 텐데?"

잠시 침묵.

"뭐, 뭐라고오오오오오오오오오오오?!"

하지만 곧 진심으로 놀랄 수밖에 없었다.

"어?! 진짜?! 어어?! 정말로?!"

그 순간, 글렌은 전에 알자노 제국 마술학원의 이면 학원에서 메이벨— 알리시아 3세에게 들었던 말이 불현듯 떠올랐다.

—글렌 선생님, 이 세계에는…… 이 나라에는 머지않아 파멸이 찾아올 거예요.

—만약 선생님께서 그 파멸에 대항하실 생각이라면…… 당신은 『진실』에 다가서야만 해요.

—이 나라의 성립 과정과 왕실의 피에 감춰진 비밀에 관해. 그리고 페지테 상공에 떠 있는 『멜갈리우스의 천공성』

과 금기교전에 관해. 생전의 알리시아 3세는 나름대로 그 ^{아카식 레코드} 진실에 접근한 일부의 기록을 바로 저······ 『알리시아 3세의 수기』에 기록했답니다.

"진짜인가······ 보군."

글렌은 반사적으로 마른침을 삼켰다.

마술학원의 강사가 된 후로 그는 지금까지 그 정체를 명확히 알 수 없는 수많은 사건과 존재들을 직면해왔다.

루미아의 이능력.

루미아를 집요하게 노리는 하늘의 지혜 연구회.

【Project : Revive Life】.

고대유적, 마장성(魔將星), 불꽃의 배, 백은룡(白銀龍), 정의의 마법사의 전설 등등 일일이 열거하자면 끝이 없으리라.

그리고 아카식 레코드.

하나씩 놓고 보면 전혀 관계가 없는 것 같아도 곰곰이 생각해보면 그 원점에는 터무니없이 끔찍한 무언가가 있음을 쉽게 예상할 수 있었다.

막상 그 수수께끼들을 일부나마 해명할 순간이 찾아오자 글렌은 흥분과 두려움이 뒤섞인 기묘한 감각에 사로잡혔다.

"알았어, 도와줄게. ······참 나, 하지만 탐색은 내일 결승전을 마치고 나서 하자고."

"음? 어째서지? 난 지금 당장이라도 상관없다만? 오히려 지금 당장 시작하고 싶은데."

"이 바보 자식아, 고대유적의 미탐색 영역이라며? 제대로 준비를 해서 가지 않으면 목숨이 여벌로 있어도 모자라. 아무리 멍청한 나라도 그 정도쯤은 알 텐데? 죽으면 논문도 못 써."

"……."

그 말에는 포젤도 일단은 납득한 모양이었다.

"하긴, 일리가 있는 말이야. 훗…… 미지의 신비를 코앞에 두고 잠시 눈이 멀었나 보군."

그리고 품속에서 메모지를 한 장 꺼내 글렌에게 내밀었다.

"……마술식? 이건 또 뭐지?"

"그 수기를 읽는 법을 알려주겠다고 했을 텐데? 뭐, 넌 믿을 수 있는 녀석이니 특별히 선불로 지급해 주마."

포젤은 씨익 웃으며 대답했다.

"우리 엘트리아가에 전해 내려오는 비전의 암호술은 평범한 암호와는 차원이 달라. 일반적인 암호는 서술자가 출력한 문장 정보를 감출 뿐인 도구에 불과하지."

"당연한 소릴 뭐 하러 또……."

"하지만 우리 엘트리아가의 암호는 서술자의 감정과 기억을 전부 출력해서 숨길 수 있다. 암호 문장 속에 하나의 작은 세계를 구축하는 방식이거든. 즉, 암호를 해독하는 사람은 말 그대로 그 서술자의 인생을 실제로 경험하는 것처럼 재현해서 체험하는 것도 가능해."

"뭐?"

"따라서! 엘트리아 암호의 해독이란 이 추억으로 이루어진 작은 세계에 접속하는 열쇠식을 끄집어내서 구축하는 작업인 셈이다! ······뭐, 우리 가문의 비전이다 보니 이걸 쓸 수 있는 건 나밖에 없지만 말이지! 흠하하하하하!"

"세, 세상에······."

글렌은 품속에서 『알리시아 3세의 수기』를 꺼냈다.

"뭐, 당연하다면 당연하겠지만 내용을 재현할 수 있는 건 원본뿐이다. 사본으로는 열쇠식을 만드는 게 고작이지. 즉, 나도 아직 수기의 내용은 몰라. 그 안에 대체 뭐가 적혀 있는지, 알리시아 3세라는 자가 어떻게 우리 일족의 암호를 알고 있는지 나도 무척 궁금하군."

"······."

"자, 얼른 읽어. 그리고 나에게 내용이 뭔지 알려주도록. 응? 나 말인가? 홋······ 신경 쓰지 마라! 네가 먼저 읽고 나서 안전하다는 게 확인되면 나중에 천천히 읽어볼 거니까!"

"······이, 이 자식은 진짜······."

글렌은 변함없이 인간쓰레기다운 본색을 드러내는 포젤을 게슴츠레한 눈으로 노려보았다.

하지만 여기까지 와서 수기를 읽지 않는다는 선택지는 존재하지 않았다.

'어쩌면…… 난 지금 역사적인 순간을 마주하고 있는 건지도 몰라.'

내심 그런 흥분과 감동에 사로잡힌 글렌은 포젤이 준 열쇠식을 자신의 에리어에 전개하고 『알리시아 3세의 수기』를 펼쳤다.

그리고 주문을 영창하기 시작했다.

"《열려라·열려·진실의 문……."

마력이 고조되자 수기의 표지에 몇 겹으로 신비한 마술 문양이 떠올랐다.

"……내 앞에·진리를……."

마침내 마술이 완성되려 한 순간—

『……멈춰, 글렌! 그건 함정이야!』

절박한 소녀의 외침이 느닷없이 글렌의 영혼을 두들겼다.

'남루스?!'

화들짝 놀랐으나 이미 늦었다.

"……보여라》."

주문을 멈추려는 생각보다 먼저 입이 움직이고 말았다.

그 순간, 기묘한 경고음이 글렌의 머릿속을 뒤흔들었다.

【시스템 에러, 에러, 에러, 에러, 에러】

【제삼자에 의한 검열 처리 완료, 억세스권의 부정사용 검출, 불가】

【강제 침입으로 인한 제1급 은폐 모드 강제 기동】

"어엇?!"

억양 없는 여자의 목소리가 머릿속을 쾅쾅 두들긴 후 수기가 밝게 빛나자 글렌의 마음이 수기 안으로 빨려 들어가기 시작했다.

"으, 아, 아아아아아아아아아앗?!"

정신이 뭔가에 끌려가는 낯선 경험에 글렌은 본능적인 공포와 섬뜩한 부유감을 느꼈지만, 이 상황을 피할 방법도 없었기에 결국 속절없이 새하얗게 물드는 의식 속에서 정신을 잃고 말았다.

제 4 장 알리시아 3세의 후기 ~진실~

똑, 딱, 똑, 딱, 똑, 딱…….

괘종시계의 진자가 규칙적으로 흔들리는 소리가 어둠속에 가라앉은 의식 일부를 자극했다.

"……으음?"

덕분에 정신을 차린 글렌은 주위를 살폈다.

지금 자신이 서 있는 곳은…….

"……서재?"

사방의 벽이 책장으로 가득한 어두운 서재였다.

안쪽에는 고풍스러운 책상과 의자, 그 위에 있는 촛대의 흐릿한 불빛이 이 어두운 공간을 흐릿하게나마 밝혀주고 있었다.

어디 환기구라도 있는지 가끔씩 일렁이는 촛불이 자아내는 그림자가 마치 심연 속에 숨은 마물을 연상케 했다.

그리고 그런 그림자 속에서는 누군가가 일심불란하게 작업을 진행하고 있었다.

깃털 펜을 책상 위의 잉크병에 찍으면서 뭔가를 적고 있었다.

낯이 익은 인물이었다.

호화로운 드레스 차림에 긴 금발을 묶어서 틀어 올린 아름다운 중년 여성.

어딘지 모르게 루미아와 닮은 인상. 이면 학원의 심층부에서 자신과 대치했던 저 인물의 정체는—.

"……알리시아……3세?"

그 순간, 여성은 갑자기 깃털 펜을 내려놓고 안경을 벗더니 글렌을 바라보며 방긋 웃었다.

명백히 제정신이 아닌 인간의 망가진 미소로.

"우흐, 우흐흐훗…… 왔군요, 당신. 하지만…… 이미 끝났어요."

알리시아 3세는 책상 서랍을 열고 **뭔가**를 꺼냈다.

"당신 뜻대로 되게 하진…… 않을 거예요."

그리고 **뭔가**를 자신의 관자놀이에 가져다댔다.

"소용없어요. 이 수기는…… 아무리 당신이 숨겨도, 봉인해도, 파괴해도 반드시 그 장소로 돌아올 거예요. 제 뜻을 계승하는 자의 손에 건네질 때까지. ……이것은 그런 존재니까요. 이것이야말로 제…… 마지막 집념이랍니다."

"잠깐만, 그게 무슨……."

"언젠가……언젠가 반드시…… 제 의지를 잇는 자가 당신을……!"

알리시아 3세는 그렇게 선언한 후, 그 **뭔가**의 방아쇠를 당겼다.

타앙!

그 **뭔가**─ 수발식 권총이 포효성을 지르자, 대구경 총구에
<small>플린트락 피스톨</small>
서 사출된 납탄이 알리시아의 머리를 가차 없이 관통했다.

촤악!

주위를 물들이는 피와 뇌척수액.

막을 틈도 없이 눈 깜짝할 사이에 벌어진 일이었다.

"아……."

책상 위로 쓰러지는 알리시아 3세의 시신을 본 글렌이 경
악하고 있을 때였다.

『……바보야. 진짜 바보.』

갑자기 서재 구석에서 어이없어하는 목소리가 들렸다.

『이젠 다 끝났어……. 설마 당신이 이런 곳에서 끝나버릴
줄은……. 앞으로 대체 어쩌면 좋지…….』

"남루스?!"

글렌이 그쪽으로 시선을 돌리자 루미아와 똑같은 외모를
한 정체불명의 소녀, 남루스가 감싸 안은 무릎 사이에 얼굴
을 파묻고 주저앉아 있었다.

『바보……. 이딴 함정에 순순히 걸려버리다니……!』

"야, 이게 어떻게 된 거야?! 내 몸에 대체 무슨 일이 일어
난 거지?"

『어떻고 자시고 할 게 뭐 있어, 이 멍청아!』

남루스는 자리에서 벌떡 일어나더니 험악한 기세로 글렌

을 매도했다.

『바보 같은 당신도 알기 쉽게 설명해줄게! 그 수기에는 누군가가 함정을 걸어놨습니다! 그 함정에 멍청하게 걸려버린 당신의 정신은 이 수기의 세계 속에 갇혀버리고 말았습니다! 이젠 두 번 다시 밖으로 나갈 수 없게 됐습니다! 자, 이걸로 게임오버! 이해했어!?』

"……?!"

예상보다 심각한 사태에 글렌은 표정을 일그러트릴 수밖에 없었다.

『……지금쯤 바깥 세계에서는 갑자기 의식을 잃은 당신의 몸을 앞에 두고 난리가 났을 거야. ……그리고 조만간 당신이 이제 두 번 다시 눈을 뜰 수 없게 됐다는 걸 알고 더 큰 난리가 나겠지.』

"그게 정말이야?! ……이런 제길!"

글렌은 한 손으로 머리를 감싸 쥐었다.

"야, 남루스…… 이렇게 될 줄 알았으면 좀 더 일찍 알려줄 것이지……."

『시끄러! 나도 24시간 내내 당신을 스토킹하고 있는 건 아니거든?!』

"스토킹 행위 자체는 인정하는 거냐……."

『그리고 진짜 몰랐단 말야! 당신이 그 열쇠식을 발동하려고 하기 전까지는! 수기 안에 함정이 너무나도 교묘하게 숨

겨져 있었어! 이 현대의 보잘것없는 마도기술 수준으로는 상상조차 할 수 없는 고도의 기술로! 이런 짓이 가능한 건 **그 사람** 정도…….』

정신없이 떠들어대던 남루스가 갑자기 입을 다물었다.

『……아니, 설마…… 그런 거였어? 언젠가 나타날 줄은 알았지만…… 설마 이미? 어쩌면 이 상황은…….』

"야, 너. 어디 짚이는 구석이 있는 거지? 이 웃기지도 않는 함정을 설치한 범인이 누군지."

남루스가 당혹스러워하자 글렌은 확신을 갖고 물었다.

『……?!』

"말해, 그 녀석이 대체 누구야! 그 사람이라는 건 또 누구고! 혹시 내가 아는 녀석이야?"

『…………』

그러자 남루스는 시선을 이리저리 굴리며 침묵했다.

"또 입을 다물어버리겠다고?! 야, 적당히 좀 해! 지금 그럴 때가 아니잖아!"

『……전에도 말했지만.』

글렌이 분통을 터트리자 남루스는 기운 없는 목소리로 대답했다.

『난 말해주지 않는 게 아니야…… 말할 수 없는 거지. 당신은 스스로의 힘으로 「진실」에 도달해야만 해. ……만약 당신이 자기 힘으로 알게 된 거라면 그건 분명 올바른 역사의 「흐름」일 테니까.』

"……뭐어?"

『그저 방관자에 불과한 내가 모든 진실을 밝혀버리면……
미래와 과거가 어떻게 변할지 상상조차 안 돼. 그런 사태가
일어나는 것만은 반드시 피해야 해. 그러니…… 미안.』

"……."

남루스가 마치 혼이 난 어린애처럼 침울해하자 글렌은 깊
은 한숨을 내쉴 수밖에 없었다.

"……알았어. 이젠 안 물어볼게. 그러니 그런 얼굴 좀 하지
말라고. ……젠장."

『글렌…….』

"그리고 네가 그렇게 말하는 걸로 봐선…… 그리고 여기까지
와준 걸로 봐선…… 그거지? 넌 아직 포기하지 않은 거지?"

『……!』

글렌이 그렇게 지적하자 남루스는 눈을 크게 뜨더니 힘차
게 고개를 끄덕였다.

『그래, 맞아! 당신은 이런 데서 끝나도 될 사람이 아니야!
당신은 반드시 여기서 탈출해야만 해! 과거와 미래를 위해
서라도! 애초에 당신은 내…….』

거기까지 속사포처럼 말한 후—.

『……흥!』

갑자기 민망한 얼굴로 시선을 피했다.

『아, 아무튼 어떻게든 탈출 방법을 찾아보자구.』

"……그래."

글렌은 마음을 정리하고 다시 방 안을 둘러보았다.

어두운 실내. 사방의 벽을 가린 책장. 책상 위에 엎드린 알리시아 3세의 시체. 구석의 괘종시계. 이 서재의 출입문.

"……여기로는 못 나가겠지."

시험삼아 문을 열어보려 했지만 예상대로 열리지 않았다.

일단 열쇠 따기나 주문도 시험해봤으나 열릴 낌새가 없었다.

그리고 밖으로 나갈 수 있을 만한 곳은 여기뿐인 것 같았다.

"확실히 갇혀버린 모양인데……."

『그렇다고 했잖아.』

남루스가 새침하게 시선을 피했다.

"【익스팅션 레이】로 문이나 벽에 구멍을 뚫고 탈출할 수 없을까?"

『저기 말야, 여긴 정신세계거든? 물리적으로 걷힌 게 아니라구.』

"나도 알아. 그냥 해본 말이었어. 그건 그렇고 이거 원 눈앞이 캄캄하구만……."

글렌은 기운 없이 어깨를 으쓱일 수밖에 없었다.

『흥! ……만약 여기서 못 나가면…… 역시 혼자가 되는 건 싫겠지? 어쩔 수 없으니 내가 항상 곁에 있어줄게. 감사하도록 해.』

"하하하…… 거 참, 기뻐서 눈물이 다 나오겠는걸."

농담인지 진심인지 모를 남루스의 발언에 글렌은 한숨을 내쉬었다.

아무튼 현시점에서는 이 문에 단서가 될 만한 건 없어 보였다.

"……그렇다면…… 또 조사할 만한 게……."

글렌은 책상 쪽을 힐끔 흘겨보았다.

그곳에는 엎드린 채로 숨이 끊어진 알리시아 3세가 있었다.

"……."

물론 이제 와서 시체가 무섭거나 한 건 아니지만 역시 기분이 좋지는 않았다.

아무리 이곳이 알리시아 3세의 기억을 재현한 세계라고 해도…….

"실례 좀 하겠슴다."

글렌은 책상으로 다가가 시신과 그 주위를 조사했다.

시신에는 딱히 이렇다 할 만한 단서가 없었다.

하지만 책상 위에는 그의 눈길을 잡아끄는 물건이 있었다.

"이 수기는……."

글렌이 이면 학원에서 입수한 『알리시아 3세의 수기』였다.

다만, 이건 수백 년의 풍화를 거친 현실 세계의 수기와 달리 완전히 새것이었다.

바로 조금 전에 내용을 완성한 것 같은 분위기가 느껴졌다.

"그렇군. 요컨대, 지금 난 알리시아 3세가 자살했을 당시의 기억을 체험하고 있는 건가."

아무래도 시작부터 수기의 마지막 페이지로 날아온 모양이었다.

"……일단 뭔가 차이점이 없는지 확인해볼까."

수기를 손에 들고 페이지를 빠르게 넘겼다.

글렌의 기억이 확실하다면 똑같은 문장만 반복해서 적혀 있을 터.

거기다 엘트리아가 비전의 암호로 이루어진 탓에 내용은 전혀 파악할 수도 없었다.

"뭐지? 수기 안의 세계에서 그 수기를 읽는 이 기묘한 상황은……."

그렇게 투덜거리면서도 뭔가 다른 점이 없는지 계속 페이지를 넘긴 그때―.

"……!"

끝에 남은 몇 장의 백지에 처음 보는 문장이 적혀 있는 것을 발견했다.

심지어 암호가 아닌 공통어였다.

―글렌에게.

"어……?!"

『무슨 일이야?』

남루스가 몸을 내밀자 글렌은 수기의 마지막 페이지를 보여주었다.

그것을 본 그녀도 사태를 이해하고 눈살을 찌푸렸다.

"……이어서 읽어볼게."

—혹시 이 문장을 읽고 있다면 당신은 ■■의 함정에 빠진 것이겠지요.

—죄송합니다. 이건 완전히 제 실수예요.

—저는 ■■가 이 수기에 설마 이런 함정을 걸었을 줄은 몰랐습니다.

—아무튼 글렌. 아무 말도 하지 않고 제 ■에서 ■■■■ ■■■■. 이것도 검열되는 건가요. 큰일이네요. 아무래도 ■■를 ■■하면 자동적으로 검열되는 것 같습니다.

—하지만 희망을 버리지 말아주세요. 탈출 방법은 있습니다. 틀림없이.

—남은 건 당신이 그 방법을 깨달을 수 있느냐에 달렸습니다.

—벽에 있는 책장들은 제 기억을 재현하는 입구입니다. 먼저 제 인생을 체험해주세요. 그럼 반드시 보일 겁니다. 저의 세계를 고쳐 쓰고, 몰래 숨어든 이물(異物)의 정체를. 원래 여기 있어서는 안 될 존재의 정체를…….

―그 이물을 절 죽인 물건으로 죽이세요. 그것이 이 상황을 해결할 열쇠입니다.

―서둘러주세요. 시간이 없습니다. 거기 있는 괘종시계가 보이시나요? 제한시간은 그 시침이 한 바퀴 돌 때까지입니다. ■■가 건 함정의 유일한 빈틈이지요.

―건투를 빌겠습니다. **메이벨**.

"……메이벨이라."

『아무래도…… 이 세계의 원래 주인이 마지막으로 남긴 조언인 모양이네.』

"……응, 그런 것 같아."

글렌은 메이벨이 언급한 『그녀를 죽인 물건』을 손에 들었다.

알리시아 3세의 시신이 손에 쥐고 있던 총― 고풍스러운 디자인의 수발식 권총을…….

이것은 전에 본 기억이 있었다. 알자노 제국 마술학원의 이면 학원 사건에서 메이벨에게 받은 것과 완전히 똑같은 총이었다.

'그 총은 사건이 종결된 후에 어디론가 사라져버렸지만…… 설마 이걸 또 손에 쥐는 날이 올 줄이야.'

글렌은 손에 쥔 수발식 권총을 조사했다. 뭔가 신비한 마력이 느껴지는 마총(魔銃)이었다.

손잡이에는 『그대, 정위치의 광대가 되기를』이라는 문장이 작은 글씨로 새겨져 있었다.

총 자체는 전장식 단발총이었다. 하지만 방금 알리시아 3세가 쓴 것을 직접 봤는데도 **한 발의 탄환이 이미 장전된 상태**였다.

"……《퀸 킬러》."

조금 전에 본 광경이 머릿속에 되살아나자 갑자기 그런 이름이 떠올랐다.

『아무튼 덕분에 진전이 있었네.』

남루스는 글렌이 손에 쥔 총을 바라보면서 상황을 정리했다.

『요컨대, 이 세계 어딘가에 숨은 「이물」을 찾아내서 그 총으로 쏴버리면 되는 거야.』

"그런가 봐. ……이 메시지가 흑막의 함정이 아니라면 말이지만."

글렌은 말은 그렇게 했지만 이것이 메이벨이 남긴 메시지라고 확신할 수 있었다.

흑막의 목적은 그를 이 수기 속의 세계에 가둔 시점에서 달성되었으니 더 손을 쓸 이유는 없을 터이므로.

"아무튼…… 죽이 되든 밥이 되든 일단 움직여봐야겠지. 슬슬 가볼까."

총을 허리춤의 벨트에 꽂고 뺨을 소리가 나도록 세게 때린 후 먼저 북쪽에 있는 책장으로 다가갔다.

"알리시아 3세의 추억을 재현한다고 했지? 만져보면 되는 건가?

그리고 각오를 다지고 막대한 양의 책이 꽂힌 책장에 손을 대자.

슈욱!

글렌의 시야와 의식이 어딘가로 끌려가는 것처럼 어두워졌다.

——.

"!"

문득 정신을 차리고 보니 어느새 주위의 풍경이 야외로 바뀌어 있었다.

360도 전부가 완만한 경사면으로 이루어진 공간.

아무래도 자신은 거대한 구덩이 속에 들어와 있는 모양이었다.

"여, 여긴 어디지……?"

주위에는 작업복을 입은 수많은 사람이 묵묵히 곡괭이로 바위를 쪼개고, 삽으로 땅을 파는 작업 중이었다.

"아, 이봐. 잠시 묻고 싶은 게 있는데 여긴……."

글렌이 옆에서 바위를 나르는 인부에게 말을 걸면서 손을 뻗었지만 그 손은 마치 유령처럼 인부의 몸을 통과했다.

자신의 목소리는 확실히 귀에 들렸는데도 인부는 글렌의 존재를 전혀 인식하지 못한 채 그대로 떠나갔다.

"……여기가 알리시아 3세의 기억 속에만 존재하는 세계라서? 그렇군. 난 이 세계에 간섭할 수 없는 건가……."

마침 부드러운 바람이 불어와 구덩이 안의 열기를 식혀주었다.

고개를 들자 원형으로 잘린 하늘은 한없이 푸르렀고…….

"……저 성은…… 『멜갈리우스의 천공성』?!"

페지테 상공에 존재해야 할 그 환영의 성이 햇빛을 눈부시게 반사하며 존재감을 과시하고 있었다.

허겁지겁 구덩이 위로 올라간 글렌은 즉시 주위의 풍경을 확인했다.

온통 초원과 산만 눈에 들어왔으나 기억에 있는 지형이었다.

"이 광경은…… 그리고 하늘에 저 성이 있다는 건…… 아, 그렇군! 여긴 페지테였어! 이 허허벌판이!"

알리시아 3세가 살았던 시대는 지금으로부터 대략 4백 년 전.

그렇다면 이곳이 바로 4백 년 전의 페지테라는 뜻이다.

"흐어…… 진짜 아무것도 없구만. 딱 봐도 변경의 미개척지라는 느낌이야. 그 세계적으로 유명한 마도와 지식의 중심지이자 발생지인 학구도시 페지테가……."

고풍스러움과 실속을 겸비한 활기 넘치는 대도시였던 페지테.

그런 미래의 광경을 머릿속으로 되새기면서 글렌은 잠시 감회에 젖었다.

"그럼 저쪽에 흐르는 두 줄기의 강이 요테강인가? ……흠."

일단 군에 있을 때 배운 간단한 측량법으로 자신의 위치를 확인해보기로 했다.

"으음~ 저쪽이 거기고…… 내 팔 길이가…… 태양의 기울기로 봐선…… 그리고 거리는 대충 남동쪽으로 2천 미트라 정도니까……."

그리고 계산을 마친 글렌은 씨익 웃었다.

"그렇군. 무식하게 큰 구덩이가 있는 이 장소는…… 딱 알자노 제국 마술학원의 본관이 있어야 할 곳이야."

글렌이 다시 감회에 젖으며 페지테의 옛 풍경을 멍하니 바라본 순간—

"잠깐~ 루셔스! 지금 거기서 뭐해!"

오른쪽에서 소녀의 목소리가 들렸다.

"……?"

그쪽으로 시선을 돌리자, 기진맥진한 모습으로 바위에 걸터앉은 청년에게 한 소녀가 뺨을 한껏 부풀린 얼굴로 허리에 손을 얹은 채 뭐라뭐라 설교를 하고 있었다.

부드러운 금발과 드세 보이는 눈.

하지만 어딘지 모르게 루미아와 닮은 십대 중반의 소녀였다.

그 순간, 글렌은 소녀의 정체를 깨달았다.

"쟤가 알리시아 3세야?! 우와~ 젊어! 아니, 엄청난 미소녀잖아!"

소녀의 외모 자체는 당연히 전에 만난 메이벨과 똑같았다.

하지만 기억 속에서 재현된 알리시아 3세는 음울한 분위기의 메이벨과 달리 무척 세련된 스타일로 꾸미고 있는 데다 해바라기처럼 밝은 표정을 하고 있어서 완전히 다른 사람처럼 보일 지경이었다.

"루미아도 그렇고, 폐하도 그렇고…… 하나같이 미녀만 태어나는 혈통인가 보네."

글렌이 그런 실례되는 감상을 입에 담았지만 과거의 인물인 그들에게는 당연히 들릴 리 없었다.

"당신도 참! 성실하게 일 좀 해!"

"하하하, 알았어. 알리시아. 하지만 지금은 좀 지쳐서……."

청년은 쓸쓸하게 웃으며 대답했다.

알리시아 3세보다 약간 연상인 듯한 신비한 분위기의 청년이었다.

약간 웨이브가 진 갈색 머리. 연두색 눈. 그리고 동그란 은테 안경이 지적인 인상을 주고 있었다.

"너도 알다시피 난 원래 병약한 데다…… 몸도 그리 튼튼하지 않은 편이고……."

"······아, 미안."

"그러고 보니 네가 날 선생님이라 불러준 지도 한참 됐네. ······왠지 좀 섭섭해."

"그건 관계없지 않아? 아, 하지만······."

그러자 알리시아 3세의 표정이 갑자기 흐려졌다.

"하긴, 애초에 당신을 여기까지 억지로 끌고 온 건 나였지······. 아무래도 난 목표가 눈앞에 보이면 주위가 안 보이는 성격이라······."

"신경 쓰지 마. 난 언제나 기운 넘치는 네 모습을 보는 걸 좋아하니까."

그 순간, 알리시아 3세의 얼굴이 갑자기 새빨개졌다.

"다, 당신은 진짜! 늘 자연스럽게 그런 낯뜨거운 소리를 한다니까! 그, 그런 말은 주위에 아무도 없을 때나 해줘!"

"음? 그럼 아무도 없을 때면 해도 괜찮다는 거지? 아니, 오히려······ 적극적으로 해달라는 걸로 받아들이면 될까?"

"어?! 아니, 저기, 그게 아니라······ 아, 진짜~! 루는 바보바보! 아무리 약혼자라지만, 왕녀를 놀리면 사형이라구! 사형!"

"아하하, 넌 역시 귀여워. 그 솔직하지 못한 태도가 특히."

그런 새콤달콤한 청춘 남녀의 모습에—.

'······그냥 확 폭발해버려라.'

글렌은 뺨을 실룩이며 신음을 흘릴 수밖에 없었다.

'청춘의 한 페이지를 장식한 추억인가. 당연하지만, 그 알

리시아 3세에게도 이런 시절이 있었다는 거겠지…….'

그러다 마침 이런 생각이 들었다.

'그러고 보니 알리시아 3세 폐하…… 아니, 지금은 왕녀 전하인가? 아무튼 그런 귀하신 분이 이런 변경에서 대체 뭘 하고 있는 거지?'

그 순간, 구덩이 아래쪽에서 갑자기 환호성이 터졌다.

"뭐지?"

"찾았다아아아아아아아아아아아아아아아!"

글렌이 다시 시선을 돌리자 이 시대의 알리시아보다 훨씬 연상인 20대 중반의 청년이 구덩이 위로 뛰어올라왔다.

금갈색 머리와 햇볕에 그을린 갈색 피부.

"무슨 일이야? 롤랑 오라버니. 아, 혹시……!"

"그래! 알리시아! 찾았어! 그러게 내가 말했잖아! 내 가설이 틀림없을 거라고! 역시 이럴 줄 알았어! 각지에서 발굴된 비석! 그건 거리를 구분하는 일종의 측량석일 거라고! 거기서부터 계산하면 앙글레스타의 벽화에 그려진 멜갈리우스의 천공성 밑에 있는 대도시의 풍경이야말로 고대의 마도(魔都) 멜갈리우스가 틀림없을 거라고! 거기까지 알면 나머지는 간단해! 당시의 측량법을 소크라토법으로 해석하고 『타움의 천문 신전』의 위치에서 역산하면── (생략) ── 하지만 이 오차가 마음에 걸린 순간, 이런 생각이 번뜩이더군! 이건 표의문자가 아니라 표음문자이기도 하다고──

(생략) ——그래서 내가 영맥 루트를 제안했던 거다! 고대 영맥학의 권위자—— (생략) ——거기에 문장 상징학의—— (생략) (생략) (생략) ——아, 젠장! 그냥 나에게 예산을 전부 갖다바쳐! 나야말로 신이다!"

글렌에게는 무척 익숙한 광경이었다.

"역시 롤랑 오라버니! 명문 엘트리아의 기린아다워!"

그 추측에 쐐기를 박듯 알리시아 3세는 눈이 핑핑 도는 상태로 말을 퍼붓는 청년에게 손뼉을 치며 말했다.

엘트리아라고…….

"롤랑 엘트리아! 이 녀석이 그 롤랑 엘트리아라고……?!"

글렌은 큰 충격을 받았다.

롤랑 엘트리아. 알자노 제국에서는 모르는 사람이 없는 동화작가이자, 마도 고고학자. 근세 마도 고고학의 초석을 세웠을 뿐만 아니라 마도 고고학의 아버지라고도 불리는 인물.

그리고 그 역사적인 명저인 『멜갈리우스의 천공성』과 동화 『멜갈리우스의 마법사』의 저자이기도 했다.

"……그 세기의 바보, 포젤 루포이 엘트리아의 선조님이라는 건가."

자세히 보니 포젤의 외모에서 롤랑의 흔적을 찾을 수 있었다.

"……하하하, 그 막무가내 스타일은 유전이었다는 거구만."

그저 기가 막힐 따름이었다.

"그럼 이러고 있을 때가 아니잖아, 롤랑 오라버니! 얼른 역사적인 순간을 맞이하러 가야지!"

"음, 네 말이 맞다! 내 영혼의 동생이여!"

그리고 알리시아 3세와 롤랑 엘트리아는 마치 굴러 떨어질 듯한 기세로 구덩이의 중심부를 향해 달려갔다.

"……둘 다, 변함없이 기운이 넘치네."

루셔스라 불린 청년도 씁쓸하게 웃으며 그 뒤를 따랐고, 글렌도 세 사람의 뒤를 따라 경사면을 내려갔다.

"그건 그렇고…… 대체 뭘 찾았다는 거지?"

글렌이 혼잣말을 중얼거리며 도착한 곳에는 기묘한 건조물이 있었다.

땅 밑에서 모습을 드러낸 사각추 형태의 건조물 정면에는 좌우개폐식 석문이 달려 있었고, 다양한 고대문자와 문양도 새겨져 있었다.

그 문으로 이어지는 계단이 있는 걸로 봐선 아마 이건 거대한 건조물의 맨 위에 해당하는 부분이 아닐까 싶었다.

많은 사람이 그 건조물을 둘러싼 채 환호성을 지르고 있었지만, 글렌은 다시 충격을 받고 몸을 떨 수밖에 없었다.

"이, 이건…… 마술학원 『지하미궁』의 입구?! 그렇군! 이걸 발굴한 게 바로 이 녀석들이었어!"

그리고 누구에게도 들리지 않는 목소리로 외쳤다.

"틀림없어, 알리시아. 이것이 바로…… 고대의 초마법문명이 남긴 최대 규모의 유적! 현왕(賢王) 티투스 쿠뤄가 건조했다고 일컬어지는 『비탄의 탑』의 꼭대기 층이야!"

"해냈어, 롤랑 오라버니! 우리가 마침내 찾아낸 거야!"

"그래, 알리시아! 우리의 가설은 옳았던 거다!"

롤랑은 양팔을 활짝 펼치고 외쳤다.

"그 초마법문명 시대에 현재의 알자노 제국과 레자리아 왕국 영토에 걸쳐서 존재했다고 하는 마법왕국! 그 고대의 현왕이 통치했다고 하는 왕국의 수도! 전설의 고도(古都) 멜갈리우스는…… 바로 이 땅에 존재했었던 거다아아아아아아!"

그날 밤, 발굴단의 야영지.

"""세기의 발견에 건배~!"""

그중 한 천막 안에서는 알리시아 3세, 루셔스, 롤랑이 와인잔을 든 채 서로의 성과를 축하하고 있었다.

'……'

그리고 구석에서는 글렌이 그런 세 사람의 모습을 가만히 지켜보고 있었다.

"으흐흐~! 내일부터 바빠질 것 같네! 아무도 발을 들여놓은 적 없는 저 『비탄의 탑』 안에 대체 뭐가 있을지 상상만 해도 가슴이 벅차!"

"아하하…… 하긴, 마도 고고학이라면 사족을 못 쓰는 너답네."

신이 나서 어쩔 줄 모르는 알리시아 3세의 모습에 루셔스는 쓴웃음을 짓고 어깨를 으쓱였다.

"하지만 넌 왕족이잖아? 거기다 지금은 병상에 누운 선대 여왕 폐하 대신 국정을 돌봐야 하는 몸이야. 그런데도 이런 식으로 늘 왕궁을 빠져나와서 유적 탐색에 빠져있는 건 아무래도 좀……. 분명 지금쯤 제도에서는 에드와르도 경이 또 한탄하고 있을걸?"

"괜찮아, 괜찮아! 국정에 관한 향후 반년 간의 정책과 지시를 서면으로 남겨두고 왔으니까! 예상치 못한 모든 사태를 예측해서 대책을 세워놨으니 내가 왕궁에 없어도 한동안은 전혀 문제없어!"

"……그거 말이 좀 이상하지 않아? 하지만 네 경우에는 그게 또 말이 되니까…… 역시 천재라는 건 참 무서운걸."

루셔스는 자기가 말해놓고 웃겼는지 쿡쿡 웃음을 흘렸다.

"아, 맞아. 국정이라고 하니 마침 생각난 건데…… 알리시아. 너 장래에 마술을 가르치는 학교를 세울 생각이라며?"

"응, 맞아. 당장은 여러모로 해결해야 할 문제가 많고 어디다 세울지도 못 정했지만…… 그래도 언젠가는 반드시 국영 마술학원을 세우고 말 거야!"

"국무대신들과 마술 길드장들은 아주 난리가 났더라. ……무모하기 짝이 없다면서."

"다들 하나같이 생각이 짧아! 이젠 마술의 시대거든? 앞으로 마도기술은 길드나 결사 같은 작은 조직이 결코 독점 해선 안 돼! 그 기술과 지식은 국가에서 전부 국책으로 관리, 연구해야 하고 재능 있는 자들을 모아서 뛰어난 마술사를 적극적으로 육성해야만 한다구! 그리고 내가 고대문명을 연구하는 건 그저 취미 때문만은 아니야!"

"어? 그랬어?"

"응! 그랬어! 다시 말하지만, 앞으로는 마술의 시대야! 그러니 난 마술의 기술력만큼은 타국에 지지 않는 강한 나라를 만들 거야! 고대에 존재했던 마법의 힘을 해명하면 제국은 틀림없이 강한 나라가 되겠지! 그럼 타국의 위협으로부터 이 나라의 평화를 지킬 수 있어! 그러니 이건 백성들을 위한 일이기도 해! 이제 좀 알겠어?"

"여전히 네 발상은 스케일이 크구나……."

"아무튼 지금은 그런 것보다 고대유적이라구! 유적! 으히히! 대체 안에 뭐가 있을까? 역시 이런 마음의 오아시스가 없으면 정치 같은 따분한 짓은 도저히 못 해먹겠다니까!"

"그 말대로다아아아아아!"

롤랑은 야망에 타오르는 눈으로 와인잔을 비웠다.

"어쩌면 저 안에서 어떤 자료가 나오느냐에 따라 현재진행 중인 내 꿈이 이루어질지도 모르겠군!"

"아, 오라버니가 요즘 집필하는 『멜갈리우스의 마법사』 말이지?"

알리시아의 말에 롤랑은 고개를 끄덕였다.

"역시 난 확신해! 제국 각지에 산재한 『정의의 마법사』의 일화는 전부 동일인물을 모델로 삼은 거라고!"

"그러고 보니 오라버니는 옛날부터 제국 각지에 전해 내려오는 마법사의 전승군[사이클]이라면 사족을 못 썼지?"

"그래! 사실 내가 마도 고고학에 뜻을 둔 계기도 그 『마법사』의 진정한 모습을 알고 싶어서였지. 이번 발견에서 뭔가 알 수 있으면 좋겠다만!"

거기까지 말한 롤랑은 갑자기 무슨 생각이 들었는지 알리시아와 루셔스의 얼굴을 번갈아 쳐다보았다.

"아, 맞아. 그러고 보니…… 너희는 결혼은 언제 하냐?"

"푸우우웁~!"

그 갑작스러운 발언을 들은 순간, 알리시아는 성대하게 와인을 뿜고 말았다.

"오, 오오, 오, 오라버니?! 갑자기 무슨!"

"뭘 그렇게 놀라? 애초에 너희는 가문에서 정한 약혼자인 데다 다행히 서로를 사랑하는 사이잖아? 루셔스는 원래 너에게 마술을 가르치던 가정교사였다고 했던가? 아무튼 서로가 원하는 결혼이라면 그보다 더 경사스러운 일은 없겠지. 얼른 결혼해서 애든 뭐든 만들기나 해."

"아, 아아아, 아니, 그건 그렇지만! 나랑 루셔스는 그런…… 관계인 것도 맞지만, 그게 아니라아아아아아아!"

"알리시아. 롤랑은 널 걱정해서 말하는 거야."

알리시아 3세가 얼굴이 새빨개져서 당황하자 루셔스는 쑥스러움을 감추려는 듯 쓴웃음을 짓고 대화에 끼어들었다.

"아무튼 롤랑은…… 마도 고고학에 지나치게 몰두해서 가정을 소홀히 한 탓에, 결국 정나미가 떨어진 형수가 애들을 데리고 친정으로 돌아간 지 얼마 안 됐거든."

"우와~ 저질."

"푸우우우웁~!"

이번에는 롤랑이 성대하게 와인을 뿜을 차례였다.

'완전히 글러먹은 일족이잖아, 엘트리아. ……혹시 대대로 이런 놈들만 태어난 건가?'

방관자인 글렌도 기가 막힐 수밖에 없었다.

"저기, 오라버니? 지금 이렇게 속편하게 유적이나 파고 있을 때가 아닌 거 아냐?"

"시꺼! 가족 따윈 이제 알 바 아냐! 난 마도 고고학에 내 인생 전부를 바쳤다고오오오오오오오오오!"

그런 식으로 세 사람은 서로의 성과를 축하하며 즐거운 밤을 보냈다.

"……."

그리고 글렌은 어느새 서재의 책장 앞에 서 있었다.

『어땠어?』

그가 돌아온 것을 본 남루스가 질문했다.

"음~ 아직은 도입부라는 느낌이려나? ……딱히 이상한 점은 없었어."

『그래……. 뭐, 나도 그렇게 쉽게 찾을 거라고 기대하진 않았지만.』

남루스는 시계 쪽을 슬쩍 본 후 충고했다.

『천천히 해. 하지만 제한시간이 있다는 건 잊지 말고. 아무래도 추억을 한 번 재현할 때마다 대략 한 시간쯤 소요되는 모양인걸?』

"……그런 것 같네. 추억 속에서 경과한 시간과 실제로 경과한 시간은 딱히 관계가 없나 봐."

앞으로 어떤 일이 벌어질지는 알 수 없지만, 아무튼 지금은 수기의 해석을 진행할 수밖에 없었다.

"다음으로 가볼까."

…………

이어서 두 번째, 세 번째 추억을 재현했다.

이 추억들은 알리시아 3세가 오랜 지기이자 친척 관계인 롤랑과, 연인이자 약혼자인 루셔스와 함께 보내는 즐겁고도 눈부신 청춘의 한 페이지였다.

세 사람은 『비탄의 탑』 탐색에 정신없이 몰두하며 뭔가를 발견할 때마다 아낌없이 기쁨과 슬픔을 공유했다.

그리고 여느 때와 다름없이 지하 1층부터 9층, 『각성을 향한 여정』에서 발굴 작업을 진행하던 어느 날.

"우오오오오오오오오오! 또 찾았다아아아아아!"

"우와~! 진짜진짜 굉장해~!"

"이걸로 또 고대문명의 새로운 사실이 밝혀지겠군! 아무래도 이 계층은 고대의 자료 창고이기도 했던 모양이야! 하하하! 설마 해석하는 속도보다 자료가 쌓이는 속도가 더 빠를 줄은 몰랐군!"

신이 나서 어쩔 줄 모르는 알리시아 3세와 롤랑. 그런 둘을 따스한 눈길로 지켜보는 루셔스.

글렌은 그런 세 사람을 신중한 눈으로 관찰하고 있었다.

'그건 그렇고…… 이 계층에서 이런 대발견이 있었다니…….'

그리고 미궁의 숨겨진 방에서 찾은 발굴품이 산더미처럼 쌓인 짐차를 보고 탄식했다.

'뭔가 이상해. 난 지하 1층부터 9층 사이에선 마도 고고학의 발전에 유익한 발굴품이 거의 나오지 않았다는 논문과 보고서를 틀림없이 본 기억이 있는데 말이지…….'

그리고 더더욱 놀라운 점은—.

'심지어 하나같이 초일급 1차 자료들뿐이잖아.'

글렌은 산더미 같은 비문들을 쳐다보면서 생각에 잠겼다.

'역사를 고찰할 때 최상급 참고 중요도를 자랑하는 특급 자료들이 이토록 많이 발견됐다는 이야기는 들어본 적도 없어. 그리고 만약 이게 사실이라면 현대의 마도 고고학은 지금보다 훨씬 더 높은 수준으로 고대의 지식을 해명할 수 있었을 텐데…… 대체 왜?'

하지만 그 의문의 답은 찾지 못한 채 시간만 흘러갔다.

세 사람의 바쁘고도 즐거운 나날은 쏜살같이 지나갔다.

알리시아 3세가 롤랑과 루셔스라는 마음이 맞는 동료들과 함께했던 청춘의 기억.

그녀는 고대에 관한 수많은 진실을 밝히는 한편으로 국정과 마도 고고학 연구 또한 훌륭한 수완으로 양립시켰다.

그런 분주한 일상 속에서도 모든 제국민들이 축복하는 가운데 루셔스와 결혼식을 올렸고, 이윽고 때를 봐서 여왕으로 즉위했다.

그야말로 일과 가정과 취미 모두 충실한 행복의 절정기를 보낸 것이다.

하지만 그런 알리시아 3세의 만사가 순조로운 인생에서 그늘이 보이기 시작한 것은 대관식으로부터 몇 년 후, 그녀와 루셔스의 친딸인 마리아벨 2세가 태어났을 때였다.

"역시 발굴한 이 자료가 증명하고 있어. ……전부 사실이야."

어느 회의실에서 울려 퍼지는 롤랑의 무거운 목소리.

그 맞은편에 있는 것은 알리시아 3세와 루셔스. 지금은 부부가 된 두 사람이었다.

"……고대의 초마법문명은…… 결코 우리가 상상했던 것 같은 꿈과 낭만의 시대가 아니었어. 그야말로 인세의 지옥…… 암흑과 악몽의 시대였지."

롤랑의 결론에 알리시아 3세는 입을 다물었다.

"현왕 티투스 쿠뤄…… 현왕은 무슨. 놈은 마왕이었어. ……의심할 여지가 없는.『천공의 타움』이라는 외우주에서 온 정체불명의 신성(神性)이 내린 가호와 힘으로 백성들을 통치했지. 초기에는 확실히 그 이름값을 하는 현명한 왕이었지만…… 점점 광기에 사로잡힌 끝에 마왕으로 변모했어. 현시점에서는 그 정체를 알 수 없지만, 마왕은『아카식 레코드』라는 것을 갈구했다고 해. ……어떤 사명을 이루기 위해. 저『멜갈리우스의 천공성』은 마왕이 그『아카식 레코드』에 도달하기 위해 만든 거대 마술 의식 시설이 틀림없어. 그리고『아카식 레코드』를 손에 넣기 위해 전 세계에 침략을 감행한 마왕은 수많은 인간을 마술의 제물로 바쳤어. 물론 저항세력도 있었지만, 모조리 학살당했지. 천공의 타움의 가호를 받은 마왕 본인도 강대한 힘의 소유자였지만, 마왕의 부하인 마장성들. 그리고……."

롤랑은 한 장의 양피지를 꺼냈다.

거기에는 Z자를 한 번도 끊지 않고 여러 번 겹쳐 쓴 것 같은 기묘한 문양이 그려져 있었다.

"이『무구한 어둠의 인장』이 새겨진 무녀들에 의한 외우주의 사신초래술(邪神招來術). 거기다 마왕이 만들어서 무시무시한 힘을 발휘하는 수많은 마법유산…… 이 인지를 초월한 마왕 군단의 전력 앞에선 당시의 인간들이 저항할 수단은 아무것도 없었어. 그저 마왕이 시키는 대로『아카식 레코드』의 산제물이 될 수밖에 없었던 셈이지."

"……."

알리시아 3세는 그저 가만히 듣기만 했다.

"제국 각지에 산재한, 내가 오랜 세월에 걸쳐서 편찬한『정의의 마법사』의 전승과 일화의 정체가 무엇인지…… 난 이미 확신하고 있어. 이건 고대문명 시대에 실존했던 한 명의 마술사……『정의의 마법사』가 평생에 걸쳐서 마왕에게 도전했던 싸움의 기록…… 나약하고 왜소한 존재에 불과하면서도 인지를 초월한 존재에게 저항했던 자랑스러운 인간의 이야기였던 셈이지."

롤랑의 이야기가 끝나자 루셔스가 무거운 입을 열었다.

"그게…… 전부 사실이었다고?"

"그래. 지금까지 우리는 고대의 이 무시무시한 실태를 모든 방면에서 철저하게 검증해왔잖아? 그리고 알게 된 건 이 모든 것이 실제로 존재한 역사였다는 것뿐이지."

"……."

알리시아 3세와 루셔스가 한층 더 무겁게 입을 다물자 롤랑은 차갑게 경고했다.

"……이제 내가 무슨 말을 하려는 건지 알겠지? 알리시아. ……슬슬『비탄의 탑』연구에서는 손을 떼. 저건 열어선 안 되는 금단의 상자였어. 고대문명…… 특히 마왕과 천공성에 관한 사실을 기록한 문장과 발굴품은 남김없이 처분해야만 해. 만에 하나라도『비탄의 탑』의 최심부…… 지하 89층에 있는『예지의 문』너머에 도달하는 자가 나타나선 안 되니까. 내 연구를 통해 추측하건대, 그곳은 틀림없이 마왕의 옛 거점이자 광기에 빠진 마왕의 연구 성과……《마왕유물》이 고스란히 전부 남아 있을 거다. 그딴 건 영원히 이 세상에 나올 수 없도록 봉인해야만 해."

그리고 허무한 표정으로 어깨를 으쓱였다.

"나도 아쉽지만 어쩔 수 없잖아? 뭐, 마왕이나 마왕유물과 직접적인 관계가 없는 평범한 이야기…… 정의의 마법사와 사악한 마왕이 싸우는 내용 정도는 나도 생활비나 벌 겸 동화로 다시 편찬해서 출간하는 것도 나름 괜찮을 성 싶다만……."

하지만 마침내 입을 연 알리시아 3세는 단호하게 반박했다.

"아니야. 그래도 우린《비탄의 탑》의 최심부를……『예지의 문』너머를 목표로 삼아야 해. 연구 성과와 발굴품도 처분 못 해. 이것들은 분명 이 제국에 크나큰 발전과 영광을 가져다줄 테니까."

"……거 참, 말귀를 못 알아먹는 녀석이네. 사신초래술과 마왕이 창조한 아티팩트…… 마왕유물이 하나라도 이 세상에 나온다고 생각해봐. 반드시 대혼란이 일어날걸? 만에 하나라도 사악한 자의 손에 떨어진다면 그야말로 국가 존망의 위기야. 그때는 어쩔 건데? 네가 책임질 거냐?"

한동안 그런 말다툼이 계속됐다.

"……."

그리고 잠시 휴전한 후—.

"후우…… 알았어. 하긴, 백성들을 위험에 빠트리면서까지 고집해야 할 일도 아니고……."

먼저 뜻을 굽힌 것은 알리시아 3세였다.

"괜찮겠어? 알리시아. 네 꿈은……."

그러자 루셔스는 아내를 걱정했다.

"괜찮아. 나도 어렴풋이 눈치채고는 있었어. 우리 인간이 고대문명에 손을 대선 안 된다는 것쯤은…… 그리고 나도 슬슬 본격적으로 마술학원의 공사에 착수해야 하니까 말야."

그런 광경을, 글렌은 추억 속에서 지켜보고 있었다.

'하지만 알리시아 3세의 진심은 그게 아니었나 보군…….'

알리시아 3세는 《비탄의 탑》에서 얻은 모든 발굴품과 연구 성과를 세상에 발표하지 않고 폐기한 것처럼 위장한 채 몰래 자신만의 것으로 삼으려 했다.

이 시점에서 이미 그녀는 마왕의 예지— 마왕유물의 존재에, 혹은 인지를 초월한 신비와 힘의 존재— 아카식 레코드에 완전히 마음을 사로잡혔던 것일지도 몰랐다.

'알리시아 3세는 이 시기부터 조금씩 이상해진 걸지도⋯⋯.'

이윽고 알리시아 3세는 감시와 봉인을 명목으로 《비탄의 탑》 위에 국영 마술학원을 세웠다. 그 일대는 레이라인의 상태가 양호해서 마술학원을 세우기에도 최적의 입지였기 때문이다. 비밀리에 연구를 진행하기에도 안성맞춤이었다.

4백 년의 역사를 자랑하는 알자노 제국 마술학원의, 이 이야기의 무대는 그렇게 탄생한 것이었다.

그 후로 알리시아 3세는 한동안 비밀리에 독점한 발굴품과 자료로 고대문명 연구를 혼자 진행하는 동시에 마술학원의 운영에 심혈을 기울였다.

이렇게 된 이유는 간단했다.

《한탄의 탑》 최심부, 《예지의 문》 너머에 이르는 길의 탐색 공략이 완전히 벽에 부딪혔기 때문이었다.

《한탄의 탑》— 이른바 마술학원의 지하미궁 10층부터 49층까지는 《어리석은 자에 대한 시련》이라 불리는 영역에 해당했으며 탐색 위험도는 S++.

당시의 빈약한 마도기술과 탐색장비로는 도저히 감당할 수 없는 영역이었던 것이다.

이것만큼은 마도기술의 발전을 기다리는 수밖에 없었다.

그래서 알리시아 3세는 연구를 계속하면서 그때를 기다렸다.

"알고 싶어! 보고 싶어! 저 문 너머를……! 고대문명을 지배했던 무시무시한 힘을 지닌 마왕…… 그 마왕이 남긴 마왕유물…… 그것을 손에 넣고 싶어!"

그런 갈망에 가까운 충동에 휩싸인 채 연구를 계속했다.

"그리고 절대적인 힘을 지닌 마왕조차 갈구했다는 아카식 레코드…… 그것의 정체를 알고 싶어! 단서는 분명 저 《예지의 문》 너머에 있을 터……! 어떻게든……어떻게든……어떻게든…… 나는……!"

―연구는 계속되었다.

'앞서 이 세계의 상식을 버려라. 세계를 바라보는 눈을 바꾸지 않으면 진리는 절대로 이해할 수 없을지니.'

'앞서 이 세계는 다차원 분기 우주로 구성되어 있다는 것을 이해하라.'

모든 생명의 영혼이 거치는 윤회전생의 경로 『섭리의 원환』의 회귀점이자, 인간의 모든 기억이 회귀하는 집합 무의식의 제8세계 『의식의 바다』의 가장 깊은 중심점인 모든 생명의 근원 『원초의 영혼』…… 이 세계에서 가장 먼저 태어난 최초의 『하나』.

모든 분기 우주는 이 최초의 『하나』…… 0 특이점 『원초의 영혼』에서 발생한 나무와 비슷한 개념에 불과하며 우리가 살아가는 이 세계는 그 나무에서 뻗은 가지 하나에 지나지 않는다. ……이 나무를 『차원수(次元樹)』, 가지를 『분기 세계』라 칭하노라.

　'외우주란 이 차원수의 바깥쪽을 뜻한다. 그 외우주에서는 우리 인간의 상상을 초월하는 힘을 지닌 괴물들이 지금도 패권을 겨루고 있다. 억년? 조년? 혹은 영원에 가까운 세월에 걸쳐서. 그들에게 인간의 일생이란 한순간의 반짝임과 다름없으리라.'

　'내가 은닉한 고대문헌에서 언급하는 외우주의 존재는……사나운 홍련의 사자 《염왕 크투가》…… 긍지 높게 빛나는 자 《금색의 뇌제》…… 바람을 다스리는 여왕 《풍신 이타콰》……허무하게 비웃는 도화사 《무구한 어둠》…… 정체를 알 수 없는 수수께끼의 신성 《신을 참획한 자》…….

　'그리고 쌍둥이 자매신 《천공의 타움》.'

　'기본적으로 그들에게 선악의 개념은 존재치 않는다. 그들은 그저 무색의 폭력에 불과할 뿐. 허나 우리 왜소한 인간에게는 그야말로 『신』이라 불릴 만한 존재이다. 신앙상의 개념신이 아닌 실존하는 위협이라는 의미에서. 나는 이것을 『외우주의 사신』이라 칭하겠다.

　'그중에서도 가장 주목해야 할 것은 그들의 최고신격이라 여겨지는 『문(門)의 신』이리라.'

'《천공의 타움》의 부모신이라 일컬어지는 그자는 시간과 공간의 법칙을 초월해 모든 시공과 함께 존재하며 모든 차원수와 접해 있을 뿐만 아니라『원초의 영혼』과도 이어져 있다고 하는 규격외의 존재…… 그것이 바로 《문의 신》.'

'아아, 드디어……드디어 보이기 시작했다! 연구와 고찰을 거듭한 나에게도 아카식 레코드의 정체가……! 훌륭해! 설마 이런 것이었을 줄은……!'

'얼마 전에 판명된 바와 같이 멜갈리우스의 천공성이 《문의 신》과 교신하기 위한 시설이라면…… 마왕이 원한 아카식 레코드의 정체는 아마도…….'

치익!

【검열 삭제 완료】

"아아아아아아아아아아아아아아아아악!"

알리시아 3세의 추억에 잠겨 있던 글렌은 갑자기 머리를 강하게 두들기는 듯한 고통에 정신을 차렸다. 덕분에 추억이 단절되고 의식이 강제적으로 책장 앞에 귀환했다.

『왜 그래? 글렌! 무슨 일 있었어?!』

다급한 표정을 한 남루스의 얼굴이 글렌의 시야를 가렸다.

"치잇…… 제기랄. 하필 중요한 순간에…… 하아……하

아……하아…….”

『안색도 나쁘고 땀도 엄청 나. 정말 괜찮은 거야?』

“어, 문제없어. ……어딘가의 바보 자식이 이런 수작을 부린 시점에서 이렇게 될 줄 대충 예상은 했으니까…….”

글렌은 호흡을 가다듬고 땀을 훔쳤다.

“하지만…… 그 바보 자식도 자기한테 불리한 사실을 전부 검열하는 건 아무래도 무리였나 봐. ……아마도 뭔가를 남기려 한 알리시아 3세의 집념 덕분이겠지만.”

『……그래.』

글렌은 왠지 걱정스럽게 표정을 흐린 남루스 ─ 솔직히 이런 반응을 보일 줄은 전혀 예상치 못했지만 ─ 에게서 시선을 돌려 다시 책장 앞에 섰다.

읽지 못하는 부분은 그대로 넘길 수밖에 없으리라.

“……계속, 간다.”

───.

“그렇군. 역시 그녀는 연구를 계속하고 있었던 건가…….”

어느 저택의 응접실.

심각한 얼굴의 롤랑과 루셔스가 테이블을 사이에 둔 채 대화를 나누고 있었다.

“루셔스…… 내 벗이여. 알면서도 왜 막지 않은 거지? 어째서 계속 지켜보기만 한 거냐."

"미안. 난 그저 그녀가 꿈을 포기하는 걸 보고 싶지 않았어.
……내가 사랑한 건 꿈을 좇는 그녀였으니까."

"……뭐, 절대로 연구 성과를 공표하지 않겠다고 맹세한다
면…… 사실 이렇게 말하는 나도 역시 이제 와서 전부 없었
던 일로 묻어버릴 수는 없다고 생각하긴 해. ……마음에 걸
리는 점도 있고."

롤랑은 품에서 한 장의 양피지를 꺼냈다.

Z자를 한 번도 끊지 않고 몇 번이나 겹쳐 쓴 듯한 기묘한
문양이 그려진 양피지를…….

"……이렇게 이미 밖에 나돌아 다니고 있는 마왕유물이
있을지도 모르거든."

"그건……『무구한 어둠의 인장』?"

"그래. 사신의 권속을 불러들인 무녀들의 몸에서 발견됐
다고 하는 인장이지. ……고대의 문헌에 따르면 마왕을 섬긴
그 신관 가문 일족은 『정의의 마법사』에 의해 멸족되었다고
하는데…… 당시의 여러 상황 묘사를 본 내가 판단하건대,
어쩌면 현대에도 아직 생존자가 남아 있을지도 몰라."

"뭐?! 설마……!"

"만약 그자들이 사악한 의도로 이용당한다면 이 세계는
틀림없이 멸망으로 치닫겠지. 한시라도 빨리 확인해서 보호
해야만 해. 이 추측을 전제로 내가 조사해본 결과…… 그

일족의 생존자는 이웃나라, 레자리아 왕국에 있을 가능성이 커."

"잠깐, 롤랑! 설마······."

"네 예상대로야."

롤랑은 각오를 굳힌 표정으로 일어났다.

"난 지금부터 레자리아 왕국으로 떠날 거다."

"그만둬, 롤랑! 대체 무슨 생각이야!"

루셔스는 필사적으로 말렸다.

"네가 5년 전에 『멜갈리우스의 마법사』를 출간했을 때, 성엘리사레스 교황청에서 어떤 반응을 보였는지 벌써 잊은 거야?! 자칫하면······!"

하지만 롤랑은 단호하게 반박했다.

"알게 된 자의 책임이야. 이건 이제는 그리운 그날, 페지테에서 금단의 상자를 열어버린 자들에게 내려진 의무인 거겠지. 알아버린 이상 그 책임에서 눈을 돌리는 건······ 학자로서······ 마술사로서 도저히 용납할 수 없어."

그 굳은 결의를 들은 루셔스는 그를 막을 수 없었다.

"조심해, 롤랑. 난 같이 가줄 수 없지만······."

"그래, 이해해. 넌 알리시아의 곁에 있어줘. 친척이라 하기엔 너무나도 먼 혈연이지만······ 그래도 내 귀여운 동생이니까."

"······알았어. 알리시아는 나에게 맡겨."

"훗, 그래. 뭐, 너무 그렇게 걱정하진 마라. 요령껏 잘 해

볼 테니까. 이렇게 보여도 난 엄청 세거든? 내가 그 《천곡
(天曲)》의 사용자라는 건 너도 잘 알잖아?"

"그래. 그랬었지. ……너라면 괜찮을 거야. 믿고 있을게."

그리고 그날 밤, 둘은 조용히 술잔을 나누었다.

하지만 훗날 레자리아 왕국으로 떠난 롤랑 엘트리아가 알
자노 제국의 땅을 다시 밟게 되는 날은 두 번 다시 찾아오
지 않았다.

———.

"…………."

『왜 그래? 글렌. 혹시 이상한 점을 찾은 거야?』

"……아니, 그냥 좀……."

다시 회상을 끝낸 글렌은 책장 앞에서 한숨을 내쉬었다.

"왠지…… 괴롭네. 선인들의 고뇌를 들여다보는 행위 자체가.
……이미 그 결말을 역사적 사실로 알고 있는 만큼 더더욱."

『……그건 무의미한 감상(感傷)이야. 과거에 사로잡히지 마.』

남루스는 질타했다.

『마음을 굳게 먹어. 그렇지 않아도 당신은 지금 타인의 기
억이라는 심연을 들여다보고 있는 거라구?『그대가 심연을
들여다볼 때, 심연 또한 그대를 들여다보게 될 것이다』……

방심하면 돌아올 수 없게 될 지도 몰라. 당신의 귀환을 기다리는 사람들이 있다는 걸 명심해.』

"……역시 넌."

그러자 글렌은 장난스럽게 웃으며 말했다.

"겉으로는 남들 따위 어떻게 되든 상관없다는 식으로 쌀쌀맞게 굴어도 실제로는 엄청 정에 약한 성격이지? 좀 더 솔직해져 봐. 그럼 귀여울 텐데."

『뭐?! 귀엽?!』

남루스는 얼굴이 새빨갛게 달아오르더니 말을 더듬기 시작했다.

『웃기지 마! 당신이 날 꼬시는 건 5853년은 일러!』

"……왠지 묘하게 구체적인 숫자네?"

『됐으니까 얼른 다음으로 가! 정말이지! 시간은 한정되어 있거든?!』

——.

추억을 다시 더듬는다.

알리시아 3세는 루셔스가 지켜보는 앞에서 연구를 계속하고 있었다.

'만약 아카식 레코드가 내 가설대로의 존재라면…… 별개의 이론으로 재현할 수 있을지도 모른다. 마왕이 아카식 레코드에 도달하기 위해 만든 루트를 『신의 루트』라 칭한다면, 내 이론은 아마 『인간의 루트』…… 하지만 아이러니하게도 그건 인간이 절대로 손을 대선 안 되는 길일 터. ……아무리 나라도 실천에 옮길 생각은 들지 않았다.'

　알리시아 3세의 연구는 계속되었다.

　'애당초 마왕이라 불리는 인물의 정체는 무엇일까. 《천공의 타움》의 가호를 받은 인간…… 정말 그뿐인가? 아카식 레코드를 손에 넣어서까지 이뤄야 할 사명이란 대체……?'
　'어쩌면 마왕의 존재 본질을 검증하고 고찰하는 것이야말로 아카식 레코드의 본질에 다가서기 위한 행위일지도 모른다. ……하지만 《비탄의 탑》 공략은 여전히 차도가 없다. 답답하다.'
　'애당초 《예지의 문》은 굳게 봉인된 상태라 가령 거기까지 도달한다 해도 현 상황에서 그 너머로 가는 것은 불가능하리라. 문의 봉인에는 아무래도 마장성의 일원인 《백은룡장》 르 실바가 관여한 것 같지만…… 자세한 사정은 불명. 조사가 필요.'
　'한동안 마왕에 관한 문헌 수집과 해독 연구에 시간을 들일 예정.'

―연구는 계속되었다.

　'이상의 고찰과 문헌 자료에 따르면 아무래도 마왕은 이 세계의 인간이 아닌 것으로 추정된다. 우리가 사는 이곳과 다른 분기 세계…… 진부한 표현을 빌리자면 이세계의 내방자.^{에트랑제} 이 세계에 온 이유와 방법은 불명. 조사가 필요.'

　――연구는 계속되었다.

　'훌륭해! 이건 우연일까, 아니면 필연일까. 나는 마왕과 싸웠다고 전해지는 『정의의 마법사』의 검을 라스타의 옛 전장에서 발굴, 입수에 성공했다!'
　'하물며 이 검의 칼날 부분에서는 마왕이라 추정되는 인물의 영혼이 극소량이나마 검출된 것이다!'
　'이 영혼을 조사하면…… 난 마왕이라는 인물의 정체와 본질에 다가설 수 있을지도 모른다!'
　'마왕이란…….'

　―그리고.

　치――――――――――――――――익!

【검열 삭제 완료】

"아아아아아아아아아아아아아아아아아아아아아아아
아아아아아아아아아아아아아아아아아아아아아아!"

연구실에 알리시아 3세의 절규가 울려 퍼졌다.

"……?!"

마치 이 세상의 모든 절망을 짊어진 듯한 통곡과 표정에
방관자인 글렌조차 반사적으로 몸을 떨었을 정도였다.

"이럴 수가! 아아아, 어떻게 이런 일이……! 이토록 역겨울
데가! 이건, 이건 말도 안 돼애애애! 아아, 알아선 안 되는 거
였어. 알고 싶지도 않았어! 이, 이런…… 아아아아아아악!"

그렇게 울부짖는 알리시아 3세의 모습에선 과거의 꽃처럼
아름다운 소녀의 흔적을 더는 찾아볼 수 없었다.

거기 있는 것은 인생을 전부 투자한 결과가 절망과 후회
로 돌아온, 심연 속에서 벗어날 수 없게 된 가엾은 여자의
말로뿐.

"아아, 그래서 우리 알자노 왕가의 일족에는 여자만 태어
났던 거였어! 전부 그 고대의 마왕이 손을 쓴 결과였던 거
야! 우리는 **인큐베이터**였어! 《천공의 타움》이라는 역겹고도
모독적인 괴물을 낳기 위한! 마왕은 그걸 위해 이 혈통에
여자만 태어나는 저주를 걸었던 거야!"

"역겨워! 너무나도 역겨워! 이 몸에 흐르는 저주받은 피가! 이 알자노 제국은…… 고대의 마왕이 다시 《천공의 타움》의 가호를 얻기 위해 만든…… 아카식 레코드를 손에 넣기 위해 만든 광대한 마술 의식장이었던 거야! 알자노의 백성은…… 오직 그걸 위해 번식된 가축…… 산제물이었어!"

"그래, 맞아. 틀림없어. ……『정의의 마법사』가 쓰러트린 마왕은…… **지금도 살아 있어! 살아서 이 세계 어딘가에 숨어 있는 거야!** 그야 나, 나는…… 《봉인지(封印地)》…… 《봉인지》에서 봤는걸! 나의…… 우리 왕실의 가계도를…… 가계도, 가계도, 가계도…… 아아, 혼문(魂紋)…… 혼문이이, 아아아아아, 아아아아아아아아아아아아아악!"

"아득히 먼 후세…… 우리 성스러운 왕실의 혈통에서 악마의 화신이 태어날 거야. 이 나라에 재앙을 불러오고…… 세계를 종언으로 이끌 거라구. ……히힛, 히히히힛. ……용납 못 해. ……그런 건…… 절대로 용납 못 해! 이 나라는, 백성은, 내가 지, 지켜야아, 아하하하…… 꺄하하하하하하하하하하하하하!"

그 순간—.

"알리시아?!"

루셔스가 방 안으로 들어왔다.

그는 심상치 않은 기색의 알리시아를 끌어안고 필사적으로 외쳤다.

"진정해…… 진정해, 알리시아! 대체 무슨 일이 있었던 거야!"

"아아아…… 루셔스…… 사랑하는 당신…… 아아아아!"

그러자 알리시아는 갑자기 흐느껴 울면서 루셔스의 등을 강하게 끌어안았다.

도저히 정상적인 정신 상태라 볼 수 없는 극단적인 변화였다.

"아아…… 루셔스……루셔스…… 나……나는……!"

"괜찮아. 진정해, 알리시아. 내가 곁에 있을 테니까…… 그러니……."

"……."

하지만 이번에는 갑자기 울음을 딱 그치더니 이상한 말을 꺼내기 시작했다.

"저기, 루셔스. 혹시…… **당신도**야?"

감정이 전혀 느껴지지 않는 무표정으로.

"……뭐?"

영문을 알 수 없는 루셔스는 당연히 당황할 수밖에 없었다.

"무, 무슨 소리야? 알리시아. 난……."

그러자 알리시아 3세는 슬그머니 루셔스의 몸을 밀치고 거리를 벌렸다.

"……아아, 그랬던 거구나. 당신도 그런 거였어. ……하긴…… 그렇겠지. 그야 당연해. ……하하……아하하하……."

넋을 잃은 루셔스 앞에서 망가진 인형처럼 한참 울던 알리시아는…… 이윽고 권총 한 자루를 꺼냈다.

조금 전에도 본 그 수발식 권총이었다.

그 총구가 미간을 겨눈 그때였다.

"아, 알리시아…… 이러지 마. 제발……."

루서스는 창백하게 질린 얼굴로 뒷걸음질 쳤다.

"아하하, 하하하하하…… 그래. 맞아. 당신도, 분명……."

그런 그를 벽까지 몰아넣은 알리시아는 이윽고 방아쇠를……

"당신은……당신으ㅇㅇㅇㅇㅇㅇㅇㅇㅇㅇㅇㅇㅇㅇㅇ은!"

"아, 알리시아아아아아아아아아아아아아아아아아아!"

타앙!

【검열 삭제 완료】

——.

그 뒤로 딱히 눈여겨볼 만한 부분은 없었다.

이때부터 인격이 둘로 분열된 알리시아 3세의 비참한 말로가 거칠고 난폭한 문체로 묘사됐을 뿐.

'…………'

글렌은 그런 알리시아 3세의 추억을 가만히 계속 지켜보았다.

그녀는 고대문명을 지배했던 마왕이 언젠가 《천공의 타움》과 함께 이 세계에 다시 강림하고, 아카식 레코드를 손에 넣어서 세계를 멸망시키리라 확신하는 듯했다.

그래서 마왕에게 대항할 힘을 얻기 위해 다양한 연구에 착수했다.

마왕의 《아카식 레코드》에 대항하기 위한 《A의 오의서》를 만들기 위해 알자노 제국 마술학원에 이면 학원을 짓는 금단의 방법을 실행에 옮겼다.

'이면 학원이라면…… 마술학원의 교육 개혁과 모범 클래스와의 결투…… 이브 녀석이 좌천당해서 온 것도 이때였던가.'

또한 뒤에서는 헤븐스 크로이츠를 결성해서 수많은 금단의 마술을 연구하게 했다.

【Project : Revive Life】는 언젠가 올 그 날을 대비해서 마왕과 맞서 싸울 영웅 클래스의 인재를 보존하겠다는 광기의 발상에서 시작된 모양이었다.

이론적으로는 비밀리에 이루어진 고대 유적도시 마레스의 《부활의 신전》을 조사하고 연구한 결과에서 발족된 프

로젝트였다.

'고대 유적도시 마레스의 《부활의 신전》이라면…… 아, 나랑 알베르트가 진심으로 싸웠던 곳이었던가…….'

만에 하나의 경우에는 《비탄의 탑》을 페지테와 함께 소멸시킬 계획도 구상했다. 페지테의 레이라인에 설치된 【Project : Flame of megiddo】는 사실 그걸 위해서였다.

'페지테 최악의 사흘간…… 저티스 자식에게 희롱당하고 불꽃의 배에 쳐들어갔던…… 어째 이제 와서는 먼 과거의 일처럼 느껴지는군.'

그리고 그날, 루셔스를 잃은 날을 경계로 알리시아 3세는 이능력자라 불리는 인외의 능력자들을 철저하게 차별하고 탄압하기 시작했다.
언젠가 자신의 혈통에서 태어날 《천공의 타움》을 일종의 이능력자로 보고 그것을 근절하기 위한 관습을 제국 전토에 퍼트리기 위해서였다.
구체적으로는 일반시민 사이에 이능력자야말로 악마의 화신이라는 말을 퍼트리고 본보기로 잡아서 처형하는 등의 수많은 폭거를 저질렀지만, 여왕 본인이 차별을 조장했다는 것은 왕실의 체면에 누가 되는 일이었기에 훗날의 역사서에서는 완전히 감춰진 비사(秘史)였다.

'……하지만 그 차별 행위 자체는 내심 이능력자들에게 두려움을 품고 있던 인간 사회에 침투한 채로 끝내 사라지지 않았던 거겠지. 오늘날 사회 문제가 된 이능력자 차별의 밑바탕이 된 걸 거야. ……선조인 알리시아 3세가 계기가 된 풍조를 후손인 루미아의 어머니, 알리시아 7세가 개선하기 위해 애쓰고 있는 건 참 아이러니한 일이군.'

서서히 이성을 잃고 광기에 물들어가는 초조함 속에서 알리시아 3세의 마왕과 파멸에 저항하는 고독한 싸움은 계속되었다. 그리고—.

"……."

어느덧 글렌은 완연한 어둠 속에서 알리시아 3세와 대치하고 있었다.

"이 수기를 잃은 당신."

그녀는 간절한 목소리로 글렌에게 말했다.

"이 수기의 내용은…… 전부 사실입니다."

"……."

"언젠가 마왕은 이 세계에 군림할 겁니다. ……《천공의 타움》과 함께. 지금은 어딘가에 숨어 있겠지만…… 반드시."

"……."

"그리고 그는 제국의 백성들을 산제물로 삼아서 아카식 레코드를 손에 넣고…… 이 세계에 종언을 가져오겠지요. 구원이라는 이름의 종언을. 그것이야말로…… 그 옛 마왕의 진정한 목적."

"……."

"저는 사람이 사람답게 존재할 수 있는 세계야말로 진정한 평화, 인간의 진정한 소망이라고 생각해요."

"……."

"하지만 유감스럽게도…… 마왕에게 대항할 『정의의 마법사』는 이제 존재하지 않습니다. 마왕에게 대항하려면 한 사람 한 사람 모두가 『정의의 마법사』가 될 수밖에 없습니다."

"……."

"이 수기를 읽은 당신이…… 부디 『정의의 마법사』가 될 수 있기를. 모두가 아무것도 모른 채, 눈치채지 못한 채 그저 멸망의 길을 걸어갈 뿐인 이 나라를, 이 세계를 지키기 위해……."

"……."

"당신이 정위치의 광대이기를. 잠에서 깨어나 새로운 가능성을 개척하는 진정한 현자이기를 기원하며…… 부디 이 세계를……."

"……."

"제가 바라는 건…… 오직 그뿐입니다."

그리고 알리시아 3세는 살며시 눈을 감았다.

——.

——.

"……."

의식이 돌아온 글렌은 책장에 손을 짚은 채 잠시 멍하니 서 있었다.

『……어땠어?』

그러자 남루스가 다가와 말을 걸었다.

"……스케일과 정보량이 너무 커서 솔직히 혼란스러워."

글렌은 작은 목소리로 대답했다.

"다만, 해야 할 일은 확실히 알았어. 먼저 《봉인지》로 가서 마왕이라는 놈의 정체와 이어진 뭔가를 찾는 거야."

『…….』

"그리고 알자노 제국 마술학원의 지하미궁 《비탄의 탑》을 공략하는 거지. 지하 89층에 있는 《예지의 문》 너머에 있는 뭔가를 마왕이라는 망할 자식보다 먼저 확보해야만 해."

『…….』

"뭐, 후자는 천천히 해도 상관없겠지. 아무튼 문지기인 《마황인장》 아르 칸은 우리가 이미 해치운 데다 지하미궁의 길을 건너뛰는 비기도 알고 있으니까 말야! 그래, 타움의 천문 신전에서 루미아의 이능력을 쓰면⋯⋯."

그 순간, 불현듯 떠오르는 기억이 있었다.

전에 타움의 천문 신전을 조사할 때 벌어진 사건.

미궁에서 귀환할 때 남루스와 나눈 마지막 대화를⋯⋯.

─⋯⋯글렌⋯⋯. 가까운 장래에⋯⋯ 당신은 한 번 더 그 타움의 천문 신전을 세리카와 함께 찾아오게 될 거야⋯⋯.

─뭐어? 웃기지 마. 두 번 다시 올까 보냐. 이젠 진절머리 가 난다고.

─그리고 그 후⋯⋯ 당신은 커다란 선택을 강요받을 거야. 당신은, 당신에게 둘도 없는 존재들을 저울 위에 올려야만 해⋯⋯.

─⋯⋯네가 무슨 예언자냐.

"남루스, 넌⋯⋯."

『지금은 한가하게 떠들고 있을 때가 아니야.』

하지만 남루스는 마치 글렌의 의문을 꿰뚫어본 것처럼 시계를 돌아보며 말했다.

『이젠 시간이 없어. 할 말이 있거든 탈출한 뒤에나 해.』

"……그래."

『그래서? 이 세계에 개입한 이물의 정체를, 당신이 총으로 쏴야 하는 대상이 뭔지는 알았어? 그걸 못 찾았으면…… 이젠 다 끝이거든?』

"……."

글렌은 입을 다물었다.

눈을 감고 생각에 잠기기 시작했다.

『저기, 글렌…… 시계를 봐. ……시간이 없어.』

지금까지 본 기억의 광경을 머릿속으로 계속 되풀이했다.

『……이젠 추억을 다시 볼 시간도 없어. 글렌…… 대답해줘.』

남루스가 불안한 눈으로 바라보는 가운데, 알리시아 3세의 인생을 되풀이했다.

『……글렌!』

이윽고 눈을 뜬 글렌은 이렇게 외쳤다.

"그래, 찾았어!"

그리고 수발식 권총의 총구를 자신의 관자놀이에 가져다 댔다.

『……지, 지금 뭐 하는 거야! 하필 이럴 때 왜 그런 바보 같은 짓을 하는 건데!』

당연히 남루스가 놀라서 당황하기 시작했다.

『지금의 당신은 확실히 살아있는 육체가 아니라 정신체…… 총에 맞아도 죽진 않겠지만, 정신에 어떤 영향을 미

칠지 몰라! 그러니 그런 시시한 장난은 그만……!』

"장난이 아니라 완전 진심이거든? 나름 근거도 있어."

하지만 글렌은 태연하게 대답했다.

"이 수기의 내용물은 알리시아 3세의 기억. 알리시아 3세가 수기에 남긴 기억을 체험하는 거였지?"

『그래, 그런가 봐! 그게 뭐 어쨌다는 건데!』

"그렇다면…… 뭔가 이상하지 않아?"

글렌은 책상 위에 엎드린 알리시아 3세의 시신을 흘겨보았다.

"이건…… 이 신은 누가 봐도 광기에 빠진 알리시아 3세의 말년…… 권총으로 자살한 최후의 장면이야. ……내 말이 틀려?"

『그게 뭐!』

"아직도 모르겠어? 그럼 대체 **누가 이런 신을 수기에 기록한 걸까?**"

『……?!』

글렌의 지적에 남루스는 숨을 삼켰다.

"이상하잖아? 자기가 자살한 기억을 대체 어떻게 수기에 남긴 거지? 본인은 이미 죽었는데 말야. 설마 유령이 썼을 리도 없잖아?"

『그, 그건…… 그렇지만…….』

"……그리고 마음에 걸리는 부분은 하나 더 있어. 수기 내용의 추억은 대부분 제삼자 시점으로 진행되더군. 즉, 내가 옆에서 지켜보는 듯한 느낌이었지. 뭐, 원래 그런 방식이라면 할 말이 없겠지만…… 그 경우엔 아무리 생각해도 이상한 씬이 딱 한 군데 있었어."

글렌은 책장 한켠을 힐끔 흘겨보았다.

"그래서 난 이렇게 생각해봤지. 이건 분명 알리시아 3세의 기억에 다른 누군가의 기억이 군데군데 덧씌워진 걸 거라고. 이 수기는 알리시아 3세의 원념이자 집념…… 반드시 후세에 진실을 전하겠다는 강한 의지가 작용한 결과야. 그러니 아마 그런 방식이 아니면 【검열 삭제】를 할 수 없었던 거겠지."

『다, 당신이 권총으로 자살하는 거랑 그게 대체 무슨 상관인데?』

"야, 너 의외로 좀 둔하다? 떠올려봐. 알리시아 3세가 맨 처음에 한 말을."

―우흐, 우흐흐훗…… 왔군요, 당신. 하지만…… 이미 끝났어요.

―당신 뜻대로 되게 하진…… 않을 거예요.

―소용없어요. 이 수기는…… 아무리 당신이 숨겨도, 봉인해도, 파괴해도 반드시 그 장소로 돌아올 거예요. 제 뜻을 계승하는 자의 손에 건네질 때까지. ……이것은 그런 존재니까요. 이것이야말로 제…… 마지막 집념이랍니다.

『아…….』

"그래. 처음에 내가 이 방에 왔을 때…… 알리시아 3세는 **나를 보고 그렇게 말했어**. 죽은 사람은 수기를 쓰지 못해. 즉, 이 자살 신은 명백히 그녀가 죽기 직전에 마지막으로 대화한 누군가의 기억이야. 그리고 그 누군가의 기억이 내 시점과 겹친다는 건…… 바로 그 누군가가 내 안에 있다는 뜻이겠지."

타앙!

글렌은 망설임 없이 방아쇠를 당겼다.

남루스는 그의 머리에서 피와 뇌척수액이 쏟아지는 광경을 상상했지만 그런 일은 일어나지 않았다.

"아아아아아아아아아아아아악!"

다음 순간, 글렌과 완전히 겹쳐져 있던 누군가가 머리에 총을 맞은 충격을 이기지 못하고 책장에 내동댕이쳐졌다.

글렌은 바닥에 쓰러진 그 인물을 향해 총구를 겨누며 말했다.

"흥, 교활한 자식. ……기본적으로 3인칭 시점인 추억의 체험인데도 마지막 신만 일부러 나와 시점을 겹쳐서 1인칭 시점으로 만든 건…… 들키고 싶지 않아서겠지? 본인의 정체를…… 안 그래? 루셔스!"

"……?!"

글렌의 지적에 바닥에 쓰러진 남자, 루셔스는 이를 악물고 그를 올려다보았다.

"이 마지막 자살 신…… 원래는 내가 간섭할 수 없는 추억 속의 세계에 간섭할 수 있었던 건 나와 시점이 겹쳐 있는 네 덕분이었겠지. ……요컨대, 나도 등장인물이 되는 셈이니까. 흥, 허술하기 짝이 없군. 자기 기억을 알리시아 3세의 기억에 덧씌워서 불리한 사실을 삭제한 것까지는 좋았겠지만…… 섞여 있더만? 너와 롤랑이 **단둘이서** 대화를 나눈 기억…… 알리시아 3세의 기억이라면 절대로 있을 리 없는 신이."

"……큭."

"삭제된 문제의 신이 뭔지는 모르겠다만…… 네 정체는 수기의 내용과 삭제된 전후의 문맥을 봐서 대충 예상이 가는군. 삭제된 내용은…… 아마 『마왕의 정체』에 관한 것! 네가 바로 그 고대의 마왕이었던 거지?!"

그러자 묘하게 차분한 표정으로 일어난 루셔스는 옷에 묻은 먼지를 툭툭 털고 방긋 웃더니 손뼉을 치기 시작했다.

"정답."

흑막이 싱겁게 긍정해버리자 남루스와 글렌은 동시에 경악했다.

『뭐? 당신이…… 마왕? ……어? 그게 무슨……. 어째서……?』

특히 남루스의 동요가 심했다.

『거짓말…… 그럴 리가…….』

어째선지 몸을 부들부들 떨면서 믿을 수 없는 것을 본 것처럼 눈을 부릅떴다.

하지만 루셔스는 일부러 그 반응을 무시하는 것처럼 글렌에게 시선을 고정한 채 입을 열었다.

"더 정확히 말하자면 이 나는 당시의 내가 루셔스라는 인간이었을 때 남긴 기억…… 사념체에 가까운 존재에 불과하지만 말야. 지금의 내가 어디서 어떤 모습으로 존재할지는 나도 몰라."

"아앙? 그건 또 뭔 소리야?!"

"내가 대답해줄 것 같아? 잠든 광대는 그대로 잠들어 있으면 돼."

그리고 허공에 손가락으로 뭔가를 그렸다.

Z자를 한 번도 끊지 않고 여러 번 겹쳐 쓴 듯한 기묘한 인장이었다.

그 인장에서 새카만 빛이 요사스럽게 반짝인 후—.

어둠이 흘러내렸다.

역겨운 괴물이 입을 연 것처럼 허공에 수많은 문이 열렸다.

그리고…….

……주르륵.

그로테스크한 심해어를 뒤섞은 것 같은, 날카로운 송곳니가 들여다보이는 입과 눈알이 여기저기에 달린 진흙 같은 부정형 괴물이 수많은 문에서 대량으로 흘러내렸다.

철퍽. 철퍽.

망가진 수도꼭지처럼 끊임없이…….

이윽고 그 부정형 괴물들이 눈을 희번덕거리며 글렌을 향해 기어오기 시작했다.

그런 모독적인 생물을 눈앞에 둔 심리적인 혐오감과 공포에 글렌은 무심코 숨을 삼킬 수밖에 없었다.

『글렌! 저것들은……!』

남루스가 글렌을 감싸듯 앞으로 나섰지만, 망령 같은 존재에 불과한 그녀에겐 괴물들을 막을 방도가 없었다.

『큭! 이런 폐쇄된 세계 속에선 힘을 쓸 수가…… 달아날 곳도 없어! 이걸 어쩌면…….』

"홋, 네 탐색은 여기서 끝이야."

방 안을 가득 메운 부정형 괴물들이 글렌과 남루스를 완전히 포위하자 루셔스는 과장스럽게 양팔을 벌리며 선언했다.

"아무것도 모르는 광대는 그대로 영원히 잠들어 있으면 돼. 광대답게 안녕과 혼돈의 어둠 속에서 하다못해 어리석고 좋은 꿈을 꿀 수 있기를…… 기원하지."

자랑스럽게 그리 외친 순간이었다.

"흥!"

글렌은 코웃음을 쳤다.

"뭐가 웃기지?"

"……뭐, **슬슬** 올 때라는 생각이 들어서."

팅!

엄지로 결정체를 머리 위로 튕긴 글렌은 추락하는 그것을 눈앞에서 낚아챘다.

흑마 개량형 【익스팅션 레이】.

세리카 아르포네아가 2백 년의 마도대전에서 만든 한없이 오리지널에 가까운 신살(神殺) 마술. 염열, 냉기, 전격의 삼 속성 주문을 억지로 겹쳤을 때 생성되는 허수(虛數) 에너지를 이용한 분해 소멸 마술이다.

그리고 글렌이 꺼낸 결정체는 그것을 발동하기 위한 마술 촉매 《허량석(虛量石)》이었다.

"훗, 늦었어!"

하지만 부정형 괴물의 속도는 글렌이 주문을 완성하는 것보다 빨랐다.

글렌의 몸이 사방에서 짓쳐드는 괴물들에게 삼켜지려는 바로 그때―.

"선생니이이이임!"

귀를 찌를 듯한 폭풍이 휘몰아치더니, 거기서 발생한 수많은 바람 칼날이 글렌을 포위한 괴물들의 몸을 갈기갈기 찢어버렸다.

"제가 지켜드릴게요!"

갑자기 허공에 구멍이 생기고 괴물들을 빨아들였다.

"이이이이야아아아아아아아아아아아앗!"

푸른 번개로 변해서 내려온 누군가의 대검이 괴물들을 단칼에 베어버렸다.

"이게 무슨?!"

어느새 정신을 차리고 보니 세 명의 소녀가 글렌의 주위에 착지해 있었다.

시스티나, 루미아, 리엘이었다.

"구해드리러 왔어요!"

시스티나는 한 장의 종이를 글렌에게 내밀었다.

포젤이 작성한 열쇠식이었다.

"오, 땡큐. 뭐, 슬슬 올 거라고 기대했다."

"지금 어떤 상황인가요?!"

"저 거만한 자식을 때려눕히면 종료! 이상!"

"응! 알았어! 베어버릴게!"

소녀들은 루셔스를 노려보았다.

"뭐, 보다시피."

그리고 왼손을 앞으로 내민 글렌이 조용히 마력을 끌어올리면서 의기양양하게 선언했다.

"나한테는 이렇게 귀엽고 믿음직한 학생들이 있단 말씀이야? 따라서 내 승리는 처음부터 100퍼센트 확정이었던 셈이지. 뭐, 이 바보 같은 소동은 그만 끝내자. 이 헌책 자식아."

"……너희는 마치 스스로 불속으로 뛰어드는 날벌레 같군. 만용은 용기가 아니야. 호기심이 고양이를 죽인다. ……마술사가 죽음에 이르는 병이지."

하지만 당사자는 어깨를 으쓱이며 냉정하게 한숨을 내쉴 뿐이었다.

"뭐, 아무렴 어때. 너희는 여기서 어둠 속으로 사라져 줘야겠어."

그리고 손가락을 튕기자 다시 부정형 괴물들이 방 한 가득 쏟아져 내렸다.

"《나를 따르라·바람의 백성이여·나는 바람을 다스리는 공주일지니》!"

하지만 시스티나가 발동한 흑마 개량 2식【스톰 그래스퍼】의 맹렬한 바람이 괴물들의 진군을 막았다.

"나의 열쇠여!"

루미아가 손바닥을 앞으로 내밀자, 그 앞에 뜬 은색 열쇠가 한 바퀴 회전한 후 눈부신 빛을 발하더니 아직도 괴물들이 쏟아지고 있는 허공의 문을 차례차례 닫아버리기 시작했다.

"이이이이이이이야아아아아아아아아아아아앗!"

그리고 리엘이 대검을 날카롭게 휘두르자—.

파앗!

괴물들의 몸이 위아래로 나뉘어졌다.

『43zxce#fvmkd32@$gg04☆75x~!』

그러자 언뜻 보기엔 물리 공격이 전혀 통하지 않을 것 같았던 부정형 괴물들이 기괴한 비명을 지른후 그대로 먼지로 변해 흩어졌다.

"뭐야, 생각보다 허접하잖아? 겉모습만 무서운 거였어?"

글렌은 마력을 끌어올리면서 도발했다.

"말도 안 돼…… 어째서? 넌 무구한 어둠의 권속을 어떻게 평범한 검으로 소멸시킨 거지?"

하지만 루셔스는 개의치 않고 리엘에게 시선을 고정한 채 의문을 표했다.

"그건 너희의 하등 마술로 죽일 수 있는 것들이 아닌데…… 혹시 개념을…… 아니, 설마 『연』건가? 하지만 대체 어떻게……?"

리엘은 깊고 낮은 자세를 취한 채 작은 목소리로 대답했다.

"……잘은 모르겠지만, 요즘 들어서 검 끝에 황금색 빛이 자주 보여."

"뭐? 황금색…… 빛?"

"응. 그걸 보면 질 것 같은 기분이 안 들어."

그런 리엘을 향해 양쪽에서 괴물들이 덤벼들었지만, 그녀는 짐승 같은 재빠른 움직임으로 피하며 대검을 두 번 휘둘렀다.

그러자 이번에도 역시 부정형 괴물들이 검은 먼지로 변해 흩어졌다.

"검 끝에 깃든 황금색…… 설마 황혼? ……그리고."

루셔스는 시스티나를 흘겨보았다.

"하아아아아아아아앗!"

그녀는 마치 자신의 손발처럼 정교하게 바람을 다루고 있었다.

때로는 괴물을 돌풍으로 날려버리고, 때로는 괴물을 진공의 칼날로 베어버리고, 때로는 괴물을 바람의 철퇴로 짓뭉개버리면서…….

그런 식으로 멈추지 않고 폭풍이 계속 휘몰아쳤지만, 아군에게는 전혀 피해를 주지 않고 괴물들만 골라서 해치웠다. 괴물들이 글렌에게 접근하는 것을 한 치도 허용하지 않았다.

"……저 머리카락과 마력은…… 설마 이타콰를 섬기는 신관 가문의 후예?"

그리고 이번에는 루미아에게 시선을 돌렸다.

"리엘! 시스티! 지금이야!"

루미아가 《나의 열쇠》로 공간 동결 공격을 날리자, 괴물들의 움직임이 그대로 공간과 함께 고정되었다.

"고마워, 루미아! 에잇!"

"이이이이야아아아아아아아아아아아앗!"

그런 괴물들을 시스티나의 바람이, 리엘의 대검이 잇따라 해치웠다.

"그렇군. ……내 천사는 마침내 완성된 건가."

루셔스는 기쁜 얼굴로 웃음을 흘렸다.

"하지만 곤란하게 됐는걸. 아무리 나라도 이 상황은 좀……."

그 순간―.

"마왕인지 뭔지 모르겠다만, 어차피 넌 먼 옛날에 남의 일기장에 멋대로 휘갈긴 낙서에 불과해. 그런 녀석을 상대로 우리가 질 것 같아? 자, 시작한다."

글렌은 마력이 충만한 상태로 영창을 개시했다.

"《나는 신을 베어 죽인 자·나는 근원의 시작과 끝을 아는 자…….》"

시스티나와 루미아와 리엘이 괴물들을 막고 있는 사이에―.

"……그대는 섭리의 원환으로 귀환하라·오대원소는 오대원소로·상과 섭리를 잇는 인연은 괴리할지니……."

"호오? 그 주문은…… 그렇군. 넌……."

주문의 정체를 눈치챈 루셔스가 손뼉을 치며 찬사를 보냈다.

"그런 거였나……. 아무래도 넌 평범한 광대가 아니었나 보네."

그리고 가볍게 웃음을 흘렸다.

"축하해, 글렌. 넌 평범한 광대가 아니었어. 새로운 가능성을 개척하는 정위치의 광대였던 거야. ……하지만 눈을 뜨는 게 늦었군."

마치 절대로 벗어날 수 없는 늪 속에서 허우적대는 인간의 우스꽝스러운 모습을 비웃는 것처럼 웃음을 멈추지 않았다.

"이미 늦었어. 모든 게 늦었다고. 운명의 톱니바퀴는 돌기 시작했어. 모든 건 각본대로. 내가 갈구하던 아카식 레코드는 이제 바로 눈앞에 있어. 이 세계는 이미……."

하지만 글렌은 이것이야말로 내 대답이라는 듯 마침내 주문을 완성시켰다.

"……이제 삼라만상은 마땅히 이곳에서 사라질 지어다·아득한 허무의 끝으로》!"

왼손에서 분출되는 눈부신 빛.

절대적인 마력의 태동과 격류.

"이거나 쳐먹어라아아아아아아아아아아아아아아아!"

앞으로 내민 왼손에서 전개된 세 개의 마술법진.

그리고 그것들을 관통하며 초특대의 빛과 충격파가 해방되었다.

강렬한 빛이 부정형의 괴물들과 그 중심에 선 루셔스의 모습을 집어삼킨 다음, 그들의 윤곽이 서서히 희미해지더니 그대로 아무것도 남기지 않고 흩어지기 시작했다.

"하지만…… 무척 흥미롭군. 이타콰의 신관. 나의 사랑스러운 천사. 황혼의 검사. 그야말로 기적적인 조합이야. 그리고……."

마지막으로 글렌을 쳐다보고 뭔가를 말하려고 한 루셔스도 이윽고 완전히 소멸했다.

그리고 그대로 세상이 새하얗게, 모든 것이 새하얗게 물든 다음—

…………

…………

"……헉?!"

어느새 정신을 차리고 보니 글렌은 호텔에 있는 자기 방에 누워 있었다.

그리고 주위에서는 시스티나, 루미아, 리엘이 그런 자신의 얼굴을 들여다보고 있었다.

"……너희들……."

글렌이 그렇게 중얼거리자—

"후우…… 다행이다."

"선생님……."

"응."

소녀들이 저마다 안도의 한숨을 내쉬었다.

"훗! 아무래도 무사히 귀환한 모양이군!"

"진짜 사람 귀찮게 하긴……."

약간 떨어진 곳에서는 포젤과 이브가 앞으로 손을 내밀고 있었고, 그 앞에서 마술법진이 회전하고 있었다.

하지만 글렌이 무사히 정신을 차린 것을 확인한 두 사람이 뭔가 중얼거렸고 곧 마술법진이 해제되었다.

"두 분께선 책 속 세계로 뛰어든 저희의 생명줄을 잡아주고 계셨던 거예요."

"예. 만에 하나의 사태가 벌어졌을 때, 저희의 정신을 이쪽 세계로 다시 끌어올리기 위해서요."

"상당한 고등 마술이라 이브 씨와 포젤 선생님이 아니면 맡길 만한 분이 없어서……."

시스티나와 루미아가 사정을 설명하자 갑자기 포젤이 두 사람을 밀치고 끼어들었다.

"아무튼! 그딴 것보다 대체 뭘 봤지?! 말해! 고명한 마도 고고학자이기도 했던 알리시아 3세의 수기…… 개인적으로도 무슨 내용인지 무척 궁금하군! 자, 어서 말해! 냉큼! 얼른! 빨……!"

"《자중·좀·해》애애애애애애애애!"

그러자 이브가 즉흥 개변 주문으로 포젤을 불태웠다.

"으갸아아아아아아아아아아아아아아아아아악!"

"이 인간이 진짜! 당신이 무슨 짓을 한 건지 알기나 해?! 하마터면 사람 하나가 폐인이 될 뻔 했거든?! 설마 글렌보다 더 쓰레기 같은 남자가 이 세상에 있을 줄은 상상도 못했어! 죽어! 그냥 죽어!"

글렌은 불덩이가 돼서 몸부림치는 포젤을 마구 걷어차는 이브의 모습을 그저 멍하니 바라볼 수밖에 없었다.

"정말이지…… 혼자서 이상한 짓 좀 작작하시라구요."

시스티나는 약간 토라진 얼굴이었다.

"선생님께서 전부 혼자 짊어지실 필요는 없잖아요? 마음이 정리되면 저희에게도 어느 정도는 사정을 알려주세요."

루미아는 반대로 온화한 표정이었고—.

"응. 나도 도울게."

리엘은 졸린 듯한 무표정이었다.

그런 소녀들의 변함없는 모습에 글렌은 살짝 웃음을 흘렸다.

"그래, 너희 말대로야."

그리고 자리에서 일어나 목을 뚜둑뚜둑 꺾으며 말했다.

"너희에게는 전부 말해줄게. ……이 마술제전이 끝난 다음에. 그때는 잘 부탁하마."

그 말을 들은 소녀들은 밝은 미소로 답했다.

종장 앞이 보이지 않는 혼돈

글렌이 알리시아 3세의 후기에서 귀환한 다음날 아침.

마침내 다가온 마술제전 최종일, 결승전 당일.

시합은 오후부터 시작되는데도 이런 이른 시간부터 벌써 세리카 엘리에테 대경기장의 관객석은 만원 상태였다.

저마다 과연 어느 쪽이 우승할지 한껏 들떠있는 모습이었다.

그런 가운데 대경기장의 남동쪽. 즉, 자유도시 밀라노의 한가운데에 있는 틸리카 파리아 대성당의 대형 홀에서는 어딘지 모르게 긴장된 분위기 속에서 알자노 제국과 레자리아 왕국의 수뇌회담이 막을 올리고 있었다.

홀 중앙에 설치된 테이블에는 제국과 왕국의 주요 인물들이 서로 줄지어 앉아 있었다.

오른쪽 좌석에 앉은 것은—.

알자노 제국 여왕 알리시아 예르 켈 알자노 7세.

여왕부 관방장관 그라츠 르 에드와르도 경.

여왕부 국군대신 겸 국군청 통합 참모 본부장 아젤 르 이그나이트 경.

그리고 알자노 제국 외무청의 각 관료들.

왼쪽 좌석에 앉은 것은—.

성 엘리사레스 교회 교황청 소속 교황 퓨너럴 하우저.

성 엘리사레스 교회 교황청 소속 주교급 추기경 파이스 카디스.

성 엘리사레스 교회 교황청 소속 추기경 아치볼트 안비스.

그리고 레자리아 왕국 현 국왕 로크스 예르 켈 레자리아 5세.

거기다 레자리아 왕국의 외무대신과 각 유력 지방 영주들.

좌우로 나뉜 양국의 요인들은 서로를 견제하는 듯한 시선을 보내고 있었다.

그런 중앙 테이블을 에워싸듯 설치된 방청객석에는 이 자리를 제공한 밀라노 시장과 세리아 동맹 맹주를 비롯한 수많은 국가의 맹주와 대표들이 출석해 이번 회담의 행방을 지켜보는 중이었다.

여하튼 알자노 제국과 레자리아 왕국은 북 셀포드 대륙의 양대 거두.

알자노 제국은 세계 최첨단의 마도기술로, 레자리아 왕국은 그 광대한 영토와 인구로 북대륙에서 절대적인 국력과 영향력을 자랑하는 대국이었기 때문이다.

따라서 이번 회담의 결과가 자국의 미래에 큰 영향을 미칠 것은 필연이었기에 각국 정상들은 마른 침을 삼키며 이 자리에 참가할 수밖에 없었다.

"오늘은 이런 자리를 마련해주신 것에 감사의 말씀부터

올립니다."

그런 긴장감이 감도는 가운데, 알리시아 7세의 형식적인 인사말이 시작되었다.

"그리고 이번에 수십 년 만에 개최된 마술제전이라는 평화의 제전과 동시에 이 회담이 실현된 것은 이 행사의 의의를 재확인하는 더할 나위 없는 기회였다고 생각합니다. 그런 만큼 오늘은 부디 양국의 평화와 발전을 위한 건설적인 의견 교환과 토론이 이루어지길 바랍니다."

알리시아 7세가 이 자리에 모인 모두에게 밝게 웃어보이자 그제야 긴장된 분위기가 조금이나마 누그러지기 시작했다.

아무튼 알자노 제국은 세계에서도 손꼽히는 군사대국. 그런 나라의 맹주가 평화적인 회담에 긍정적인 반응을 보이고 있었기 때문이다.

"흥, 건설적인 이야기는 무슨……. 열등 방계의 혈족 따위와 대화가 제대로 통할 리 있겠나?"

하지만 갑자기 날아든 시비조의 말투에 다시 회장의 분위기가 얼어붙었다.

그것이 형식적으로는 레자리아 왕국의 최상위 신분이자, 화려한 의상에 비하면 볼품없이 빼빼마른 노인…… 레자리아 왕국의 국왕, 로크스 예르 켈 레자리아 5세의 발언이었기 때문이다.

레자리아 왕국은 성 엘리사레스 교회의 교황청이 정치주

권을 장악한 사실상의 종교국가다.

하물며 이 로크스 5세는 정치와 실무를 교황청에 전부 떠맡긴 허울뿐인 존재였다. 거기다 본인이 경건한 성 엘리사레스교의 신도이기 때문인지 교황청을 절대적으로 신성시하며 자발적으로 복종하는 경향조차 보이고 있었다.

그런 로크스 5세는 알리시아 7세에게 혐오감을 드러내면서 폭언을 퍼부었다.

"어차피 알자노 왕실 따윈 우리 고귀한 레자리아 왕실에서 파생된 열등 방계에 불과하노라. 그런 열등 혈통, 심지어 여자인 맹주가 다스리는 국가와 대화가 가당키나 하겠는가? 하물며 잘못된 신앙을 받드는 이단 국가와 대체 무슨 대화를 하자는 게지?"

"……."

"이 레자리아의 진정한 왕인 이 몸와 대화를 하고 싶거든 먼저 제국 국교회부터 해체해서 신앙을 바로 잡고, 모든 영토를 바친 후에 내 앞에 무릎 꿇고 빌어보도록."

"죄송하지만, 로크스 5세 폐하. 그건 불가능한 일입니다."

하지만 알리시아 7세는 태연하게 대답했다.

"주권국가인 알자노 제국의 맹주인 제가 당신에게 어찌 무릎을 꿇겠습니까?"

"이 계집이 감히……! 그 몸에 흐르는 피가 대체 어디서 비롯된 줄……!"

"이건 그 누구의 피도 아닌 제 피입니다. 그리고 역사는 돌이킬 수 없는 것. 지금은 어느 쪽이 정통인지를 따질 때가 아니라 둘로 갈라진 두 나라 사이에 존재하는 현실적인 문제에 눈을 돌려야 할 때가 아닐까요?"

"그건 네놈들이 이 몸에게 영토를 헌상하면 전부 해결될 문제다! 알자노 제국 왕실은 레자리아 왕실의 분가! 즉, 알자노 제국 또한 이 몸의 나라인 게 당연하거늘! 이쪽은 전쟁으로 네놈들의 영토를 삼켜도 상관없다만?"

"그 결단의 끝은 양국의 파멸밖에 없을 텐데요? 현대 마도기술의 수준은 40년 전의 봉신전쟁 때와는 차원이 다릅니다. ……과연 귀국이 우리나라를 상대로 아무런 피해 없이 이길 수 있을 것 같습니까?"

"……크윽!"

그건 아무리 무능한 로크스라도 모를 리 없었다.

아니, 40년 전에 일어난 전쟁의 당사자이기에 더더욱 씁쓸한 반응을 보일 수밖에 없었다.

40년 전의 봉신전쟁.

왕국의 압도적인 승리를 예상하고 막을 올린 그 전쟁은 알자노 제국의 예상을 뛰어넘는 저항 앞에서 터무니없는 수의 전사자만을 남긴 채 종결되었다.

그리고 전사자의 수로만 따지자면 왕국측이 제국측보다 몇 배는 더 심각했다. 표면상으로는 무승부로 끝났지만, 사실상 레자리아 왕국의 패배라 봐도 과언이 아니었다.

그저 당시의 제국에 왕국을 집어삼킬 여력이 없었기에 그런 식으로 끝을 맺은 것뿐이었다.

그러다 보니 적어도 전쟁 문제에 있어선 신앙심에 눈이 멀어서 무모한 종교 전쟁을 일으키고자 하는 성 엘리사레스 교황청의 강경파보다, 실제로 최전선에서 쓴맛을 본 경험이 있는 로크스가 훨씬 더 신중한 편이었다.

그리고 실제로 현명한 알리시아 7세가 노린 것은 바로 그런 왕실과 교황청 사이에 존재하는 인식 차이였다. 정치적인 실권을 잃은 지 오래된 레자리아 왕실이지만, 교황청도 그 왕실의 영향력을 완전히 무시할 수는 없기 때문이다.

"……물론 저도 그런 결말은 원치 않습니다. 앞으로의 시대에 전쟁 따윈 절대로 있어선 안 될 테니까요. ……그래서 이번 회담을 제안한 겁니다."

아무리 자극해도 온화한 자세를 무너트리지 않는 알리시아 7세의 발언에 로크스 5세를 비롯한 왕국의 화평 반대파, 교황청의 강경파들은 슬슬 짜증스러운 기색을 내비치기 시작했다.

한편, 다른 국가의 정상들은 그런 알리시아 7세의 담력과 인품에 감탄하는 표정을 숨기지 못했고 온건파인 파이스와 퓨너럴 또한 슬그머니 안도의 한숨을 내쉬었다.

"……."

그렇게 알리시아 7세가 회담의 주도권을 잡은 가운데, 교황청 강경파의 필두인 아치볼트는 홀로 기분 나쁜 침묵을 유지하고 있었다.

　창백한 안색과는 반대로 눈빛을 사납게 번뜩이며 묵묵히 주위를 흘겨봤다.

　"그럼…… 이만 시작하겠습니다."

　알자노 제국과 레자리아 왕국의 수뇌회담은 그런 분위기 속에서 막을 올렸다.

　결승전 개막 10분 전.

　"자, 그럼…… 슬슬 시간이 됐구만."

　제국 선수단이 작전의 최종 확인과 정신통일 같은 시합 준비에 공을 들이는 사이에 마침내 그 순간이 찾아왔다.

　"자, 그만 가자, 짜식들아."

　모두가 긴장하는 분위기 속에서 글렌이 이끄는 제국 대표 선수단은 세리카 엘리에테 대경기장 내부의 복도를 따라 중앙 경기장을 향해 이동하기 시작했다.

　"……흥, 이단자 놈들이군."

　하지만 도중에 T자형 길목에서 한 집단과 마주쳤다.

　검은 사제복을 입은 집단.

　그 선두에 있는 것은 머리카락을 뒤로 바짝 묶은 어두운 눈동자의 소년이었다.

"마르코프 씨."

자신을 빈틈없이 응시하는 시스티나의 모습을 본 레자리아 왕국 파르넬리아 통일 신학교의 메인 위저드 마르코프 드라구노프는 코웃음을 쳤다.

"용케도 여기까지 올라왔군. 칭찬해주지."

"……."

마르코프는 거만한 태도로 말했다.

"솔직히 난 이 상황을 주님께 감사하고 있다. 아무튼, 전 세계의 관중들이 지켜보는 앞에서 너희 배신자들을 『성벌』에 처할 수 있게 됐으니 말이지."

배신자란 성 엘리사레스 교회 교황청(구교 카논파)에서 갈라진 알자노 제국 국교회(신교 발디아파)를 부를 때 쓰는 멸칭이다. 원래는 같은 신을 믿는 종교였던 만큼 구교는 신교를 그야말로 불구대천의 원수처럼 대하고 있었다.

"너희의 신앙과 우리의 신앙…… 누가 옳은지, 누가 정의인지를 오늘에야 비로소 세상에 알릴 수 있을 테니 말이다."

"……그런 건 아무래도 상관없어."

하지만 시스티나는 태연하게 웃어넘겼다.

"……뭐?"

"어느 종파가 정통인지 뭔지 하는 종교 논쟁 따윈 아무래도 상관없다구. 나 자신도 신앙심이 딱히 투철한 편도 아닌걸. 그냥 휴일에 가끔 예배하러 나가는 정도?"

마르코프는 완전히 한 방 먹은 표정이었다.

"내 관심은 네 마술 실력뿐이야. 네가 과연 어떤 식으로 싸울지, 그걸 또 내가 어떻게 대처할지 무척 기대가 돼."

시스티나는 의기양양하게 웃었지만 그 태도가 오히려 마르코프의 자긍심과 신앙심을 크게 자극한 모양이었다.

"웃기지 마……! 아무래도 상관없다고? 넌 지금 우리의 신성하고 숭고한 신앙을 폄훼하는 건가?! 논할 가치조차 없다고……!"

"딱히 폄훼할 생각은 없지만, 마술 실력을 겨루는 자리에서 사상과 종교는 관계없다고 말하고 싶은 것뿐이야."

"그래, 알았다! 아주 잘 알았어! 너희는 역시 이단자야! 악마라고! 영혼이 근본적으로 썩어빠졌어! 발디아의 잘못된 신앙론에 완전히 더럽혀졌어! 그래서 전혀 대화가 안 통하는 거였군! 인간의 말이 안 통해!"

시스티나의 무심한 반응에 마르코프는 눈을 희번덕거리며 악을 썼다.

그 이글거리는 눈은 마치 광기에 사로잡힌 것처럼 보였다.

"……각오해. 너희는 종교재판행이다. 판결은 사형. 마침 다행스럽게도…… 시합 중의 살인은 『사고』로 처리되니까 말이지. 뭐, 이단자에게는 잘 어울리는 결말이겠군. ……크크크, 으하하하하하하!"

마르코프가 낮고 어둡게 웃으며 팀원들을 이끌고 제국 선수단 옆을 지나가려 한 순간, 시스티나는 뭔가를 눈치채고 충고했다.

"저기, 마르코프 씨. 당신, 왠지…… **안색이 창백한걸**? 몸 상태는 괜찮아?"

하지만 마르코프는 대답하지 않고 그대로 떠나갔다.

"마침내 이 순간이 왔군."

시스티나 일행과 헤어진 글렌, 이브, 루미아, 엘렌, 리엘, 엘자는 평소처럼 관계자용 관객석에 자리를 잡았다.

"진짜 기대된다! 설마 진짜 여기까지 올 줄이야! 안 그래? 웬디!"

"카슈 씨, 당신…… 어젯밤에 그런 짓을 저지른 주제에 참 뻔뻔하시네요. 솔직히 존경스러울 정도예요."

"이래서 남자라는 것들은……."

"아, 아하하……."

"그, 그보다 다들…… 괜찮을까? 레자리아 사람들은 엄청 무섭다고 들었는데……."

그 뒷자리에는 카슈와 웬디와 테레사와 세실과 린이 자못 당연한 듯이 앉아 있었다.

그리고 주위에는—.

"과연 어느 쪽이 이길까? 넌 어떻게 생각해?"

"……감정적으로는 우리를 이긴 제국 쪽이 이겼으면 좋겠어."

아디르와 엘시드를 비롯한 하라사의 대표 선수단.

"이제 남은 건 결과를 지켜보는 것뿐이네요."

"……응."

사쿠야와 시구레를 비롯한 일륜국의 대표 선수단.

그밖에도 탈리신의 길리엄, 갈츠의 프레데리카, 세리아 동맹의 알프레드, 알마네스의 크림힐트처럼 시합에는 졌지만, 이번 대회에서 눈부신 활약을 보인 자들도 관객석에 모여 있었다.

분명 다들 보고 싶은 것이리라. 알고 싶은 것이리라.

지금 이 세계에서 명실 공히 최강의 마도대국은 과연 어디인지를…….

같은 세대의 젊은 마술사 중 최강이 대체 누구인지를…….

그 답을 알게 될 순간을 저마다 애타게 기다리고 있었다.

이윽고 시스티나와 마르코프를 비롯한 양국의 선수들이 중앙 경기장에 모습을 드러내자 관객들의 흥분이 한층 더 고조되었다.

"결승 규칙은…… 아무것도 없어. 일반 조건이야."

팔짱을 낀 이브가 경기장을 내려다보며 중얼거렸다.

그 말대로 어제까지만 해도 공간을 조작해서 복잡한 지형을 만들어냈던 경기장이 지금은 아무런 변화도 없는 평평한 상태였다.

"아무런 제약도 잔재주도 없는 정면 승부. 순수한 기술과 기술의 대결."

"단순히 더 강한 쪽이 이기는 셈이지. ……알기 쉬워서 좋군."

글렌은 씨익 웃었다.

"아, 맞아. 그러고 보니 여왕 폐하도 지금쯤……."

"그래, 당신 말대로야."

이브는 고개를 끄덕였다.

"수십 년 만에 개최한 이 마술제전의 진정한 목적은……."

"알자노 제국과 레자리아 왕국의 수뇌회담……."

글렌은 경기장의 남동쪽, 자유도시 밀라노의 중심부에 있는 거대한 종교 건축물을 돌아보았다.

틸리카 파리아 대성당.

지금쯤 저곳에서는 알자노 제국과 레자리아 왕국의 수뇌회담이 열리고 있을 터.

그 결과에 따라 냉전 중인 양국의 관계가 크게 변화하리라.

제국의 미래가 정해지는 것이다.

"지금 당신이 신경 쓸 건 그쪽이 아니잖아?"

이브의 지적에 글렌은 그제야 정신을 차렸다.

"지금은 당신의 귀여운 제자들의 멋진 모습을 똑똑히 지켜보기나 해."

"으, 응. 그래야겠지……."

글렌이 다시 경기장을 내려다보자 마침 시스티나와 눈이 마주쳤다.

멀리서 그녀가 고개를 끄덕였고 글렌도 말없이 고개를 끄덕여주었다.

그러자 시스티나는 만족스럽게 웃더니 경기장 맞은편에 대치한 레자리아 선수단을 돌아보았다.

이윽고 환호성 속에서 시합 개시를 알리는 조명탄이 하늘로 솟았고, 마침내 마술제전 결승전이 막을 올렸다.

———.

누구나가 예상했겠지만 제국과 왕국의 수뇌회담은 고함과 욕설이 빗발치는 분위기 속에서 진행되었다.

알자노 제국과 레자리아 왕국이 손을 맞잡고 평화 협정 노선을 밟으려면 넘어야 할 문제가 한두 가지가 아니었기 때문이다.

그중에서도 40년 전의 봉신전쟁 때부터 오늘날까지 모호한 상태로 방치했던 국경 문제나 만년설 연봉에 존재하는 제국의 실효 지배지 반환 요구 문제가 큰 쟁점이 되었다.

특히 동부의 고산지대인 카랄은 원래 왕국에서 거의 버리다시피 한 땅이었지만, 그곳에 사는 백성들의 요청에 따라 제국이 원조를 보내는 식으로 영토에 편입한 지역이었다.

하지만 최근에 귀중한 마법광석이 채굴되기 시작하자 왕

국은 마침 제국을 공격할 좋은 명분이 생겼다는 듯 국유재산권을 주장하며 비난을 퍼부었으나, 현재는 광산의 수익뿐만 아니라 동부의 전략적 요충지가 된 지역인 탓에 제국측도 쉽게 포기할 수는 없는 상황이었다.

"만약 제국이 우리와 정말로 손을 잡고 싶다면 먼저 성의를 보여야 할 때가 아닌가!"

"옳소! 그 땅은 원래 우리의 것이외다!"

"제국이 우리 영토를 부당하게 침범한 거다!"

"……부당한 영토 침범이라는 건 결코 사실이 아닙니다. 지난 1825년 당시의 양국 정상이 체결한 카랄 병합 조약에서 귀국의 동의를 얻어 완전히 해결된 문제니까요."

그런 왕국측의 공격을 알리시아 7세는 때로는 역사적 사실에 근거를 둔 정론으로—.

"귀국을 채굴한 마법광석의 최우선 거래처로 삼을 준비는 되어 있습니다. 이것은 틀림없이 귀국에 부를, 양국에 발전을 가져다주겠지요."

때로는 경제적인 회유책으로—.

"무력으로 카랄을 제압하시겠다고요? 농담도 정도껏 하시지요. 우리 제국의 정보 수집 능력을 얕보는 겁니까? 현재 귀국에는 그럴 여력이 전혀 없을 터. 마구잡이로 전개한 종교 정화 정책 때문에 귀군의 전선은 거의 한계에 봉착했을 텐데요? 이미 교황청에 불만을 품고 비협조적인 태도를 보이는 국가들도 다수 존재합니다. 그런 상황에서 카랄을 노리는 건 그야말로 자살행위나 다름없습니다만?"

때로는 탁월한 정보망을 통해 얻은 전략적인 사실을 근거로—

"오히려 귀국은 대륙 북부의 패자, 불사왕(不死王) 팔 슈바르츠 공작이 다스리는 밤의 나라를 자극한 탓에 언제 전면전이 벌어져도 이상하지 않은 상태인 걸로 알고 있습니다. 그런 괴물과의 결전을 눈앞에 둔 현 상황에서는 후방의 안전…… 특히 카랄 방면에서의 안전 확보가 그 무엇보다 절실하지 않겠습니까? 그리고 우리도 국방의 관점에서 밤의 나라의 방파제인 귀국이 무너지는 건 결코 바람직한 상황이 아닙니다. ……이제 좀 이해가 가시나요? 결국 우리는 좋든 싫든 손을 잡을 수밖에 없는 겁니다."

때로는 압력을 가하기도 하고—

"그런가요. 그렇게까지 말씀하신다면 우리도 대화 상대를 바꿀 필요가 있을지도 모르겠네요. 예를 들면…… 귀국이 끔찍이도 두려워하는 밤의 나라의 맹주, 불사왕 팔 슈바르츠 공작과 향후 양국의 관계에 대한 이야기를 나눠보는 것도 나쁘진 않겠군요."

때로는 은근슬쩍 협박도 하면서 수뇌회담의 주도권을 완전히 장악했다.

물론 왕국측도 당연히 공격과 반박을 시도했다.

통치 정당성의 주장, 동맹국들의 무력을 배경으로 둔 압력 외교, 종교 논쟁 등등.

하지만 왕국측의 이론무장을 두세 단계는 앞서나가는 알리시아 7세의 비상한 두뇌 앞에서는 아무것도 통하지 않았다.

정론에는 폭론으로—.

폭론에는 억지로—.

억지에는 정론으로—.

레자리아 왕국의 공세를 교묘하게 차단하면서 시종일관 양국의 발전과 미래만을 강조했다.

거기다 그녀가 입에 담는 제안들은 한쪽이 일방적으로 유리한 것도 아니었다. 서로가 협력하면 장기적으로 이익이 되는 건설적인 제안뿐이었다.

교황청의 강경파도 전부 신앙에 매몰된 이들만 있는 것은 아니다. 이처럼 구체적인 이익을 제시하면 마음이 흔들리는 자도 당연히 존재했다.

그리고 이 자리를 지켜보는 각국 정상들의 눈도 무시할 수 없었다.

알자노 제국의 맹주가 이토록 건설적인 안을 제시하는데도 대안을 제시하기는커녕 생트집만 잡고 따진다면 그들의 눈에는 그게 얼마나 우스꽝스럽게 보이겠는가.

그것은 자존심 덩어리인 레자리아 왕국과 성 엘리사레스 교황청으로선 도저히 받아들일 수 없는 굴욕이었다.

"이쪽도 제안이 있습니다. 말씀하신대로 현재 아국은 지나친 종교 정화 정책 때문에 남원 주변 지역의 국가들과 관계가 악화된 상황입니다. 그러니 그들과 우호적인 관계를 구축한 귀국에 중재를 요청하고 싶군요. 조건에 따라선 우리 쪽도 정책 노선을 어느 정도 수정할 여지가 있습니다."

마침 그 타이밍을 노린 파이스 추기경의 교묘한 지원 사격도 있었다. 이것은 전부 알리시아 7세가 일방적으로 회담의 주도권을 잡으면 왕국의 화평 반대파와 교황청 강경파가 자존심 때문에라도 절대로 뜻을 굽히지 않을 것을 내다보고 사전에 합의한 내용이었다.

"북방 해로의 개방. 그 루트를 사용했을 시 북방 연안 경로의 통상 거래에서 발생하는 관세의 전면 철폐. ……내륙국인 우리나라로서는 이 조건만큼은 절대로 양보할 수 없습니다."

"……크흠! ……좋습니다. 받아들이지요. 그것이 양국의 미래를 위해서라면."

이런 것들도 실제로는 사전에 실무자들과 교섭이 끝난 내용뿐이었다. 하지만 표면상으로는 그래도 왕국측이 한수 위였던 것처럼 보이리라.

내심 실소가 나오는 연극이었지만 이 또한 국가의 체면을 지키기 위한 필수적인 요소라 할 수 있었다.

이렇게 해서 모든 상황은 알리시아 7세의 계획대로 진행되었다.

결과적으로는 그녀의 압승.

두 나라에 지극히 건설적인 내용으로 막을 내렸다.

차후의 이익으로 발전할 조약도 몇 개나 맺은, 그야말로 역사적인 쾌거였다.

'후우…… 해냈군요. ……전부 계획대로 끝났어요.'

10년, 아니. 향후 수십 년의 평화를 확보한 알리시아 7세는 안도의 한숨을 내쉬었다.

그녀의 오랜 노력이 마침내 결실을 맺은 것이다.

'……정말 길었네요. 하지만 이걸로……'

알리시아 7세는 가슴속에서 치밀어 오르는 기쁨과 달성감을 곱씹었다.

자세히 보니 온건파에게도 충분히 만족스러운 결과에 파이스 추기경과 퓨너럴 추기경도 가슴을 쓸어내리고 있었다.

지금 이 순간, 오랜 알력 때문에 경직되었던 역사에 커다란 전환점이 찾아온 것이다.

'헛수고가 아니었어요. ……제가 지금까지 해왔던 일은 전부 헛수고가 아니었던 거예요. 그 아이가…… 엘미아나가 살아갈 미래에 평화로운 시대를 마련했으니…… 이제야 저도 그 아이에게 가슴을 펴고 살아갈 수 있을 것 같네요.'

수뇌회담이 끝나는 동시에 성대한 박수가 터졌다.

이 자리에 참석한 모두가 이 결말을 축복하며 흔쾌히 받아들이고 있었다.

알자노 제국과 레자리아 왕국의 미래에 축복이 있기를.
이 세계에 축복이 있기를.

저마다 그런 감상을 품고 막을 내리려 한 순간—.

"하하, 거 참…… 유감스러우시겠군요."

그때까지 이상할 정도로 얌전했던 아치볼트가 갑자기 입
을 열었다.

"그게 대체 무슨 말씀이시죠? 아치볼트 추기경."

"아니, 뭐…… 만약 파이스 추기경과 퓨너럴 예하가 당신
들 제국의 손에 『암살』당하지만 않았다면…… 정말로 화평
이 이루어졌을 텐데 말입니다."

그 이해할 수 없는 발언에 주위가 마치 찬물을 끼얹은 것
처럼 조용해졌고 동요와 당혹스러움이 서서히 맹독처럼 퍼
져나가기 시작했다.

"……아치볼트 추기경? 그게 대체 무슨……."

파이스 추기경은 당황한 얼굴로 되물을 수밖에 없었다.

"아니, 뭐…… 말 그대로입니다. 파이스 추기경. 유감스럽
지만, 당신은 지금부터 간악한 제국의 수작으로 『암살』당할
겁니다."

"……?!"

"그리고 저는 파이스 추기경과 퓨너럴 예하를 살해한 비
겁한 제국에 정의의 철퇴를 내리기 위해…… 왕국의 위신을

걸고 싸워야만 하겠지요."

웅성, 웅성, 웅성……

모두의 얼굴에 긴장감이 스친 그때였다.

"자, 그럼…… 시작해볼까요."

아치볼트 추기경이 서서히 손을 들었다.

그 순간, 이 자리에 있는 전원의 사고가 폭발적으로 가속했다.

마치 시간의 흐름 그 자체가 느려진 것 같은 감각.

그리고 저마다 바로 눈앞까지 다가온 최악의 순간에 저항하기 위해 일제히 대응하기 시작했다.

'……결국!'

그때, 알리시아 7세는 자리를 박차고 일어났다.

아치볼트 추기경은 성 엘리사레스 교회 강경파의 필두.

제국과의 전쟁을 바라는 우익들의 최선봉.

그렇다면 온건파인 파이스 추기경과 현 교황 퓨너럴의 존재야말로 가장 큰 장애물일 터.

따라서 알리시아 7세도 수뇌회담 도중에 뭔가가 일어날 가능성을 충분히 염두에 두고 있었다.

경계하고 있었다.

'하지만 설마…… 이런 대담한 수를 둘 줄은!'

전 세계의 정상이 모인 자리에서 당당하게 암살을 시도할
줄은 예상치 못했다.

대체 어떤 방법으로? 만약 성공한다고 해도 그 사후처리는?

알리시아 7세는 경계심을 드러내며 주위를 살폈다.

이곳에는 경호 결계가 걸려 있을 터. 암살 따윈 무리다.
불가능하다.

하지만 지금은 그런 고민을 할 여유가 없었다.

그녀는 만에 하나의 상황을 대비해서 준비해둔 『카드』를
사용하기로 결심했다.

'부탁할게요. ……알베르트!'

'흥, 역시 움직였군.'

그때, 아젤 르 이그나이트는 의자에 느긋하게 앉아 있었다.

'애송이가. 네놈의 목적 따윈 처음부터 눈치채고 있었다.'

그래서 일리아를 몰래 보내 아치볼트 추기경이 고용한 암
살자를 몰살시킨 것이었다.

'뭐, 돌아온 일리아의 분위기가 좀 이상하긴 했지만……
크게 문제 될 건 없겠지. 아무튼 그 암살자들은 미끼였을
테니까. ……설마 내가 그 사실을 몰랐을 것 같나?'

그렇다. 사실 이그나이트 경은 이 모든 상황을 예측하고
있었다.

이 암살의 진정한 표적은 아마도…….

그래서 미끼만 죽이게 한 것이다.

이쪽이 적의 진짜 의도를 간파했다는 것을 눈치채지 못하도록…….

그리고 무공(武功)이라는 건 공적인 자리에서 알기 쉽게 올릴수록 의미가 큰 법이다.

때문에 일부러 진짜 암살자를 방치했다. 자신의 손으로 직접 처단하기 위해서.

'아무튼 지금 전쟁이 일어나게 둘 수는 없지. ……그날을 위해…… 제국과 왕국을 모두 내 손에 넣기 위해서는!'

'호오? 역시 여기서 움직이는 겁니까.'

그때, 이 자리에 참가한 **누군가**는 남몰래 조소했다.

'그리고, 예. 물론 여기 계신 당신들은 당연히 이 상황을 예측했겠지요. 그래서 만반의 준비를 갖춘 상태로 상황을 자신의 의도대로 움직일 수 있을 거라고…… 굳게 믿었을 겁니다.'

그 인물은 자신의 왼손에 낀 반지를 힐끔 내려다보았다.

'인간치고는 훌륭한 선견지명이었다고 칭찬해드리지요. 하지만 유감스럽게도 교황 퓨너럴과 파이스 추기경은 여기서 『암살』당할 겁니다. 당신들이 진 원인은 결국 인간이라는 범주에서의 상식을 뛰어넘지 못했기 때문이지요.'

그리고 반지를 낀 손을 천천히 움직였다.

'예, 이 자리의 승자는 다름 아닌 우리. 하늘의 지혜 연구회가 될 겁니다……'

'……지금쯤 이런 생각들이나 하고 자빠졌겠지! 하나 같이 이 모든 상황을 주도하는 건 자신뿐이라는 낯짝이니까!'

그때, 아치볼트 추기경은 승리를 확신하며 웃었다.

이제 곧 예상이 무너진 그들이 보여줄 표정을 상상하며 웃었다.

'멍청한 것들! 네놈들이 보게 될 건 그 누구도 예상치 못했던 상상을 초월하는 광경일 거다!'

극한까지 가속된 사고가 자아내는 완만한 시간의 흐름.

"끄아아아아아아아아아아아아아아아아악!"

하지만 그것을 깨트린 것은 갑자기 머리를 감싸 쥐고 괴로워하는 알자노 제국 고관들의 처참한 절규였다.

어느새 그들은 기묘한 모습으로 변해 있었다.

눈에 핏발이 서고 온 몸의 근육이 강철 같이 부풀어 오른데다 손톱과 이가 날카롭게 뻗어 있었다.

그런 괴물로 변한 제국의 정부 고관들이 넋을 잃은 파이스 추기경과 퓨너럴 교황을 향해 인지를 초월한 속도로 달려든 순간, 아치볼트 추기경은 승리를 확신하며 웃었다.

어째서? 왜 제국의 가신들이? 어느 틈에? 대체 무슨 방법으로?

하지만 고민하고 있을 틈은 없었다.

지금 허락된 것은 이 비정한 현실에 대처하는 것뿐.

이 자리에 모인 모두가 각자의 목적을 위해 일제히 대처하기 시작했다.

"막으세요! 알베르트!"

망설임은 한순간이었다. 바로 결단을 내린 알리시아 7세가 외치자, 그 지시는 마술적인 신호로 변해 틸리카 파리아 대성당에서 남쪽으로 3000미트라 떨어진 먼 곳까지 단숨에 날아갔다.

웅대한 스콜포르츠 성(城)의 가장 높은 첨탑 위에 있는 인물에게—.

현 제국 궁정 마도사단 최강의 남자에게—.

"알베르트 씨!"

간이 사역마 계약 마술로 수뇌회담 중인 알리시아 7세와 시각을 동조한 상태로 알베르트에게 정보를 보내고 있던 크리스토프가 그를 돌아보며 소리쳤다.

"거리 3021. 고저차 마이너스 20. 대상 3. 결계 차폐 강도 8. 벽을 사이에 둔 초장거리 마술 저격…… 성공하는 것 자체가 기적이나 다름없는 말도 안 되는 짓인데, 정말 가능하겠습니까?!"

"……쉬운 조건이군."

크리스토프의 절박한 외침에 알베르트는 라이플과 비슷한 형태의 마장(魔杖)《푸른 뇌섬》[블루 라이트닝]을 겨눈 상태로 담담하게 대답했다.

마치 맹금류 같은 두 눈이 아득히 먼 저편을 노려본 순간, 같은 방향을 가리킨 지팡이 끝에서 압도적인 푸른 전격이 방출되었다.

'저 역시 이런 상황을 대비하고 있었습니다! 파이스 추기경과 퓨너럴 예하는 절대로 죽게 내버려두지 않겠어요!'

이어서 알리시아 7세의 기도가 그 자리에 강하게 울려 퍼졌다.

"흥, 어디서 감히!"

이그나이트 경이 그렇게 외친 순간이었다.

"내 별명을 잊은 거냐!《홍염공(紅焰公)》[로드 스칼렛]의 이름을!"

어마어마한 열량을 자랑하는 불꽃이 그의 몸을 감싸며 거세게 휘몰아쳤다.

염열계 마술의 극치에 도달한 이그나이트의 비전(秘傳).

권속비주(眷屬秘呪)[시크릿]【제7원】.

지정한 영역 안의 모든 염열계 마술의 다섯 발동 공정을[퀸트 액션] 전부 생략할 수 있게 해주는 터무니없는 마술이 바로 여기서 실현된 것이다.

'무공을 세우는 건 바로 나! 우리 이그나이트야말로 제국, 나아가서는 왕국의 진정한 통치자! 네놈들은 그 초석이 되어라!'

'훗, 지금이군요. 아주 적당한 타이밍입니다.'

그 인물이 비웃기 시작하자 반지가 수상한 빛을 흘렸다.

그러자 어둠이 맺히고—.

어둠이 떨어져 내리기 시작했다.

이쪽과는 다른 저편의 세계에서 인간 따위는 발끝에도 미치지 못하는 강대한 개념존재가 이 세상에 진출하기 위해 문을 두드렸다.

이것이야말로 악마 소환술이라 불리는 사법(邪法).

지금, 악마라 불리는 존재가 이 세상에 수육(受肉)하려 하고 있었다.

'훗, 파이스 추기경과 퓨너럴 교황은 여기서 퇴장…… 레자리아 왕국을 뒤에서 장악하는 건 우리 하늘의 지혜 연구회입니다!'

그때, 이 자리의 모두는 이렇게 생각했다.

이겼다고.

예상대로라고.

자신이야말로 이 모든 음모와 계획을 꿰뚫어본 승리자라고.

저마다 그렇게 자신의 승리를 확신했지만 이윽고 그 기대는 여지없이 처참하게 배신당하고 말았다.

"『읽고 있었어』."

아무런 전조도 없이 깨진 천장의 스테인드글라스에서 여러 천사와 함께 강림한 한 남자에 의해…….

"아……."

"이게…… 무슨?!"

상황은 한순간에 돌변했다.

다음 순간, 파이스와 퓨너럴을 노리던 괴물들이 보이지 않는 칼날에 두 동강 난 채 바닥을 굴렀고, 빗살처럼 날아간 툴파들이 휘두른 검이 레자리아 왕국의 현 국왕 로크스예르 켈 레자리아 5세와 왕국의 대신들과 각 유력 영주들의 목을 거침없이 날려버렸다.

위로 치솟는 수많은 머리통.

여기저기에 피를 흩뿌리며 격렬하게 춤추는 몸통들.

그 아비규환의 지옥도 한복판에 착지한 남자는 그대로 왼팔을 휘둘렀다.

그러자 그 손등에서 뻗은 검은 블레이드가 동시에 벽을 뚫고 날아온 《블루 라이트닝》의 초고압 전격포를 정확히 튕겨냈고, 그것은 곧 이그나이트 경을 향해 일직선으로 날아 갔다.

"큭……?!"

결과적으로 이그나이트 경은 주문의 유지를 포기하고 피할 수밖에 없었다.

"어?"

그리고 이 예상 밖의 사태에 넋을 잃었던 아치볼트는 갑자기 온 몸의 혈관이 마치 거미줄처럼 부풀어 오르더니, 펑! 소리를 내며 새카만 피를 콸콸 내뿜고 그 자리에 널브러졌다.

누가 봐도 절명했음을 알 수 있는 처참한 모습으로…….

침묵.

이 모든 것은 정말 눈 깜짝할 사이에 벌어진 일이었다.

그 누구도 예상할 수 없었던 상상을 초월한 광경에 전원이 넋을 잃고 입을 다물었다.

"아치볼트 추기경의 방금 그건…… 《엔젤 더스트》의 말기 증상?"

고요한 실내에 알리시아 7세의 당혹스러운 혼잣말만 나직하게 울려 퍼졌다.

"당신들이 짠 시나리오는 글러 먹었어. 아주 형편없었다고! 아하하하하!"

그런 가운데, 이 참극을 연출한 남자— 저티스 로우판은 자못 유쾌한 듯 웃었다.

마치 이 상황 자체가 웃겨서 참을 수 없다는 것처럼 하염없이…….

"평화 회담? 웃기고 있네. 까놓고 말해 당신들이 한 짓은 전부 헛짓거리였다고, 헛짓거리. 여왕 폐하. 사악한 피를 계승했으면서도 평화를 위해 헌신하는 그 숭고한 자세에는 나도 경의를 표하지. 하지만 결국 당신이 한 일은 문제를 뒤로 미룬 것에 불과해. 이그나이트 경, 추악한 야심에 사로잡힌 당신은 자신이 가장 유리한 타이밍에 전쟁을 시작하려고 표면상으로만 여왕 폐하와 협력해서 일시적인 가짜 평화를 얻으려 했던 거지? 뒤에서는 여러모로 위험한 준비를 하면서. 과거의 영웅들은 지금 얼마나 확보했어?"

"……."

이그나이트 경은 저티스를 날카롭게 노려보았다.

"아치볼트는 당연히 왕국을 장악한 후에 제국과 전쟁을 벌일 생각이었고, 하늘의 지혜 연구회는 그런 아치볼트를 부추겨서 신앙병기(信仰兵器)를 손에 넣으려 했지? 역시 왕국과 제국을 한 판 붙게 할 생각이었지? 응? 당신은 어떻게 생각해? 퓨너럴 교황. 아, 그건 그렇고 그 반지 디자인이 참 멋진걸? 왠지 첫인상부터 무척 꺼림칙한 게…… 당장에라도 **악마를 불러낼 수 있을 것** 같지 않아? ……크크크, 당신이 퇴장하는 건 아직 일러. 당신은 아직 무대 위에 남아 있어 줘야 하거든."

"......"

마치 도발하는 듯한 저티스의 말투에 퓨너럴은 반지를 낀 손을 내리고 침묵을 관철했다.

"......어쨌든 헛짓거리였어. 사실 이 회담은 누가 이겨도 전쟁이 일어나는 시기만 달라질 뿐, 제국과 왕국의 전쟁 자체는 아무리 발버둥 쳐도 피할 수 없는 구조였으니까. 모처럼 열린 평화의 제전인데 그런 건 너무하잖아? 안 그래? 전 세계의 형제자매 여러분, 너희도 같은 생각이지?"

저티스는 과장스럽게 양팔을 벌리며 완전히 굳어버린 세계 각국의 정상들을 훑어보았다.

"아무튼 스포일러를 좀 하자면 하늘의 지혜 연구회의 진정한 목적은 제국과 왕국의 전면 전쟁이었어. 솔직히 이게 문제야. 아주 심각한 문제지. 「이 두 나라가 전쟁을 벌이고 그 사이에서 숱한 피가 흐르면」…… 응. 이유는 크게 생략하겠지만, 세상이 멸망하거든."

무슨 말인지 이해할 수 없었다.

도무지 이해할 수 없었다.

하지만 이 자리의 모두는 이 광인의 헛소리에 압도당한 채 결코 눈을 돌릴 수가 없었다.

"사악한 의지에 의해 저주받은 알자노 제국, 그리고 겸사

겸사 레자리아 왕국도 무너트려야 하겠지만…… 이 두 나라가 싸우게 하는 것만은 반드시 피해야 해. 참 아이러니하게도 말이지. 그래서 나도 필사적으로 고민해본 결과, 제국과 왕국의 전쟁을 피할 수 있는 제3의 시나리오가 마침 머릿속에 번뜩이더군. 그 아이디어를 이 자리에 모인 형제자매들에게 한 번 제안해볼까 싶은데……."

그리고 저티스는 선언했다.

"제2차 마도대전을 개막해보는 게 어떨까?"

모두가 아연실색할 수밖에 없는 광기의 폭언을…….

"그래, 2백 년 전의 재래…… 인류와 사신의 싸움! 그런 대전쟁이 일어나면 제국과 왕국도 드잡이를 할 겨를이 없겠지?"

"무슨……."

"아, 물론 이 사신과의 싸움에서도 사람이 엄청나게 죽게 될 거야. 참 슬프게도. 하지만 제국와 왕국이 싸우면 세상 자체가 완전히 멸망해버릴 테니 이것 또한 『정의』겠지? 마침 타이밍 좋게도 난 그 사신의 권속을 불러올 수 있는 인간을 알고 있어. 그래, 『무구한 어둠의 무녀』를 말이지. ……큭큭큭! 아하하하, 아하하하하하하하하하하하하!"

그러자 파이스 추기경이 황급히 나섰다.

"설마……! 당신은 대체 어디까지 알고 있는 거죠?!"

"글쎄?"

"당신은 정말로 제2차 마도대전을 일으키려는 겁니까?! 진심으로 사신을 이 세계에 불러오겠다고요?! 당신 혼자서 전 세계를 상대로 싸울 작정입니까?!"

"훗, 그건……."

하지만 그 말에 대답할 틈도 없이 3000미트라 상공에서 날아온 두 줄기 전격이 결계와 벽을 뚫고 저티스의 머리와 몸통을 날려버렸다.

알베르트의 마술저격이다.

하지만 저티스의 모습은 그대로 작은 먼지 같은 물질로 변해 흩어지고 말았다.

"……툴파?! 어느 틈에……!"

"쫓아! 찾아! 주위를 수색해! 아직 근처에 있을 거다!"

소음과 혼란이 실내를 지배하는 가운데, 경호원과 경라 (警邏)들이 분주하게 움직이기 시작했다.

조금 전까지만 해도 밝은 미래를 전망하던 분위기는 어디론가 사라지고 남은 건 한치 앞을 알 수 없는 무저갱 같은 혼돈뿐.

'아아…… 내 이상이…… 소망이…….'

한편, 알리시아 7세는 자신이 그려왔던 평화의 구도가 소리를 내며 무너지는 듯한 감각에 사로잡혀 있었다.

―같은 시각, 세리카 엘리에테 대경기장은 마치 한밤중 같은 싸늘한 정적에 잠겨 있었다.

"⋯⋯어?"

시스티나는 넋을 잃은 채 우두커니 서 있을 수밖에 없었다.

눈앞에 널브러진 열 구의 시체.

그 정체가 다름 아닌 마르코프 드라구노프와 그의 동료들⋯⋯ 레자리아 왕국 파르넬리아 통일 신학교의 대표 선수들이었기 때문이다.

"⋯⋯뭐, 야⋯⋯ 이게⋯⋯."

바로 조금 전까지만 해도 자신들은 그들과 격전을 벌이고 있었을 터.

동등한 조건에서 서로의 비술과 오의를 아낌없이 퍼붓는 총력전.

그 뜨거운 대결을 지켜보는 관객들의 열광된 분위기 속에서 시스티나도 평소의 그녀답지 않게 전의를 불태웠던 바로 그 순간―

눈앞에서 마르코프 일행이 갑자기 괴로워하더니 온 몸에 거미줄처럼 핏줄이 부풀어 올랐고⋯⋯ 그대로 한 명의 예외도 없이 새카만 피를 흩뿌리며 짓뭉개진 고깃덩이로 변했다.

이 처참한 광경은 분명 전에도 본 기억이 있었다.

"⋯⋯에, 《엔젤 더스트》! 설마⋯⋯ 설마⋯⋯?!"

"저, 저기⋯⋯ 시스티나 선배⋯⋯ 이게 뭐예요?! 지금 대체 무슨 일이 일어난 거냐구요!"

시스티나가 몸을 떨고 있자 안색이 창백한 마리아가 공포에 질린 얼굴로 팔에 매달렸다.

다른 팀원들도, 그 냉정 침착한 리제조차 새파랗게 질린 얼굴로 말문이 막혀 있었다.

"주, 죽은 건가요? 저, 정말로……? 거, 거짓말이죠?!"

"마리아! 다들! 조심해! 뭔가가 일어날지도 몰라!"

지금까지 숱한 수라장을 겪어온 덕분인지 가장 먼저 정신을 차린 시스티나가 동료들을 질타하며 주위를 경계했다.

'자세한 건 모르겠지만…… 그래도 지금 뭔가가 일어나고 있어!'

그리고 이 긴급 사태를 본 대회 운영측도 상황을 수습하기 위해 중앙 경기장 안에 펼친 단절 결계를 해제한 모양이었다.

"하얀 고양이이이이이이이이이이이이이이이이!"

글렌과 이브, 리엘, 엘자가 경기 필드로 내려와 이쪽을 향해 달려오고 있었다.

"선생님!"

시스티나가 그쪽을 돌아봤을 때 새하얀 깃털들이 그녀의 시야를 가로질렀다.

"아……."

무심코 위를 올려다보자—.

"「이제 대회는 중지됐으니까 손을 대도 맹세를 어긴 건 아니라니」…… 그 남자의 논리는 도무지 이해할 수가 없어."

"미안하지만, 우리와 함께 가줘야겠다. ……마리아 루텔."

그곳에는 세 쌍의 날개를 펄럭이는 소녀와 검은 코트의 청년이 떠 있었다.

"아니, 이렇게 부르는 쪽이 더 정확하려나. 『무구한 어둠의 무녀』…… 미리암 카디스."

"……예? 카……디스……?"

시스티나의 팔에 매달린 채 멍한 얼굴로 중얼거리는 마리아.

그런 마리아를 지키려는 듯 앞으로 나선 시스티나.

"루나아아아아아아아아아아아아아아!"

그리고 글렌 일행이 그런 두 사람을 향해 너무나도 먼 거리를 달려오고 있었다.

바로 이 순간, 역사는 큰 전환기를 맞이하려 하고 있었다.

■작가 후기

안녕하세요, 히츠지 타로입니다.

변변찮은 마술강사와 금기교전 16권이 발매되었습니다.

편집자님 및 출판 관계자 여러분, 그리고 이 『변변찮은』을 지지해주시는 독자 여러분께 무한한 감사를……

이번 16권은 저번 권에 이어서 계속 세계를 무대로 싸우는 마술제전이었습니다만…… 이야~ 이거 참, 또 어마어마한 전개였네요.(찌릿)

곁에서는 시스티나를 비롯한 학생들이 대활약하는 한편, 뒤에서는 성가신 놈들이 암약하는 중이고…… 거기다 무엇보다도 이번에는 마침내 『알리시아 3세의 수기』의 내용이 공개됐습니다! 아무튼 이걸로 이 이야기의 배경 설정이 상당수 밝혀지게 된 셈이죠.

아니, 그보다 이거 스케일이 너무 커지는 거 아냐?! 혹시 내용이 산으로 가고 있는 건 아니겠지?! 하, 하지만 괜찮습니다! 독자 여러분은 아무 걱정하지 마세요! 그냥 되는 대로 막 쓰는 것처럼 보여도 사실 전부 계산된 거니까요!

제대로 정리될 겁니다! 복선을 전부 깔끔하게 회수해서 끝까지 도달할 겁니다! 그 루트도 보이고 있고 결말도 이미 정해뒀으니까요. 남은 건 이제 쓰는 것뿐입니다!

그리고 이런저런 공지도 해볼까 합니다.

『변변찮은』시리즈도 마침내 5주년! 따라서 기념으로 인기 투표를 하게 되었습니다! 2020년 1월 18일부터 한 달간 판타지아 문고 공식 사이트에서 『변변찮은 인기 캐릭터 투표』를 할 예정입니다. 시간이 나시면 꼭 참가해주세요! 1위가 된 캐릭터에게는 멋진 특전도 있다고 합니다!

그리고 저, 히츠지 타로. 좀 늦은 감이 있지만, Twitter를 시작했습니다. 거의 일상적인 이야기만 쓰는 계정입니다만, 혹시 이런 절 관찰하고 싶은 기특한 분이 계시다면 꼭 팔로잉해주세요. 유저명은 『@Taro_hituji』입니다.

그럼 부디 앞으로도 이래저래 잘 부탁드리겠습니다!

히츠지 타로

■역자 후기

   그동안 베일에 싸였던 핵심 설정과 세계관이 마침내 밝혀진 16권, 재미있게 읽어주셨을까요?

   아마 많은 분들이 어느 정도 예상하고 계셨겠지만, 이것으로 이 시리즈는 ○○○ 신화를 바탕으로 둔 세계관의 이야기였다는 것이 사실상 확정되었습니다. 아, 그래도 혹시 후기부터 보는 분도 계실까 싶어서 이번 권까지는 구체적인 언급을 피할까 합니다. 사실 이 세계관에 관한 이런저런 예상과 고찰은 저 역시 몇 년 동안 이 시리즈와 함께하면서 쌓아둔 소재인 만큼 이 자리를 빌려 한 번 속 시원하게 풀고 싶기도 합니다만, 그래도 아직 살짝 이르지 않을까 싶네요. 흑흑. 하지만 다음 권부터는 이제 세계관에 관한 것도 자중할 필요 없이 마음껏 이야기해볼까 합니다.

   그리고 개인적으로 이번 권에서 가장 주목했던 캐릭터는 저티스였습니다. 그동안 악역으로서 열심히 주가를 올려온 이그나이트 경이나 모 악마 소환사 씨나 일리아가 단숨에 빛바래 보이는 압도적인 존재감을 보여줬네요. 사실 글렌은 상대가 누구든 늘 고전하다 보니 독자의 시점에선 적들의 강함이 구체적으로 어느 정도인지 파악하기가 매우 어려운 탓에(1권의 레이크가 설마 그런 강자였을 줄 누가 예상했을까요) 가끔 이런 장면이 나올 때마다 흥미진진하게 지켜보고 있습니다. 역시 전투력 순위표는 남자의 로망이니까요!

  그럼 다음 권에서도 뵐 수 있기를 바라며 이만 짧은 후기를 마치겠습니다.

변변찮은 마술강사와 금기교전 16

초판 1쇄 발행 2020년 9월 10일

지은이_ Taro Hitsuji
일러스트_ Kurone Mishima
옮긴이_ 최승원

발행인_ 신현호
편집부장_ 윤영천
편집진행_ 김기준 · 김승신 · 원현선 · 권세라 · 유재슬
편집디자인_ 양우연
국제업무_ 정아라 · 전은지
관리 · 영업_ 김민원 · 조은걸 · 조인희

펴낸곳_ (주)디앤씨미디어
등록_ 2002년 4월 25일 제20-260호
주소_ 서울시 구로구 디지털로 26길 111 JnK디지털타워 503호
전화_ 02-333-2513(대표)
팩시밀리_ 02-333-2514
이메일_ lnovelpiya@naver.com
L노벨 공식 카페_ http://cafe.naver.com/lnovel11

ROKUDENASHI MAJYUTU KOSHI TO AKASHIC RECORDS Vol. 16
ⓒTaro Hitsuji, Kurone Mishima 2020
First published in Japan in 2020 by KADOKAWA CORPORATION, Tokyo.
Korean translation rights arranged with KADOKAWA CORPORATION, Tokyo.

ISBN 979-11-278-5681-6 04830
ISBN 979-11-86906-46-0 (세트)

값 7,800원